DIE WEISSE MITRA

Der Hochmeister
Erster Teil

DIE WEISSE MITRA

Richard Thorn

TIME TUNNEL
BERLIN

Bibliografische Information der Deutschen Nationalbibliothek:
Die Deutsche Nationalbibliothek verzeichnet diese Publikation in der Deutschen Nationalbibliografie; detaillierte bibliografische Daten sind im Internet über http://dnb.dnb.de abrufbar.

TWENTYSIX – Der Self-Publishing-Verlag
Eine Kooperation zwischen der Verlagsgruppe Random House und BoD –
Books on Demand

© 2016 Richard Thorn/Time Tunnel Images, Berlin

Herstellung und Verlag:
BoD – Books on Demand, Norderstedt

ISBN: 978-3-740-70877-1

Covergestaltung: Time Tunnel Images, Berlin, unter Verwendung eines Ausschnitts aus dem Wappenbuch »Bellenville« von Kreuzfahrtteilnehmern unter Führung des Deutschen Ordens gegen Litauen, nach 1355

Die Vergangenheit ist nicht tot, sie ist nicht einmal vergangen.

William Faulkner

Prolog

Narwa hatte kaum mehr eine Erinnerung an seinen Vater. Wenn er an ihn dachte, sah er ihn meist an seinem Schreibtisch sitzen. Dort stapelten sich zahlreiche Bücher und Zeitschriften übereinander, und für den kleinen Wolfgang schienen sie alle gleich langweilig. Aber es gab dort ein Bild, das in einem schmalen Rahmen aus viktorianischem Silber auf der schweren hölzernen Tischplatte thronte und ihn magisch anzog. Es war ein Stich von Rembrandt, *Auszug der Heiligen Familie nach Ägypten*. Da es der Verkäufer im Katalog als *Flucht des Heils aus der Welt* geführt hatte, nannte es auch sein Vater so. Es war ein ziemlich düsteres Bild, denn es zeigte die Gruppe von Joseph, Maria und dem kleinen Jesus auf einem Esel in einer mächtigen, fast undurchdringlichen Wolke schwarzer Schraffuren.

Eines Tages war der Junge zum Spielen ins Arbeitszimmer gekommen, und wieder hatte der Vater streng abgelehnt. Diesmal ging Wolfgang nicht gleich wieder hinaus, sondern trat zum Schreibtisch, strich über den Rahmen des Stiches und nahm all seinen Mut zusammen.

»Papa ... warum ist das Bild so traurig?«

»Weil das Jesuskind und seine Familie aus ihrer Heimat fliehen müssen.«

»Aber Papi, warum müssen sie denn fliehen?«

»Wolfgang, das ist eine lange Geschichte, das erzähle ich Dir ein anderes Mal.«

»Und wo kommt das Jesuskind jetzt hin?«

»Nach Ägypten. Und weil es da nicht so schön ist wie in Israel, ist das Bild ganz schwarz gemalt.«

»Papa ... Sind wir auch in Ägypten?«

I.

1. Waffentechnik

Leipzigs Herz brannte. Das Geschoss hatte den Wagen durchbohrt und dann den alten Mendebrunnen auf der Südseite des Platzes buchstäblich pulverisiert. Wolfgang Narwa schritt eilig durch die qualmenden Trümmer Richtung Gewandhaus. Zwei Hubschrauber über ihm erzeugten einen irrsinnigen Sog, ihr ohrenbetäubender Lärm mischte sich mit Dutzenden von Blaulichtsirenen von Feuerwehr und Polizei. Hier, das musste die Spitze des Obelisken sein ... und dort ein Teil eines geflügelten Pferdes. Stefan Belinsky kam direkt auf ihn zu.

»Gut, dass Sie da sind, Narwa!«

»Meine Güte, das sieht ja aus wie in Belfast seinerzeit, oder Beirut.«

»Beirut ... da liegen Sie richtiger, als Sie vielleicht denken. Aber kommen Sie, ich muss Ihnen etwas zeigen.«

Narwa zögert und starrte auf das verkohlte Autowrack vor ihm. Es war ein großer Mercedes, so viel war zu erkennen. Alle Türen, oder das was von ihnen übrig geblieben war, waren geöffnet, die Motorhaube und der Kofferraum waren aufgesprungen und standen senkrecht in die Höhe. Das verbrannte Schwarz des Lacks und das Weiß des Feuerlöschpulvers mischten sich zu einem fahlen Grau.

»Ich habe das schon einmal gesehen ...« Narwa sprach eher fragend als feststellend.

Belinsky nickte. »Ja, wir beide, vor etwa 30 Jahren.«

»Sie meinen ... ja, natürlich. Deswegen also bin ich hier. Nun denn, was haben wir?«

Sein Gegenüber reichte ihm einen Zettel. Narwa hatte diese Sätze so ähnlich schon einmal gelesen, der Text las sich wie das Echo aus einer längst vergangenen Zeit:

Am 30.06.2019 haben wir mit dem Kommando Heinrich von Plauen den russischen Generalkonsul in Leipzig, Jewgenij Schoschew, getötet. Mit einem selbst gebauten Hohlladungsgeschoss haben wir seinen gepanzerten Mercedes gesprengt.

»Meine Güte, dieses Bekennerschreiben ähnelt dem von 1989, dem vom Mord an Alfred Herrhausen!«

»Deswegen wollte ich, dass Sie sich das ansehen«.

Narwa kannte Belinsky noch aus Frankfurt. Damals, Ende der 80er-Jahre, hatte er noch als Student für das BKA Bekennerschreiben von linken Terrorgruppen analysiert. Kleine Nebentätigkeit. Belinsky, damals noch ein junger Beamter, war seinerzeit sein Kontaktmann zum BKA gewesen. Er las weiter mit emotionsloser, leiser Stimme:

Als Mitarbeiter des Volkskommissariats des Inneren war Schoschew 1945 mitverantwortlich für die Deportation und Vernichtung von einer halben Million Volksdeutscher aus Siedlungsgebieten der Ostmark. Wir alle, die gesamte arische Bewegung in Deutschland, stehen vor einem neuen Abschnitt.

Narwa musste einen ziemlich verblüfften Gesichtsausdruck gemacht haben, denn Belinsky fiel ihm ins Wort.

»Da haben wir auch gestaunt ...«

»Das ist völlig ungewöhnlich ... ein Bekennerschreiben von rechts. Und die Tat und das Schreiben zitieren einen Anschlag der RAF.«

»Tja, anscheinend haben wir es hier mit Nazis zu tun, die in Archiven stöbern und Sinn für Jubiläen haben. Aber hören Sie erst mal das Ende.«

Belinsky nahm den Zettel wieder an sich und las weiter:

Die völlig veränderte internationale Situation und die ganzen neuen Entwicklungen hier erfordern, dass der gesamte revolutionäre Prozess neu bestimmt und auf neuer Grundlage weiterentwickelt werden muss. Daran arbeiten wir, und deshalb wollen wir die Diskussion mit allen, die Schluss machen wollen mit der imperialistischen Zerstörung des deutschen Volkstums und die für eine grundsätzlich andere, an Deutschland orientierte gesellschaftliche Realität kämpfen, und die diese Auseinandersetzung mit uns wollen. In dieser neuen Phase müssen wir es schaffen, die vielfältige und unterschiedliche revolutionäre Praxis in einer Orientierung gegen das System zu verbinden. Sieg Heil!

Gegen Ende hatte Narwa nur noch mit halbem Ohr hingehört. Ihn interessierten vor allem die aufgeklebten Zeichnungen und Kritzeleien auf dem Blatt. Neben den verschiedenen Runen und Hakenkreuzen gab es eine Reihe von schlichten schwarzen Kreuzen und verwandte Symbole. Narwa kannte sie alle, aber die Kombination war neu.

»Wie hat Sie das Bekennerschreiben erreicht?«

»Das ging vor wenigen Stunden per E-Mail an die Redaktion der *Deutschen Freiheit*, die haben dann den Staatsschutz alarmiert, und die haben uns angerufen.«

»Lassen Sie uns etwas trinken gehen, mir ist es hier zu ungemütlich.«

*

»Sie residieren jetzt in Meckenheim?«

Narwa fragte ohne großes Interesse. Immerhin hatte er es geschafft, Belinsky in ein anständiges Lokal zu verfrachten, und jetzt stand ein Glas mit trinkbarem Rotwein vor ihm.

»Ja, seit ein paar Jahren. Ich gehörte zu den Ersten, die ins Team geholt wurden.«

»Und, wie lief's?«

»Na ja, die Kollegen kamen aus ganz verschiedenen Behörden. Verfassungsschutz, BKA, die LKAs, dazu mehrere Standorte und der irre Druck von oben ... Es war so ein politisches Ei, völlig überhastet durchgezogen, so ein richtiger ... Aber was sollst Du machen? Mittlerweile hat es sich etwas eingespielt.«

»Und jetzt habt Ihr was zu beißen.«

»Wenn es das ist, wonach es aussieht ...«

»Nun, ja, *worst case*, ein Terrorakt von rechts außen. Und Schoschew ist kein Döner-Verkäufer, er ist nicht durch eine handliche Česká umgekommen, wie die Opfer bei den NSU-Fällen, sondern durch eine Mine.«

»Das, Narwa, ist in mehrfacher Hinsicht ein entscheidender Punkt. Denn es ist keine Mine gewesen.«

»Aber damals bei Herrhausen ...«

»War es auch keine Mine. Ich weiß, das stand damals im Bekennerschreiben, das Sie analysiert haben, und das haben auch wir so kommuniziert: die berühmte ›selbst gebaute Hohlladungsmine‹. Das hatte bereits damals einige unserer Sprengstofffachleute misstrauisch gemacht, aber damals wurde die Spur nicht weiter verfolgt. Aber Sie wissen, dass einige Kollegen diesen Fall immer weiterverfolgt haben. Es war ja beispiellos, dass die RAF, die vorher immer recht primitiv agiert hat, plötzlich punktgenau und mit militärischer Präzision mittels Sprengfalle eine Person auf der Rückbank eines gepanzerten Wagens hat erledigen können.«

»Und was haben Sie herausbekommen?«

»Die Kollegen haben das Attentat immer wieder rekonstruiert und dabei herausgefunden, dass es sich um ein Hohlladungsgeschoss gehandelt haben musste. Das war damals von einem abgestellten Kinderfahrrad abgefeuert worden, nachdem eine Lichtschranke ausgelöst worden war.«

»Aber Mine oder Geschoss, was macht das?«

»Nun, zunächst erhielten wir um 2004 Nachrichten aus dem Irak, dass diese Geschosse gegen US-Panzerfahrzeuge eingesetzt worden waren. Und dann haben sich einige Kollegen vom CIA diese Waffen angesehen, die eine Menge Erfahrung im Nahen Osten hatten. Über Kontakte zum libanesischen Geheimdienst schließlich erfuhren wir, dass diese Waffe zum ersten Mal in Beirut eingesetzt worden ist, im November 1989 beim Anschlag auf Präsident René Moawad. Das war genau sieben Tage vor dem Mord an Herrhausen.«

»Und nun verdächtigt Ihr vermutlich die Hisbollah oder die Palästinensische Befreiungsfront, dass die am Attentat an Herrhausen beteiligt waren?«

»Ja, aber das ist eine andere Spielwiese. Unser Punkt ist: In diesem Bekennerschreiben von heute, da steht ganz ausdrücklich ›Hohlladungsgeschoss‹. Ich meine, wir haben immer schon gedacht, die Leute von der RAF, die schreiben ›Mine‹, weil sie einfach keine Ahnung haben von solchen Sachen, und irgendwer hatte sie eben unterstützt. Aber das hier, das ist, als ob sie sich selber korrigieren und sagen wollten: ›Schaut her, wir wissen schon, was wir machen.‹«

Narwa nickte. »Und wir haben natürlich den Fakt, dass sich ausgerechnet eine rechte Gruppe zu dem Anschlag bekennt. Das hat es früher nicht gegeben.«

»Ja, das ist richtig, das ist eine neue Qualität. Kein Mensch hatte damals gedacht, dass so etwas wie der Nationalsozialistische Untergrund möglich wäre, und jetzt das ... das sieht nach einer ideologisch ausgebildeten Terrorzelle aus, in den Fußspuren der RAF, aber von der gegenüberliegenden Seite des Spektrums.«

Narwa warf noch einmal einen Blick auf das Schreiben: *Wir ... stehen vor einem neuen Abschnitt, ... müssen ... es schaffen, die ... revolutionäre Praxis ... in einer Orientierung gegen das System zu verbinden ...*

»Es sieht so aus, als wäre der Anschlag in Leipzig nur der Auftakt.«

»Ja ... und dieser Name, Heinrich von Plauen, sagt Ihnen das was?«

»Ja, ein wenig, war im Mittelalter mal ganz prominent.«

»Ich kannte den nicht, ich musste den Namen erst mal googeln ... Der hat vor siebenhundert Jahren im ehemaligen Ostpreußen eine Burg gegen ein riesiges polnisch-litauisches Heer verteidigt. Im 19. Jahrhundert wurde er dann zum Nationalheiligen, da gibt's sogar ein Drama *Der letzte Held von Marienburg*, von Eichendorff immerhin ... Bei den Nazis hatte der dann groß Konjunktur, Deutsche Ost-Mission, Slawenkampf ... Die haben sogar Schiffe nach ihm benannt.«

»Tja, der deutsche Drang nach Osten ... Haben unsere hiesigen Nazis derzeit nichts anderes zu tun? Oder gab es in der letzten Zeit ein paar Signale, dass da was im Busch ist?«

Belinsky wurde nachdenklich. Er sah aus, als wolle er mit aller Mühe eine komplizierte Rechenaufgabe lösen.

Narwa musste lachen. »Nun sagen Sie schon ...«

»Na ja, Russland ist natürlich derzeit *das* Thema, auch in der militanten rechten Szene. Es gibt eine vermehrte Reisetätigkeit von Personen, die wir im Visier haben. Nach Moskau, aber auch in die Provinz ... Es scheint sich da meistens um Arbeitstreffen mit russischen Skin-Gruppen und Rechtsextremen zu handeln. Aber wir haben nur ein unzureichendes Bild der Situation ... da drüben ist jetzt einfach viel zu viel im Umbruch, unsere alten Verbindungen funktionieren nicht mehr so gut.«

»Und das Opfer?«

Belinsky holte tief Luft.

»Nun, da wissen wir auch nicht viel ... Aber sagen wir mal so: Das ist vielleicht nur ein Kommunikationsproblem. Wir haben Hinweise, dass unsere amerikanischen Freunde einiges mehr wissen.«

»Na, dann sagt mal artig ›bitte, bitte‹.«

Beide mussten lachen.

»Und *mein* Job? Wieder so wie früher?«

Belinsky nickte,

»Ja, klassische Analyse ... Wir haben zwar jetzt auch unsere Spezialprogramme. Und Sie sind ja nun eine große Nummer, aber es wäre sehr hilfreich, wenn Sie trotzdem ...«

»Kein Problem ... Von der Software habe ich einiges gehört, das BKA soll mit *Copy Catcher* einige Male ziemlich auf die Nase gefallen sein ... Aber für die Syntax-Analyse ist das doch ganz zuverlässig ...«

»Tja, aber nicht, wo es politisch wird ... da mache ich das gerne auf die altmodische Art und Weise ... Wir trennen den Fall übrigens auf, ist jetzt seit einiger Zeit so, immer drei Verfahren: eins zum Anschlag selbst, ein Personenverfahren zu den Tätern und ein Strukturverfahren zur dahinterstehenden Organisation, das werde ich dann leiten.«

»Okay, und wie immer, am besten bis gestern?«

Belinsky grinste.

»Aber sagen Sie mal, wie geht es Ihnen eigentlich?«

Narwa schloss die Augen. Jetzt kam der private Teil. Er hasste das.

2. Glasperlenspiele

Das Wissenschaftskolleg in Berlin war eine Oase. Ein Arkadien des Geistes mit seinen verzauberten Villen südlich des Halensees, am Saum des Grunewalds. Wolfgang Narwa hielt hier gelegentlich Vorträge. Zwar hatte er auch eine bedeutende Professur in Berlin inne, doch die Gelegenheit, bei den Abenden im Kolleg mit international angesehenen *Fellows* zu diskutieren, ließ er sich nicht entgehen.

An diesem Abend kam Alexander Brandt wieder einmal fast zu spät. Das lag nicht an dessen Freundin Julia. Sondern einfach daran, dass er nicht weit von hier wohnte. Nähe verführt zu Nachlässigkeit, Brandt wusste das. Und heute Abend würde sein Freund Narwa den Vortrag halten. Auch das hielt ihn nicht gerade zur Disziplin an. Vielleicht war auch ein klein wenig nicht eingestandener Neid daran schuld, denn Brandt hätte gerne selber eine akademische Karriere wie sein Freund gehabt. Dessen ungeachtet war er schon neugierig.

»In Russland gab es einen Bürgerkrieg, und Wolfgang hält einen Vortrag über einen Schriftsteller, den keiner kennt«, maulte Julia.

»Hör mal, der war um 1900 eine bedeutende Figur ...«

»Das ist schon über hundert Jahre her. Was hat das mit uns zu tun?«

Brandt wusste, dass Wolfgang ihn in dieser Hinsicht noch nie enttäuscht hatte. Andererseits traf Julia schon einen wunden Punkt. In Russland hatte sich nach der Ermordung von Wladimir Putin unvorstellbar viel ereignet. Eigentlich nicht die Zeit für geistreiche Glasperlenspiele in politischer Ideengeschichte.

Beide schlüpften als letzte in den Vortragssaal, der überraschend gut besucht war. Kurz bevor sie sich setzten, scannte Brandt rasch die Zuhörer: viel Establishment, russische Intelligenzija, ein paar *Fellows*, Studenten aus Wolfgangs Seminar.

»Hoffentlich gibt's nachher ein russisches Buffet«, flüsterte Julia.

»Und die ein oder andere Natascha ...«

»Untersteh' Dich!«

*

Brandt bewunderte Wolfgang als Wissenschaftler. Das hieß nicht, dass er die Fähigkeit verloren hätte, seinen Freund unvoreingenommen zu beurteilen. Es gab eine Reihe von Zügen an ihm, die ihm fremd waren. Etwa dessen Selbstbewusstsein, von dem einmal ein Spötter gesagt hatte, dass es ungetrübt sei wie das einer Kuh auf der Weide. Oder die Selbstverständlichkeit, mit der er, wenn er an etwas arbeitete, alles und jedes diesem Ziel unterordnete. In der letzten Zeit war auch verstärkt der Ausdruck eines kaum verborgenen, aber offensichtlich grundlosen Gelangeweiltseins dazugekommen. Aber Brandt verzieh ihm immer wieder. Nicht nur, weil er sein Freund war. Sondern weil ihm Narwas Arbeiten wirklich etwas bedeuteten. Noch im kleinsten seiner Texte verbarg sich ein Gedanke, durch den man das Gefühl hatte, gleichsam das Betriebssystem der politischen Welt kennenzulernen.

Während Brandt noch über das gemeinsame Verhältnis nachdachte, hatte Narwa längst seinen Vortrag begonnen. »Ex oriente lux? Dmitri Mereschkowski, das Dritte Reich und die russische Frage« – dass so viele Zuhörer gekommen waren, lag nicht an diesem reichlich verschwurbelten Titel, und an Mereschkowski schon gar nicht. Brandt wusste, dass Mereschkowski einen gewissen Ruf hatte und dass ihn Thomas Mann einmal den genialsten Kritiker seit Friedrich Nietzsche genannt hatte. Einige kannten ihn als Autor eines Leonardo-Romans, der in Deutschland millionenfach verkauft worden war und der Sigmund Freud zu seiner berühmten Studie über den Renaissance-Künstler inspiriert hatte. Aber die Leute kamen, weil es um Russland ging. Denn seit Putins Tod verstand niemand mehr, was in Russland geschah.

Narwa holte weit aus. Das war eines seiner Markenzeichen. Erst einmal ganz zurück, dorthin, wo ein Problem seinen Anfang genommen hatte. Aber diesmal musste selbst sein Freund grinsen, denn Narwa fing bei den Wikingern an. Denn diese, und das war der Gründungsmythos des russischen Staates, wie er in der mittelalterlichen Nestor-Chronik festgehalten worden war, hätten das erste russische Fürstentum gegründet. Aber Narwa ging es natürlich nicht um Sagen von blonden Kriegern, die mit ihren schnellen Booten Wolga, Don und Dnjepr hinab Richtung Schwarzmeer vorgestoßen waren und schließlich in Kiew ein Fürstentum gegründet hatten, aus dem schließlich Russland werden sollte. Ihm ging es um eine Staatsgründung, die nicht aus einem einzigen Volk erwuchs, sondern aus einer auswärtigen Herrscherkaste mit einheimischen Beherrschten.

Das war eine Konstellation, die sich etwa zweihundert Jahre wiederholen sollte, als die mongolische Goldene Horde im 13. Jahrhundert Russland unterwarf und für fast zwei Jahrhunderte Russland in ein »dunkles Zeitalter« führen sollte. Damit aber waren die beiden Pole benannt, die sich für immer in die russische »DNA« einbrennen sollten: der Westen und der Osten, Europa und Asien. Dazu kam als spirituelles Ziel der Süden, in Gestalt von Byzanz und dessen Erbe, der orthodoxen Kirche. Denn nachdem Iwan der Große die russischen Fürstentümer von der Tatarenherrschaft befreit hatte, heiratete er Sophia Palaiologos, die Nichte Konstantins XI., des letzten Kaisers von Byzanz, das gerade vom Islam erobert worden war. 1478 ließ sich Iwan zum ersten Zar Russlands krönen. Damit trat er das Erbe von Byzanz an, als Hüter der orthodoxen Kirche und als Verkörperung der imperialen Idee Roms. Denn *Zar*, das bedeutete nichts anderes als der oströmische Caesar, ja der Kaiser Roms, als dessen Nachfolger er nun den Anspruch auf die Weltherrschaft erhob. Von da an war Moskau das Dritte Rom.

Aber das vergaß es bald wieder. Denn Russlands Zaren blickten nach Westen, nach Paris, Wien und Berlin. Peter der Große stampfte eine neue, europäische Hauptstadt aus den Sümpfen nahe der finnischen Grenze: Sankt Petersburg. Doch Europa wollte den barbarischen Nachbarn aus dem Osten nicht als seinesgleichen anerkennen. Was zählte die heroische Leistung des russischen Volkes, als es 1812 Napoleon, die Geißel des Kontinents, besiegte, als Verbündeter Englands, Österreichs und schließlich auch Preußens? Im Krim-Krieg standen England und Frankreich an der Seite der islamischen Türkei als es gegen Russland ging, das versucht hatte, die Rechte der Christen an den heiligen Stätten in Jerusalem zu schützen. Zu diesem Zeitpunkt begann Russland, sein asiatisches Erbe anzunehmen.

Um 1900 gärte es in Russlands Städten wie in den Metropolen des Westens. Aber es war nicht der Einbruch von Moderne und Technik, wie er die Kultur Europas und Westamerikas verändern sollte. Es ging um eine geistige Revolution, es ging um Fragen des Seelenheils, um die Frage nach einer Bestimmung von Slawentum, die Reinheit der Kirche und die historische Mission Russlands. Auch in Russland war die »soziale Frage« von zentraler Bedeutung, aber in anderer Form als im Westen: Das russische Volk war im Verständnis seiner Intellektuellen kein Industrie-Proletariat im Sinne von Karl Marx, sondern gottunmittelbar im Sinne der Gemeinden des frühen Christentums.

In diesem Moment betrat Dmitri Mereschkowski die Bühne. Er war schon ein bekannter Schriftsteller, als er 1901 in Sankt Petersburg eine Gesellschaft zur freien Diskussion über Probleme der Religion und Kultur begründete, die von Spitzen der Gesellschaft und hohen Vertretern der Kirche besucht wurde. Vor diesem Forum verkündeten Mereschkowski und seine Anhänger wilde apokalyptische Ekstasen, in der sich religiöse Stimmungen mit politischen Visionen kreuzten. In einer inspirierten Lektüre verglich Mereschkowski die beiden russischen Schriftsteller Tolstoi und Dostojewski als entgegengesetzte Ausprägungen russischer Wesenszüge, von Heiligkeit und Sinnlichkeit, von Europa und Asien, und beschwor ihre Zusammengehörigkeit und tiefere Einheit im Sinne einer russischen Sendung. Das Ganze nun wäre nicht mehr als eine Fußnote der Literaturgeschichte, wenn Mereschkowski diese Synthese nicht »Das Dritte Reich« genannt hätte.

Denn von ihm wandert die Formel nach Deutschland. In Paris wird der Russe, der frühzeitig vor der Revolution emigriert, Mentor von Arthur Moeller van den Bruck, einem jungen, begabten Autoren aus dem Umkreis der Konservativen Revolution, mit dem zusammen er bei Piper in München eine deutsche Ausgabe der Schriften Dostojewskis herausgibt. Moeller veröffentlicht 1923 ein Buch mit dem Titel »Das Dritte Reich«, einem zentralen Stichwortgeber für den Nationalsozialismus. Den Nobelpreis für Literatur, für den Mereschkowski nominiert war, habe dieser dann nur wegen seiner angeblichen Sympathien für Benito Mussolini und Adolf Hitler nicht erhalten.

Die gärende Weimarer Republik, in der Mereschkowski seine wilden politischen Visionen entwarf, hatte viel Ähnlichkeit zum heutigen Russland. Narwa nannte Wirtschaftsstrukturdaten wie Arbeitslosigkeit und Hyperinflation, der Zusammenbruch des Parteiensystems, bürgerkriegsähnliche Zustände und schließlich die territorialen Verluste, wie sie Deutschland nach dem Krieg und

Russland nach dem Zerfall der UdSSR erlitten hatten. Und natürlich verglich er den Versuch beider Akteure, diese Verluste nach einer Phase der Konsolidierung wieder rückgängig zu machen.

Narwa schloss mit einem längeren Zitat, das aus den letzten Jahren stammte. Dabei las er ernst und konzentriert Passagen aus einem russischen Buch, die sichtlich von Mereschkowski beeinflusst waren, und die er offensichtlich simultan während seiner Lektüre übersetzte. Sie handelten von Russlands Mission in einem geographischen Raum Eurasien, über die Achse Berlin-Moskau als Opposition gegen die USA und den Dreischritt »Drittes Rom – Drittes Reich – Dritte Internationale«, in dessen Zeichen die kommende Revolution stehen würde. Der Autor dieser Zeilen sei, und damit schloss Narwa, ein enger Berater des verstorbenen Präsidenten Putin, Valerij Rusin, Mitbegründer der Nationalbolschewistischen Partei und einer der wichtigsten Politiker des Neuen Russlands.

Als Narwa geendet hatte, war es, als sei der Saal in wenigen Augenblicken ein paar Grad abgekühlt. Die Zuhörer waren sichtlich irritiert. Der Westen hatte das Ende des Bürgerkriegs durch die versöhnende Kraft der orthodoxen Kirche als ein überwältigendes Zeichen der Hoffnung für das geschundene Land begriffen. Davon hatten die Gäste etwas hören wollen, garniert mit etwas nostalgischer »Schneeflocken-über-dem-Kreml«-Stimmung. Stattdessen warf Narwa durch die Engführung der politischen Visionen Mereschkowskis und des Weimar-Moskau-Vergleichs das Menetekel kommenden politischen Unheils an die Wand.

»Herr Narwa«, ein junger Student war aufgestanden, »wollen Sie damit sagen, dass wir jetzt Angst vor einem russischen Hitler haben müssen?«

Narwa schüttelte den Kopf. »Ich sehe derzeit niemanden, der diese Aufgabe einnehmen könnte. Die radikalen Parteien sind nicht vereint und unterscheiden sich in ihren Zielsetzungen teilweise erheblich. Aber es ist, und daran gibt es keinen Zweifel, so etwas wie eine vor-revolutionäre Situation, und es liegen, und das sollte mein Blick auf Mereschkowski zeigen, starke Deutungsmuster bereit, die auch heute noch wirksam sind und einer möglichen revolutionären Bewegung die Stoßrichtung geben könnten.«

»Aber Herr Professor.«

In der letzten Reihe war, ganz nahe am Ausgang, ein alter, sehr kleiner Mann aufgestanden.

»Herr Professor, wissen Sie denn nicht«, sagte er langsam und mit eigenartigem Akzent, »dass die Gegenwart Ihre Analyse längst eingeholt hat? Und dass Sie das nur deshalb nicht wahrnehmen, weil Sie nicht alle Akteure in diesem Spiel kennen?«

»Wie meinen Sie das?«

»Wissen Sie, Her Professor, in Russland ist nicht das entscheidend, was man in den Nachrichten sieht oder was man in der Zeitung liest«.

Das Männchen begann, während es sprach, seinen Mantel anzuziehen. Er schien fast nur mit sich selbst zu sprechen.

»Es ist nicht wichtig, wer etwas sagt oder tut, das alles ist nur Vordergrund.«

Der Mann hob einen kleinen Aktenkoffer vom Boden auf, ging Richtung Ausgang und drehte sich im Türrahmen noch einmal um, bevor er verschwand.

»Sie müssen lernen, den Hintergrund zu verstehen. Schauen Sie genauer hin. Und sehen Sie sich immer wieder das an, was Sie am besten zu kennen glauben. Und fangen Sie am besten bei sich selbst an!«

3. Terra imperialis

»Ein merkwürdiger Abend.«

Brandt nickte. Es hatte nach dem Vortrag noch einen kleinen Empfang gegeben, aber nachdem sich Narwa schon kurz danach verabschiedet hatte, waren er und Julia auch bald gegangen

»Meinst Du, der alte Mann hat ihn aus der Fassung gebracht?«

»Ich weiß nicht ...«

Tatsächlich hatte Brandt Narwa so noch nie erlebt. Irgendetwas musste ihn stark irritiert haben.

»Aber wie kann das sein? Er hat doch gar nichts gesagt ... ich meine: Konkretes.«

»Tja, wenn Du willst, war das eine Methodenkritik. Manchmal trifft das stärker als ein einfacher sachlicher Einwand.«

»Na ja, aber ich hätte gedacht, dass der große Narwa mit so etwas souveräner umgehen würde. Als ob er die Flucht ergriffen hat ... Schade um den Abend.«

Brandt verzog sein Gesicht. »Jetzt maul' nicht, er wird schon seinen Grund gehabt haben.«

»Oh, und jetzt bist Du auch noch beleidigt ... meine Güte.«

Julia machte eine kurze Pause. Sie wusste, dass es Streit geben würde, wenn sie jetzt den falschen Satz folgen lassen würde. Früher wäre sie zur Konfrontation übergegangen, jetzt aber entschloss sie sich zur Deeskalation: »Woher kennt Ihr euch eigentlich?«

Brandt blickte Julia an. Sie waren jetzt etwa drei Monate zusammen, drei ziemlich turbulente Monate … Von Narwa hatte er ihr nicht viel erzählt. Sie wusste natürlich, was in der Zeitung zu lesen war, von ihm und über ihn. Und dass die beiden enge Freunde waren.

»Das ist eine lange Geschichte, willst Du die wirklich hören?«

»Der Abend ist eh vorbei – oder willst Du noch mal ausgehen?«

»Na gut … also, wir sind in Friedberg zusammen zur Schule gegangen, das heißt, wir kennen uns etwa, seit wir vierzehn sind …«

Friedberg, die Wetterau, wie weit lag das zurück … Eigentlich machte er sich nichts aus seiner Herkunft. Aus irgendeinem Schwarzwalddorf oder Stadtrandhäuschen kamen schließlich alle. Und doch ahnte er in mancher sentimentalen Stunde, wie sehr ihn seine Kindheit und Jugend geprägt hatte. Also fing er an, zu erzählen … Friedberg unterschied sich in den 70er- und 80er-Jahren nicht von anderen Städten in West-Deutschland. Vielleicht sorgte die Nähe zu den Universitätsstädten Frankfurt, Gießen und Marburg dafür, dass die Themen der 68er verhältnismäßig intensiv, wenn auch mit einer gewissen, aus kleinstädtischer Trägheit herrührenden Verspätung wahrgenommen und durchlebt wurden. Und eine große amerikanische Kaserne vor Ort, Stützpunkt eines Teils der 3. Panzerdivision »Spearhead«, machte jedem Einwohner klar, dass er in einem virtuellen Zentrum des Kalten Krieges lebte, sicherten die Truppen doch die berüchtigte »Fulda Gap«, wo man im Fall des Ausbruchs des III. Weltkriegs die Hauptangriffswelle des Warschauer Pakts vermutete.

Und doch ragte in diese präsente, in den Zeiten der Nato-Herbstmanöver, wenn die Panzerketten der schweren M60-Tanks die Gässchen der Wetterauer Dörfer malträtierten, auch allzu präsente Gegenwart, mehr als anderswo Vergangenheit, eine Stimmung von »Altem Reich«. Diese kleine Kreisstadt hatte bereits eine Geschichte, als die Römer auf der Anhöhe zwischen Taunus und Vogelberg ein Heerlager zum Schutz des Limes befestigten. Im 12. Jahrhundert gründeten die Staufer an diesem Ort eine Reichsburg, die unmittelbar gegenüber gelegene freie Reichsstadt war als Messe- und Handelsstadt bedeutender als das nahe gelegene Frankfurt. Burg und Stadt Friedberg aber waren nicht eins, sondern Rivalen, bisweilen sogar Gegner in kriegerischen Auseinandersetzungen. Nach dem Dreißigjährigen Krieg, in dem die Burg zum ersten Mal von fremden Truppen erobert wurde, begann der lange Niedergang, der erst im 19. Jahrhundert, als Friedberg Knotenpunkt wichtiger Eisenbahnlinien wurde, gestoppt wurde.

Das Nebeneinander von Burg und Stadt aber prägt das Stadtbild noch heute. Die Stadt war auf einem länglichen Basaltrücken angelegt worden, was die Entwicklung in die Breite verhinderte. So schoben sich die Fachwerkhäuser von Süden her entlang einer Mittelachse, der späteren »Kaiserstraße«, in Richtung Reichsburg vor. Diese Hauptstraße diente als 600 Meter langer Markt, an den sich zu beiden Seiten alte Handwerkergassen anschlossen, die heute die Altstadt Friedbergs bilden. Die Stadt lag an einer berühmten Fernverbindung des Alten Reiches, den »kurzen Hessen«, ein Umstand, dem die Stadt im Mittelalter ihren Reichtum als Messestadt verdankte. Ihre spätere Karriere als Schulstadt verdankte die Stadt indirekt der Reformation. Unter Mitwirkung des Humanisten Melanchthon war 1543 die Augustinerschule gegründet worden. Später wurde aus der Lateinschule das altsprachliche Gymnasium, das auch Alexander Brandt und bald auch Wolfgang Narwa besuchen sollte.

Aber es war eben die alte Reichsburg, am Ausgang der Kaiserstraße, die aus Friedberg mehr machte als eine beschauliche Kleinstadt. Diese Burg, die größte Anlage in Deutschland, war eine Welt für sich. Eingefasst hinter hohen Mauern, mit wild bewachsenem tiefen Graben zur Stadt hin, verbarg eine eigene Welt mit Gebäuden aus alter Zeit: Burgmannenhäusern, Barockkirche, Schloss, den hoch aufragenden Adolfsturm und einen zauberhaften Burggarten. Hier lebte eine bunte Mischung aus kleinstädtischer Boheme, Corps-Studenten der nahen Fachhochschule und »stadtfremdelnder« Originale, die weniger der Gegenwart als den Zeiten anzugehören schienen, als die Burg in einer Art Adelsrepublik unmittelbar dem Kaiser unterstand.

Brandt staunte nicht schlecht, als in der Schule eines Morgens ein neu zugezogener Mitschüler vorgestellt wurde, von dem sich herausstellte, dass er »in der Burg« wohnte. Dass er keine Eltern mehr hatte, bei einem Verwandten lebte, zudem aus Österreich stammte und, wie sich bald herausstellte, eigentlich vollständig »Wolfgang von Narwa« hieß: Das alles machte die Sensation nur noch größer. Es dauerte nicht lange und sie wurden Freunde. Von da an wurde die Burg sein Revier. Kaum ein Tag, an dem sie nicht nach der Schule durch den mächtigen, von zwei Türmen flankierten Torbau hindurch rannten, um irgendwo noch unbekannte Orte zu entdecken: ein altes Kellergewölbe, einen Dachboden in der barocken Burgwache oder einen Durchschlupf in der Mauer des alten Hirschgrabens ... Unter ihren Mitschülern gab es nur wenige, die mit ihnen durch die alten Mauern zogen. Solche, die aus angestammten Friedberger Familien stammten, schauten immer ein wenig misstrauisch auf die Burg, Ihr alter Bürgerstolz mochte dem alten Adelsnest nicht viel abgewinnen, diesen Söhnen von Lehrern, Rechtsanwälten und Bauunternehmern. Für die anderen, die Bauernsöhne und -töchter, zumeist Sprösslinge größerer Wetterauer Höfe, die die zweite Gruppe ihres Jahrgangs bildeten, war die Burg schon ganz und gar *terra incognita*. Für ein Flüchtlingskind dagegen, wie er es war, das dem soliden Wohlstand der Hiesigen immer eine Spur von Verachtung entgegenbrachte, übten die Zeugnisse der Vergangenheit einen unvorstellbaren Zauber aus.

Und Wolfgang war für ihn der Cicerone in diese Welt. Ein Jahr zuvor noch hatte er die Wetterau wöchentlich über die Bolzplätze ihrer Dörfer erkundet, bei den Auswärtsspielen seines Fußballvereins. Da war sie nicht viel mehr als ein Land von Ackerbau und Streuobstwiesen, eine wellige Lösslandschaft mit einigen wenigen Waldstücken, in der im November der süßliche Duft der Zuckerrübenfabriken den bevorstehenden Winter ankündigte.

Nun aber erzählte ihm Wolfgang alte Geschichten aus dem »Königsland«, der *terra imperialis*, die die Wetterau einmal gewesen war, und die er, als einziger, wieder auferstehen lassen konnte. Alexander fragte sich damals kaum, woher dieser das alles wusste. Denn eigentlich war Wolfgang ja der Zugezogene. Aber er war in die Burg gezogen, wie man in eine Wohnung zieht, aus der man nach langer Abwesenheit zurückkommt. Einmal, als sie im Burggarten die alten, verwitterten Grabmäler inspizierten, die in den Blendarkaden der inneren Burgmauer lehnten, salutierte Wolfgang mit einem Mal auf kindliche Art vor einem der steinernen Ritterporträts, grinste und sagte etwas verlegen: »Der hier ist eine Art Urururgroß-Onkel von mir.« Das war er, das war seine Welt, an der Alexander für einige glückliche Jahre teilhaben konnte.

»Das ist ja wie bei Walter Scott«, unterbrach Julia mit einem leichten, aber unüberhörbar spöttischen Unterton. »Und was kam nach den Ritterspielen?«

Ja, was kam dann? Irgendwie war es ein kaum merklicher Übergang in eine ganz normale Jugend. Es gab in der Stadt ein selbstverwaltetes Jugendzentrum, da waren sie später häufig. Sie begannen sich für Politik zu interessieren. Wolfgang tendierte schnell nach links, und er provozierte gerne. In der Schule hatten sie Nietzsches Spruch von der »Magie des Extrems, die Verführung, die alles Äußerste übt« aufgeschnappt. Er wurde so etwas wie ihr Wappenspruch, das heißt, Alexander spielte ein wenig damit, aber bei Wolfgang war das ernster, das konnte jeder spüren. Er trug eine Baskenmütze mit Vietcong-Stern, was bei den zahlreichen G. I.s in der Stadt nicht sonderlich gut ankam. Er konnte sich kindlich freuen, wenn er im Gesellschaftskundeunterricht Passagen über »Die Lösung des Demokratieproblems« aus Gaddafis *Grünem Buch* vorlas oder der Schulbibliothek die Anschaffung von Kim Il Sungs *Ausgewählten Werken* vorschlug. Und er konnte einen Nachmittag opfern, um sich in den Zug in die nahe Universitätsstadt Gießen zu setzen, wo er bei einer »Revolutionären Buchhandlung« eine neues Broschüre zur Todesnacht der inhaftierten Terroristen in Stuttgart-Stammheim erstand mit abenteuerlichen Spekulationen zur Herkunft der Sandspuren unter den Turnschuhen von Andreas Baader.

Mit der Zeit beruhigte er sich. Sie hatten sich dann sogar in der Kommunalpolitik engagiert. Fahrradwege, Ostermärsche ... Immer wieder ging es in den Sitzungen aber auch um politische Theorie. Hobbes, Hegel, Marx ... das war damals noch nicht so unüblich, es waren ja theorielastige Zeiten. Aber später, während des Studiums, sprachen sie auch über Archilochos und Tyrtaios, über Machiavelli und dann besonders über Marsilius von Padua, über dessen Schrift *Defensor pacis*, »Vom Verteidiger des Friedens«, Wolfgang dann später seine Doktorarbeit schreiben sollte. Es ist erstaunlich, wie er die jungen Menschen damals für diese Themen begeistern konnte. Es war wohl, bei aller intellektuellen Brillanz, die Mischung aus handfester Politik und theoretischer Durchdringung, die alles, was er sagte, so faszinierend machte.

Er lehrte ihnen – ihnen, denn es waren noch verschiedene andere Gleichgesinnte, die sich um sie scharten, denen Wolfgang aber nie so vertraute wie seinem Freund, dem wie ihm der Burggarten das Paradies der frühen Jugend gewesen war – ihnen also lehrte er, was die eigentlichen Machtfragen in der Politik waren, welche Ämter die tatsächlichen Schlüsselpositionen bildeten, wie man Loyalitäten schuf, wie sie wirklich Freund und Feind unterscheiden konnten. Er zeigte ihnen, wo in den Haushaltsentwürfen die stillen Reserven lagen, die die Kämmerer unsichtbar machen wollten, um mit einem »Mir habbe nix, un' mir gebbe nix« jede ungenehme Investition zu blockieren. Wie sie bei Parteitagen mithilfe exakt positionierter, verschiedenfarbiger

Kugelschreiber herausfinden konnten, wie einzelne Delegierte abstimmten.

Es war dies die politische Mechanik mit all ihrer kalten Gesetzlichkeit, die lernen musste, wessen junges Herz noch vor Idealismus vibrierte. Und sie genossen seinen Gestus des »Als-ob«, als ob die kleinen Entscheidungen, um die es in ihrem Städtchen ging, von weltpolitischer Bedeutung seien, als ob der politische Kampf gegen eine Ortsumgehung nur eine Vorbereitung war für die politischen Schlachten, die sie, wenn endlich »ihre Zeit gekommen war«, eines Tages in Bonn oder Brüssel schlagen würden. Und er, der kaum älter war als sie, er inhalierte dieses Wissen durch nächtelange Lektüre. Aber wenn er dies alles mit der größten Selbstverständlichkeit vortrug, dann hatte es nichts Angelesenes. Vielmehr fühlten sie sich wie Initiierte in einem verschworenem Bund, dem Dank ihm Schritt für Schritt die Wahrheit über diese Welt aufging.

»Oh ... jetzt beginne ich zu verstehen. ... Aber ... verzeih, das muss ich jetzt fragen, wie war das mit Mädchen ... Frauen?«

Die Frage musste kommen, denn, ja, es war eher eine männliche Welt, Frauen bildeten die neugierige Peripherie, Trabanten ihres Sonnensystems, bis zu dem Zeitpunkt als Wolfgang und Olivia ein Paar wurden

Alexander scheute sich immer noch, daran zurückzudenken. Nicht, dass Frauen für sie kein Thema waren, ganz im Gegenteil. Aber Olivia ... es war offensichtlich, dass die beiden nicht das übliche junge Paar bildeten, das nach ihrer beider Studienabschluss trotz drohender Fernbeziehung heiraten und eine Familie gründen wollte. Die beiden verband eine scharfe, analytische Geistigkeit ... und eine unbändige Sinnlichkeit. Sie war eine

Schönheit, selbstredend, groß, mit vollen, schwarzen Locken, elegant, sehr gebildet. Zusammen bildeten sie das »Hohe Paar«, das notwendigerweise zusammen gehörte, wie im Märchen der Prinz und die Prinzessin ... und doch war stets eine eigentümliche Kälte um die beiden.

Und Olivia ... eines Tages waren sie zu dritt in einem kleinen Städtchen unterwegs, und sie bekamen nur ein einziges Hotelzimmer mit einem großen Doppelbett. Nachdem sie in das Hotel zurückgekehrt waren – sie hatten einiges getrunken –, legten sie sich schlafen, und Wolfgang legte sich in die Mitte des Bettes, zwischen die beiden, aber Olivia schlängelte sich zwischen sie ... Damals bedauerte er es, dass Wolfgang noch nüchtern genug war, zu protestieren und die »alte Ordnung« wieder herstellte ...

Aber wenige Monate später geschah etwas, das alles veränderte. Wolfgang bekam in seinem Haus in der Burg Besuch. Das geschah öfters, und es war von Anfang etwas, was seinen Ruf, ja seinen Mythos ausmachte. Denn die meisten Besucher kamen aus fernen Ländern oder waren Menschen, die mit ungewöhnlichen Dingen beschäftigt waren. Dieses Mal war es eine Gruppe junger Russen, die für ein halbes Jahr im Westen leben durfte. Heute ist das nicht ungewöhnlich, aber damals, es war kurz vor dem Fall der Mauer, was das etwas Außergewöhnliches. Alexander verliebte sich sofort in eines der Mädchen, Sona, eine junge Moskauerin, die Wolfgangs gut zu kennen schien. Aber so tief ihr Eindruck auf Alexander war, blieb sie doch für ihn nur ein jugendlicher Schwarm, der Traum eines Sommers.

Aus dieser Gruppe Russen aber stach auch ein Junge von etwa 16 Jahren heraus, sehr zart, fast ätherisch, von sehr feinen Zügen, eine Künstlernatur. Er konnte hervorragend Chopin spielen und zitierte Puschkin auf Deutsch und auf Russisch. Von Anfang an bewunderte er Wolfgang, der ja nur ein paar Jahre älter war, ja, er hing geradezu an seinen Lippen. Wolfgang war eigentümlich berührt von dieser Zuneigung, und er versuchte, so viel es ging, mit dem Jungen zusammen zu sein und mit ihm über Kunst, Literatur und Politik zu sprechen.

Unübersehbar aber war auch, dass der Junge, er hieß Andreij, von Olivia mehr als nur fasziniert war. Zunächst dachte Alexander, dass er Olivia nur als Partnerin seines Mentors verehrte. Aber sobald er genauer hinschaute, merkte er, dass von Andreij eine schwärmerische Liebe Besitz ergriffen hatte. Sie tolerierten das, weil es irgendwie zum Bild von Andreij dazugehörte, das sie sich von ihm machten. Und sie sich natürlich unmöglich vorstellen konnten, dass daraus irgendetwas entstehen konnte.

Es war am Abend von Wolfgangs 19. Geburtstag, kurz nach dem Abitur. Sie feierten im kleinen Kreis in seiner Wohnung, aber da aus einem ihnen unbekannten Grund Wolfgang den Abend über abwesend war, dauerte die Feier nicht lange, und am Ende blieben, nachdem auch Alexander sich verabschiedet hatte, nur noch Andreij und Olivia übrig. Am nächsten Morgen wurde Alexander von seinen völlig verstörten Eltern geweckt, weil die Polizei vor der Haustür stand.

Alexander wusste bis heute nicht, was an diesem Abend wirklich vorgefallen ist. Auf jeden Fall war Wolfgang spät in der Nacht nach Hause gekommen und muss Andreij und Olivia noch vorgefunden haben. Was dann geschah ... Die Polizei hatte wegen einer Schusswaffe ermittelt, die dann ins Spiel gekommen sein muss und aus der sich einige Schüsse gelöst hatten. Es gab auch einige Gerüchte über das, was man in Wolfgangs Zimmer gefunden hatte. Seitdem jedenfalls war Andreij verschwunden. Er wurde noch einmal kurz auf einem Überwachungsvideo bei einem Grenzübergang in Berlin gesehen. Auch Olivia verließ Friedberg am folgenden Tag. Sie soll damals kurz darauf in Paris ein Jura-Studium begonnen haben. Beide haben die Freunde nie wiedergesehen. Wolfgang verließ Friedberg erst einige Monate später. Er reiste nach Wien, nachdem er zuvor wochenlang täglich das Theologische Seminar in ihrer Stadt besucht hatte. Einige Zeit später schrieb er Alexander in einem kurzen Brief, dass er in Österreich seinen Militärdienst angetreten habe. Über den Abend hatten beide nie miteinander gesprochen.

»Und wie habt Ihr Euch wiedergetroffen?«

»Warte einen Moment ... dreh das Radio lauter!«

Es hatte wieder einen Anschlag gegeben. Diesmal auf einen Amerikaner.

4. Those were the days

Narwa war etwas unwohl, aber er hatte keine andere Wahl. Er ging jetzt schon zum zweiten Mal an dem Weingeschäft in der Wrangelstraße vorbei, denn er wollte sicher sein, dass keine Kunden im Laden waren.

Jetzt aber. Er öffnete die Tür und blickte geradewegs in das Gesicht des Inhabers.

»Wolfgang, Du?«

»Ja, Jürgen ... tut mir leid.«

»Das braucht, das ... braucht es nicht. Ich habe Dich nur nicht erwartet ... oder jedenfalls ... nicht so bald.«

»Aber Du siehst schon die Nachrichten?«

»Na ja, sicher, aber viel zu erfahren gibt es ja nicht. Aber ich denke, dass Du mehr weißt.«

»Ja, deswegen bin ich hier.«

Jürgen Sorge war Weinhändler ... und Ex-Terrorist. Sie hatten sich fast fünfzehn Jahre nicht gesehen, aber Jürgen war ihm noch etwas schuldig. Wolfgang hatte damals die Begnadigung durch den Bundespräsidenten mit unterstützt, obwohl Sorge nur wenige Anzeichen von Reue erkennen ließ.

»Ich frag Dich ganz direkt: Gibt es eine vierte Generation?«

»Eine vierte? Ich glaube nicht einmal, dass es eine dritte gegeben hat.«

Narwa atmete tief durch. Etwas Ähnliches hatte er erwartet. Sorge hatte zur zweiten Generation der RAF gehört, die aus dem Unterstützermilieu für die inhaftierten Terroristen um Ulrike Meinhof und Andreas Baader kam. Ihr Ziel war zunächst der militante Kampf für die Freilassung der Gefangenen, später, nach dem Deutschen Herbst und den Selbstmorden in Stuttgart-Stammheim zersplitterte die Gruppe im Untergrund unter dem extremen Fahndungsdruck. Viele wurden gefasst, andere gingen in den Nahen Osten oder tauchten, wie Sorge, zunächst mithilfe der Stasi in der DDR unter. Die dritte Generation erschien dagegen 1982 wie ein Phantom, kaum eines ihrer Verbrechen, die Morde etwa an Gerold von Braunmühl, Alfred Herrhausen, Karsten Rohwedder, ist wirklich aufgeklärt worden.

»Ich würde mit Dir gerne über das Ende der zweiten Generation sprechen, die Jahre nach ʼ77.«

»Ach weißt Du, ich weiß so vieles nicht mehr. So viele Fakten und Abläufe sind für mich gar nicht mehr rekonstruierbar. Du verstehst das vielleicht nicht, aber wenn ich zurückschaue, ist es für uns heute die totale Niederlage. Das politisch-militärische Projekt eingestellt. Die persönlichen Beziehungen zu fast allen der ehemaligen Genossinnen und Genossen verwüstet und zerstört ... Dabei gab es einmal dieses überwältigende Gefühl, Teil eines großen Aufbruchs zu sein ... nach außen als politisch-militärisches Projekt ... nach innen, und das war für die meisten ebenso wichtig wie das Politische, als Keimzelle eines sozialen Projekts. Und jetzt sind wir offensichtlich alle völlig erledigt, durch den Knast und die Isolation, durch die Beziehungen in der RAF und in der Gruppe der Gefangenen und durch die Erfahrungen und Erlebnisse nach der Entlassung ... Ich fürchte, ich bin kein brauchbarer Gesprächspartner mehr.«

Narwa zögerte einen Augenblick. Er war sich nicht mehr sicher, ob ihm Sorge wirklich weiterhelfen konnte. Doch er hatte keine andere Wahl.

»Damals, als ich Dich in Berlin zum ersten Mal getroffen habe, kurz nach Eurer Verhaftung ...«

»Das ist jetzt schon über zwanzig Jahre her ...«

»Ihr habt Euch damals alle als Aussteiger stilisiert. So als wärt ihr nach 1980, als ihr in die DDR gekommen seid, in den politischen Ruhestand gegangen ... Aber Du weißt, dass in der letzten Zeit eine ganze Reihe von Dokumenten wiederhergestellt worden sind, die etwas anderes sagen.«

»Willst Du mich noch mal in den Knast bringen? ... Warum interessiert Dich das plötzlich wieder?«

Narwa ging an ein Weinregal. Nachdem er sich einige Flaschen angeschaut hatte, nahm er einen Chianti und einen Pfälzer und stellte sie an die Kasse.

»Tja, die Deutschen mögen die Cuvées nicht so gerne. Aber ob man immer so sicher sein kann, dass da nur Riesling drin ist, wenn Riesling draufsteht? Und die Italiener, die mischen den Sangiovese jetzt sogar mit Merlot und Syrah ... ob das zusammenpasst?«

Sorge nahm vorsichtig jede einzelne der Flaschen und wickelte sie in dünnes Seidenpapier.

»Du sprichst über unsere Kommandos von damals, wer da mit wem ... Ja, das war Ende der 70er vielleicht unser größtes Problem, mehr als der Fahndungsdruck. Weißt Du, wir haben uns damals so viel auf unsere Autonomie eingebildet, aber die war zum größten Teil nur Fiktion und Selbstbetrug. Als das mit Aldo Moro und den Roten Brigaden passiert ist ... Wir sind vermutlich öfters von Geheimdiensten wie Pfingstochsen am Ring durch die Arena geführt worden. Wir spürten, dass wir instrumentalisiert wurden und dass nur noch ein Teil unserer Aktionen wirklich ›unsere‹ waren.«

»Und dann wolltet ihr mithilfe der Stasi eine kurze Atempause nutzen und Euch in der DDR reorganisieren, aber dann ...«

»Dann tauchte `84 plötzlich eine angebliche Dritte Generation auf. Aber wir kannten die gar nicht, die kamen einfach aus dem Nichts. Eines Tages knallt plötzlich ein Präzisionsscharfschütze aus 63 Meter Entfernung durch ein geschlossenes Fenster mit einem Schuss den Rohwedder ab – und Herrhausen wird per Sprengfalle und Fernsteuerung in die Luft gejagt. Ich meine, die Leute haben komplett anders gearbeitet als wir. Wir haben immer mit offenem Visier gekämpft, wir haben die Bekennerschreiben sogar eigenhändig unterschrieben. Und dann kommt da plötzlich eine verdeckt operierende Truppe, die nicht einen einzigen sinnvollen Satz formulieren konnte, aber über viele Jahre lang keine Spur hinterlässt. Da kann man schon nachdenklich werden ...«

»Und da habt Ihr es lieber vorgezogen, in Deckung zu bleiben, bis dann passiert ist, womit keiner rechnen konnte ... und Eure Tarnung eine nach der andren aufflog ... Aber das ist nicht die ganze Geschichte!«

»Darüber kann ich nicht mit Dir sprechen, das weißt du.«

»Ich wollte Dich nie darauf ansprechen, aber Du bist mir etwas schuldig.«

Sorge nickte zögernd. Narwa hatte sich um ihn gekümmert, nachdem dieser nach jahrelangen Gerichtsverhandlungen ins Gefängnis kam. Ohne seinen Einsatz beim Generalbundesanwalt säße er noch heute.

»Ich will Dir sagen, warum ich Dich frage. Vor vier Tagen wurde in Leipzig der russische Generalkonsul ermordet ... und gestern ein Amerikaner in Berlin. Beide Male gab es ein Bekennerschreiben, das eine sieht aus, als käme es von rechts und das andere, als käme es von links. Aber es scheint, dass es da einen inneren Zusammenhang gibt, als wäre das eine konzertierte Aktion.«

Sorge setzte sich auf einen kleinen Hocker und schwieg. Es sah aus, als sacke er innerlich zusammen. Nach ein paar Minuten stammelte er endlich: »Dann ist es doch wahr ...«

Narwa wartete eine gefühlte Ewigkeit lang. »Ihr wart nicht alleine dort. Weder in der DDR noch im Nahen Osten. Hattet Ihr dort zuerst Kontakt? Im Libanon?«

»Ja ...« Narwa fühlte, wie schwer es Sorge fiel, zu sprechen. »Es war in den Lagern von Abu Abbas, in den Trainingscamps der Palästinensischen Befreiungsfront südlich von Sidon ... Es war für uns ein Schock, als wir dort den Leuten von der Wehrsportgruppe begegneten. Es gab immer mal Gerüchte, 1972 bei der Geiselnahme in München zu den Olympischen Spielen, da hieß es, dass Abu Daud, der Drahtzieher, enge Kontakte zu Neonazis in der BRD gehabt haben soll. Die Palästinenser wollten damals Europa sozusagen zu ihrem Hinterland machen für ihren Befreiungskampf, und jeder, der gegen Israel war und Waffen mitbrachte, war automatisch deren Verbündeter. Und die Nazis brachten eine Menge Waffen mit. Und so kriegten die eben auch eine echte Kampfausbildung in den Lagern, mit Sprengstoffschulung und allem Drum und Dran. Aber das haben wir immer irgendwie verdrängt. Israel war nur ein paar Kilometer weit entfernt, das war unser Feind! Und plötzlich stehen diese Leute neben einem, und du musst mit denen durch den Scheiß Sand robben ... Das waren echte Irre, zum Kotzen, die haben gesoffen, rumgegrölt und ihre eigenen Leute gequält ...«

»Aber nicht alle waren so ...«

»Nein, nicht alle.« Sorge schwieg wieder und schien seinen Gedanken nachzuhängen. »Da waren ein paar Jungs, für die waren wir Vorbilder. Die hatten echt Respekt. Wir wussten überhaupt nicht, wie wir reagieren sollten. Da grüßt einer eben noch so eine Söldnerfresse mit dem Hitlergruß, und dann zeigt er Dir, dass er einen RAF-Stern auf der Brust auftätowiert hat ... Und der eine, der hatte auch theoretisch was auf dem Kasten. Der redete damals schon immer von der einen Front, um die es ginge, dem antiimperialistischen Kampf.«

»Und den habt Ihr dann später in Ost-Berlin wiedergetroffen ...«

»Ja, Bernhard, Bernhard Hepp ... Dessen Geschichte war noch viel heftiger als unsere ... Nachdem der seine Waffen- und Sprengstoffausbildung durchlaufen hatte, hat er sich mit einer kleinen Gruppe noch in den Camps von der Wehrsportgruppe getrennt. Das war eine üble Sache, da sind ein paar Jungs von denen draufgegangen. Auf jeden Fall gründete er dann die ›Deutsche Befreiungsorganisation‹ und verübte im Rhein-Main-Gebiet eine Reihe von Anschlägen auf amerikanische Militäreinrichtungen – seinen Lebensunterhalt verdiente er mit Banküberfällen. Gleichzeitig hielt er Verbindung zu Abu Daud und leitete als PLF-Offizier mit dem Decknamen Omar Saad Tariq einige von deren Operationen in Westeuropa. `85 wurde Bernhard in Paris verhaftet – und als Abu Daud im Jahr darauf die ›Achille Lauro‹ mit 500 Passagieren an Bord entführte, wollte er 50 inhaftierte Kampfgenossen freipressen, 49 Palästinenser – und Bernhard ... Na ja, *those were the days* ... Aber das war ja längst nicht alles. Zwei Jahre zuvor hatte er der *taz* einen Aufsatz zugespielt. *Abschied vom Hitlerismus.* Da hat er den Rechten den Hitler ausgetrieben. Das ist eingeschlagen wie eine Bombe. Bei den Rechten wie bei den Linken. Ich traf ihn `84 ausgerechnet in Ost-Berlin wieder. Einer von Mielkes Truppe hatte ihn zu einem Treffen mitgebracht. ›Nu plaudert mal ein bisschen‹, hat er einfach gesagt, ›von Kollesche zu Kollesche«. Aus dem, was er damals sagte, war mir klar, dass er schon mit ein paar anderen von uns gesprochen hatte ... und ich wusste, dass er mit Genossen in Verbindung stand, die damals nicht in der DDR untergetaucht waren, sondern in Damaskus und Bagdad.«

»Hast Du eine Ahnung, was die Stasi von Bernhard wollte?«

»Die wollten Einblick in die rechte Szene haben, Kontrolle, das war denen ganz wichtig ... und dann gab es da so ein Ding, wie soll ich das sagen ... *Preußentum und Sozialismus*. Die SED, die ganze DDR, die hatte ja auch irgendwie viel Preußisches, Nationales ... das war uns von der RAF zuerst total unheimlich. In Ost-Berlin gab es damals, davon bin ich fest überzeugt, mehr Leute, die auf Bernhards Linie waren als auf unserer.«

»Und wie ging es weiter?«

»Bernhard wurde in Paris verhaftet und später in die BRD abgeschoben ... Aber ich hatte damals schon angefangen, mich einzuigeln, ich traute niemandem mehr. Ich hatte eine ganz gute Arbeit damals, nette Leute, ich war müde. Irgendwann hat mich niemand mehr angesprochen. Und dann plötzlich fiel die Mauer – und kurze Zeit später kam ich schon in den Knast.«

»So wie die anderen ...«

»Nicht alle ... einige sind entkommen, Syrien, Irak, Sudan. Die Wessis haben schließlich nicht alle Akten bekommen!«

»Meinst Du, die Anschläge aus dieser Woche könnten etwas damit zu tun haben?«

»Keine Ahnung ... wäre möglich. Aber die Frage ist doch: warum jetzt?«

5. Mister Bean

Belinsky schüttelte den Kopf. »Nicht mehr viel zu machen, oder?«

Der leitende Beamte, der ihn und Narwa begleitete, gab ihm Recht.

»Nach dem, was die Spurensicherung bisher ergeben hat, ist der Tatort fast dreißig Jahre alt. Wir haben nicht viel mehr als den Toten und dieses Metallschild um seinen Hals.«

»Und die Gewissheit, dass der Mann keines natürlichen Todes gestorben ist.«

Tatsächlich war die Leiche schon vor einiger Zeit bei Bauarbeiten gefunden worden. Das kam schon einmal vor. Pestgruben aus dem Mittelalter, Massengräber aus dem Dreißigjährigen Krieg, verscharrte Leichen aus dem Zweiten Weltkrieg. Da machte in der Regel keiner eine große Sache draus. Aber der Vorarbeiter, der die Leiche gefunden hatte, hatte zwei Wochen später im Fernsehen das Bekennerschreiben zu dem Mord an Schoschew gesehen und eines der Symbole wiedererkannt: das weiße Kreuz auf schwarzem Grund. Es war das gleiche wie auf dem Metallschild, das der Tote um den Hals hängen hatte.

»Was denkst Du, Narwa? Ist das was für uns?«

»Hm ... immerhin ein origineller Tatort. Hier war ich noch nie.«

»Ja, die Abtei-Insel. Die kennt man in der Regel nur, wenn man Ossi ist. Da war mal schwer was los, die DDR hat daraus nach dem Krieg die ›Insel der Jugend‹ gemacht. Im Sommer gab es hier viele Konzerte, gegenüber lag der Kulturpark im Plänterwald, der einzige ständige Vergnügungspark in der DDR. Viele Pärchen haben ihr Wochenende dort am frühen Abend angefangen und sind dann auf die Insel ... Es gab nicht viele Orte in Ost-Berlin, wo man sich mit seinem Mädchen besser und ungestörter amüsieren konnte.«

»Er hat sich jedenfalls nicht sehr amüsiert.«

Narwa schaute auf die Fotos aus dem Obduktionsbericht. Schwerste Frakturen an Armen, Beinen, Schultern und Becken deuteten darauf hin, dass der Mann regelrecht zu Tode geprügelt wurde.

»Vielleicht ein Eifersuchtsdelikt unter Jugendlichen?«

»Das sieht nach einer kollektiven Strafe aus ... ich glaube nicht an eine Beziehungstat.«

»Gab es noch etwas Auffälliges?«

»Nur ein skurriles Detail. Durch die Hand des Opfers ist eine Bohnenpflanze gewachsen, sie hat das Skelett im Hand- und Armbereich regelrecht umwuchert ... Die Kollegen nennen ihn deswegen *Mister Bean*.«

»Sachen gibt's ... Aber dieser Ort hier, ich habe ein paar Schilder gesehen, als ich herfuhr, der nennt sich doch noch immer ›Insel der Jugend‹. Das sind doch auch noch die gleichen Gebäude, vielleicht gibt es noch einen Verwalter oder Hausmeister, der schon vor der Wende hier tätig war.«

»Das wäre einen Versuch wert.«

»Dann sollten aber vorher die ermittelnden Kollegen abrücken.«

Belinsky drehte sich um.

»Ihr habt's gehört.«

*

»Verrücktes Gebäude.«

»Ja, für so ein Stück aufgeschüttetes Schwemmland ... Aber früher war das noch verrückter, da stand hier eine schottische Klosterruine drauf.«

Der Kulturclub, in den sich Narwa und Belinsky zurückgezogen hatten, war Teil des alten Brückenhauses, eines hohen turmartigen Gebäudes mit einem eigenartigen Walmdach, das dem Ganzen eine mittelalterlich-asiatische Anmutung gab.

»Tja, und jetzt gibt es hier jetzt einen Kanuverleih und Figurentheater für Kinder. Und dann vergibt unsere Ministerin hier einmal im Jahr gut dotierte Auszeichnungen an Menschenfreunde.«

»Na, lass sie.«

Narwa war nur halb bei der Sache. Gerade traf eine Lieferung mit Gastronomiebedarf ein, und mehrere Personen machten sich an den Paletten mit Bratfett, Pommes frites und Krautsalat zu schaffen. Ein älterer Mann im grauen Kittel war Narwa schon aufgefallen, als sie noch am Tatort waren.

»Ich glaube, mit dem sollten wir anfangen.«

Sie hatten tatsächlich Glück. Der Mann hatte bereits seit den Achtzigerjahren auf der Insel gearbeitet und schien über den Mord gut unterrichtet. Aber er konnte ihnen keinen Hinweis geben, der mit diesem in Zusammenhang stand.

»Sicher gab es auf der Insel mal Zoff wegen eines Mädchens und Mitte der Achtziger tauchten die ersten Glatzen auf, und es gab Randale. Da wurde auch einmal ein Messer gezückt. Aber bei uns auf der Insel blieb es im Großen und Ganzen ganz friedlich. Im Gegensatz zu ...«

Der Mann stockte.

»Im Gegensatz wozu?«

»Ach, das ist schon so lange her.«

»Umso leichter können Sie darüber sprechen.«

»Ja, vielleicht. Damals hat niemand darüber gesprochen ... Das war '88, da wusste doch noch keiner, dass das alles bald zu Ende ist ...«

»Was ist damals passiert.«

»Wissen Sie, mein Bruder, der war damals der Hausmeister in der Sternwarte drüben, im Treptower Park, nur 300 Meter Luftlinie von hier. Eines Morgens war alles voll Stasi und russischen Militärs. Die haben die ganze Gegend abgeriegelt, von der Bulgarischen Straße bis zum Flutgraben ... Da war ja damals Zonengrenze. Und nach ein paar Tagen war der ganze Spuk vorbei. Und niemand hatte eine Ahnung, was da eigentlich passiert war. ... Aber mein Bruder ... na, es gab so Gerüchte, dass sie drei tote Russen gefunden hätten, direkt am Sowjetischen Ehrenmal. Mehr weiß ich aber auch nicht.«

Belinsky sah Narwa an. »Denkst Du auch, was ich denke?«

»Wir haben drei Fälle, und in zwei von ihnen geht es um ›Russland‹ und zweimal spielt ein ›weißes Kreuz‹ eine Rolle. Wenn es einen Zusammenhang geben sollte, liegt der jedenfalls ziemlich im Nebel ... Aber warum fragt Ihr nicht Eure Kollegen von den Diensten? Wenn hier direkt an der Grenze ein Viertel über mehrere Tage dicht gemacht wird, wird doch auch der Nachrichtendienst davon etwas mitbekommen haben, vom CIA ganz zu schweigen.«

»Na da bin ich gespannt ... Aber Du hast natürlich Recht, versuchen können wir es.«

6. Lagebericht

Sie hatten Glück, die Lagebesprechung fand in Berlin statt, in einer ehemaligen Kaserne in Treptow, nur wenige Hundert Meter von der kleinen Insel entfernt, auf der sich Narwa und Belinsky noch am Tag zuvor getroffen hatten. Die Kollegen vom Gemeinsamen Terrorismusabwehrzentrum, der Koordinierungsstelle von BKA und Verfassungsschutz gegen den islamistischen Terror, gewährten Amtshilfe und stellten Räume und Logistik zur Verfügung. Tatsächlich konfrontierten die beiden Attentate die Behörden mit einer Reihe von Zuständigkeitsfragen: Rechts- oder Linksterrorismus, Bund oder Land Berlin. Narwa sah in dem Konferenzraum jedenfalls eine ganze Reihe bekannter Gesichter aus Köln, Wiesbaden, Meckenheim, Pullach und Berlin. Seine Anwesenheit verdankte sich einem sporadischen Nebenjob als Dozent bei der Forschungsstelle Terrorismus/Extremismus beim BKA. Während seiner Seminare musste er wohl einige Zuhörer beeindruckt haben, jedenfalls wurde er von nun an immer wieder hinzu gebeten, wenn ein Lagebild unklar war.

»Was haben wir?« bellte es vom Kopfende des Tisches. Narwa erkannte Staatssekretär Wohnmann vom Innenministerium.

»Wer fasst zusammen?«, kam es wesentlich ruhiger von Herstedt, dem Chef des BKA.

»Vielleicht fängt der Staatsschutz an? Die waren als Erste dran.«

Keinem der Referate, die nun folgten, entnahm Narwa irgendetwas Neues. Fragezeichen bei den Tätern, Fragezeichen bei der politischen Motivation. Ein einziges Rätsel. Das einzige, wessen sich Narwa sicher war, war die Angst, die in diesem Raum förmlich zu greifen war. Die Angst, den Job zu verlieren. Denn seit der

Affäre mit dem Nationalsozialistischen Untergrund war klar, dass sich der Staat und keines seiner Organe eine einzige Blöße geben durfte. Er war inmitten all dieser Spitzenbeamten der Einzige, der nichts zu verlieren hatte.

»Meine Herren, wenn ich vielleicht auch zumindest eine erste persönliche Einschätzung geben dürfte.«

Es gab ein leichtes Murmeln im Raum, aber das war nicht abschätzig gemeint. Narwa wusste, dass seine Arbeit geschätzt wurde, selbst von harten Verfechtern der guten, alten Polizeiarbeit.

»Wie es scheint, haben wir es mit koordinierten Aktionen rechts- und linksextremer terroristischer Organisationen zu tun. Daran sind gleich drei Dinge bemerkenswert: die Beteiligung rechtsextremistischer Kreise, die Beteiligung linksextremistischer Kreise und die mutmaßliche Tatsache einer konzertierten Aktion beider Gruppen. Zu Punkt 1: Wie leicht nachzuvollziehen ist, sind die Sicherheitsorgane bis zuletzt davon ausgegangen, dass infolge der ausgedehnten Ermittlungstätigkeiten im Zusammenhang mit der Mordserie der sogenannten NSU die Einsatzfähigkeit rechtsextremistischer Gruppen sowie die Funktion ihrer Kommunikationsnetze und Operationsbasen erheblich geschwächt worden sind. Zu Punkt 2 war eigentlich Konsens, dass, mit Ausnahme einer lokalen und nur gelegentlich aufflammenden Gewaltbereitschaft, der politische Linksterrorismus mit der Selbstauflösung der sogenannten dritten Generation der RAF 1998 an sein Ende gekommen war. Und drittens ist seit der Weimarer Republik kein Fall mehr bekannt geworden, dass Kräfte der extremen Rechten und der Linken eine politische Aktion gemeinsam geplant und durchgeführt haben. Daraus ergeben sich zwei mögliche Schlussfolgerungen: A. Dass die Bekennerschreiben Fälschungen sind, hinter denen sich eine ganz eigene Tatmotivik verbirgt, bei der offen ist, ob sie im Umfeld der Opfer zu suchen ist, oder ob sich hier ein völlig neuer staatsfeindlicher Akteur verbirgt. Oder B: Dass wir weder über einen tatsächlichen Einblick hinter die Strukturen rechtsextremer noch hinter die linksextremer Gewalt verfügen und dass sich in der letzten Zeit Dinge ereignet haben müssen, die dazu geführt haben müssen, dass beide Gruppen erstmals in einer bisher unvorstellbaren Weise mit gemeinsamen Aktionen an die Öffentlichkeit treten.«

»Herr Narwa, was denken Sie? A oder B?«

»Nun, Herr Wohnmann, meine Herren, es gibt Hinweise, die auf beide Varianten deuten. Einklammern, auch wenn ich nichts völlig ausschließen möchte, würde ich private Tatmotive. Dagegen spricht, neben dem hoch professionellen Tathergang, vor allem die Tatsache, dass wir es mit einem hochgradig kommunikativen Akt zu tun haben. Den Tätern kommt es in beiden Fällen in hohem Maße darauf an, eine Botschaft zu vermitteln. Ob diese Botschaft wirklich in dem besteht, was in den Bekennerbriefen steht, oder ob das Nebelkerzen sind, ist hier erst einmal zweitrangig. Erinnern wir uns, dass bei früheren Anschlägen aus dem rechtsextremen Milieu die Tat selbst die Botschaft war: die Vernichtung des politischen Gegners oder sogenannten unwerten Lebens. Überdeutlich ist hier, dass die Botschaft darüber hinausgeht. Dass nämlich neben dem eigentlichen Akt der Terroranschläge selbst, den Morden an Schoschew und dem bisher unidentifizierten Amerikaner, ein Ziel dieses Doppelanschlags unverkennbar die Kommunikation der Aktion selbst ist, eben als gemeinsame Aktion von rechts und links. Eine Art Blut-Manifest, vielleicht die Geburtsstunde eines post-konventionellen Terrorismus.«

»Aber Sie haben eben auch von der Möglichkeit gesprochen, dass sich hier ein ganz neuer Akteur zeigt.«

»Darauf könnten die eigenartigen Symbole deuten, die sich auf dem Bekennerschreiben des ersten Attentats fanden und denen wir jetzt auch noch in anderem Zusammenhang begegnet sind. Dann wären Rechts- und Linksterrorismus nur die Masken, denen sich dieser Akteur bedient. Aber derzeit wahrscheinlicher scheint mir, dass es sich um Akteure handelt, die ursprünglich aus den klassischen links- und rechtsextremen Milieus stammen, die sich aber aus uns unbekannten Gründen zu einer strategischen Zusammenarbeit entschlossen haben.«

»Das klingt plausibel, auch wenn die Herren vom BKA und vom Verfassungsschutz über kein belastbares Material verfügen, das diese These stützt ... Gut, ich habe erst einmal genug gehört. Ich werde den Minister unterrichten.«

»Warten Sie, Professor Narwa ...« Alle drehten sich um, es war Sachse, vom Bundesnachrichtendienst. »Sie haben vorhin von einem Ereignis oder einer Ursache gesprochen, die der Grund sein könnte, warum sich die Attentate jetzt ereignet hätten.«

»Ja, das ist richtig ... Wenn wir uns den harten rechtsextremistischen Terror seit den 80er-Jahren anschauen, dann hat er sich immer mehr von der absoluten Orientierung am realen Nationalsozialismus gelöst. Damals hat es, wie Sie wissen, erste Bündnisangebote der Rechten an die Linke gegeben, Anti-Imperialismus war schon damals das entscheidende Schlagwort, der Kampf gegen das kapitalistische ›USsrael‹ und das bundesrepublikanische ›Schweine-System‹ als dessen Handlanger. Das lag auf gleicher Linie mit der RAF. Aber in den 80er-Jahren war man mit dieser Position im Westen isoliert, und in den 90er-Jahren, nach dem Zusammenbruch des realen Kommunismus, erst recht. Aber seit ein paar Jahren erleben wir, wie in Russland der Anti-Amerikanismus immer stärker wird. Und nun, nach Putins Tod ...«

»Wollen Sie damit sagen, die Attentate bei uns hätten mit den Ereignissen in Russland zu tun?«

»Nein, nicht direkt, aber ...«

Narwa kam nicht weiter, der Staatssekretär musste aufbrechen, und damit war auch für alle anderen die Sitzung beendet.

»Na, Belinsky«, Narwa drehte sich zu seinem Nachbarn um, »ich hoffe, das war kein Eigentor.«

»Nein, bestimmt nicht. Im Grunde sind alle froh, dass sie dem Staatssekretär einen Knochen hingeworfen haben, den er seinem Herrchen präsentieren kann. Es werden bestimmt nicht alle Ihre Meinung teilen, aber die Hauptsache ist doch, die Sitzung ist vorüber und keiner ist einen Kopf kürzer gemacht worden.«

Narwa schüttelte den Kopf. So konnte man das natürlich auch sehen.

»Ach, Herr Professor, haben Sie einen Moment?«

Diesmal war es Herstedt, Belinskys Chef beim BKA.

»Wir haben uns Belinskys Bericht über diese dreißig Jahre alte Leiche angesehen und über die Spekulationen zu den Ereignissen am Sowjetischen Ehrenmal. Wir lassen den Mordfall bei der örtlichen Kriminalpolizei und werden den Fall mit den Russen mit Sicherheit nicht weiterverfolgen. Schließlich gab es damals eigene

Ermittlungen der zuständigen russischen Stellen, und wir sehen auch erst einmal keine direkte Verbindung zu unseren Fällen ...«

Narwa fühlte, wie ihm sein Gesichtsausdruck zu entgleiten drohte.

»Aber interessieren tut uns das Ganze natürlich trotzdem, und wenn Sie weiter dran bleiben wollen, dann würde ich Ihnen ein Gespräch mit Howard Trust vorschlagen. Trust ist zurzeit in Berlin, und er wird sich bestimmt mit Ihnen in der Amerika-Brücke treffen. Wir hatten zusammen seinerzeit gemeinsam ein paar Seminare in Langley belegt, er ist ein prima Kerl, grüßen Sie ihn von mir.«

7. Kupfergraben 7

Zunächst einmal war die Amerika-Brücke eine Adresse: Kupfergraben 7, im historischen Magnus-Haus, gelegen an einem Spree-Arm in Berlin-Mitte, mit Blick auf das Pergamon-Museum. Ein Haus der Gelehrsamkeit, preußisch in seinem Ursprung und von Friedrich II. höchstpersönlich in Auftrag gegeben, umgeben von ehrwürdigen Institutsgebäuden der Humboldt-Universität. Vor allem aber war es ein Netzwerk, lange bevor das Wort Netzwerk die Bedeutung erlangte, die es heute hat. Es verband seit den frühen 50er-Jahren Industrie und Politik, die alten Eliten der amerikanischen Ostküste und die neuen aufstrebenden Eliten der jungen Bundesrepublik. In seinen knapp 500 Mitgliedern versammelt der Verein eine einzigartige Mischung aus Politik, Wirtschaft und Geistesleben. Ein *melting pot* der Brillanz: die Kanzler und ihre

Oppositionsführer, die verborgenen Strippenzieher und die großspurigen Meinungsmacher, die Führer aus Wirtschaft, Militär und Kirchen.

Die Atlantik-Brücke zählte seit ihrer Bonner Zeit zu den exklusivsten Organisationen der Bundesrepublik, und da man nicht gerade sagen konnte, dass Transparenz zu ihren Haupteigenschaften zählte, sie aber gleichwohl erheblich meinungsbildend und entscheidungsfördernd in der Öffentlichkeit auftrat, gab es unter den Puristen der Demokratie nicht wenige Bedenkenträger, die den Einfluss dieses Vereins auf das parlamentarische Leben recht kritisch beäugten. Und tatsächlich konnte einem die Sogkraft der Organisation unheimlich werden, in dem sie einstmals radikale Jungsozialisten, öko-pazifistische Grüne oder globalisierungskritische Piraten umarmte und zu glühenden Verfechtern deutschamerikanischer Völkerverständigung werden ließ.

Narwa, der diesen, wie viele andere ähnliche *Think Tanks* aus zahlreichen Einladungen kannte, war sich des heiklen Status der Atlantik-Brücke durchaus bewusst. Nicht, dass dieser ihm egal gewesen wäre. Aber sein Verhältnis zu einer Institution wie dieser war rein pragmatisch: Nirgendwo konnte er schneller und vor allem im Vier-Augen-Gespräch wichtige transatlantische Entscheidungsträger sprechen. Nun war Howard Trust vermutlich keine große Leuchte, aber immerhin ein CIA-Beamter im mittleren Rang, der wichtige Informationen für ihn hatte.

»Sie müssen Wolfgang Narwa sein.«

»Ja, verzeihen Sie, ich habe Sie nicht kommen sehen.«

»Meine Vorgesetzten zitieren manchmal aus Ihren Büchern, ich fühle mich also geehrt.«

Na, immerhin ein *agent,* der wusste, dass es Informationen auch noch aus Büchern gab.

»Nun, vermutlich tun sie das aus schlechten Übersetzungen, Mister Trust.«

»Nennen Sie mich einfach Howard ... Mein alter Freund Manfred hat mir gesagt, dass sie sich für ein lange zurückliegendes Ereignis interessieren.«

Lange zurück, ach, die Amerikaner ...

»Ja, März 1988, es gab damals wohl ein Vorkommnis in Treptow unmittelbar an der Sektorengrenze.«

»1988 ... wissen Sie, für uns ist es eines dieser Schattenjahre, wie 2000, weil sich kurz darauf auf einmal alles geändert hat, der Mauerfall, *Nine Eleven* ... Mit einem Mal ist alles nur noch wichtig mit dem Bezug auf diese *big events*, und was sich da nicht einsortieren lässt, ist mit einem Mal völlig unwichtig, wird aussortiert, vergessen.«

»Sie waren 1988 in Berlin, nicht wahr?«

»Ja, ich war ein ganz junger *agent*, hatte gerade mein erstes Jahr in Langley hinter mir und war für ein weiteres Jahr verpflichtet in der *Field Station Berlin* ... Die Berliner haben dafür so ein schönes Wort: Teufelsberg, nicht wahr?«

»Ja, ich wohne nicht weit davon entfernt. Sie meinen die zentrale Abhöranlage der USA im Grunewald.«

»`88 war für uns eine dramatische Zeit. Der ganze Osten war in Bewegung, Streiks in Polen, der Abzug der Sowjets aus Afghanistan, die Perestroika. Im Februar hatte Gorbatschow erklärt, dass jeder sozialistische Staat sein System selbst wählen könne ... Wir wussten, dass es dagegen starken Widerstand aus den kommunistischen Kadern gab. Mitte März jedenfalls gab es ein hochrangiges Treffen von wichtigen KGB-Offizieren in Karlshorst bei Berlin. Damals war dort das Oberkommando der Gruppe der Sowjetischen Streitkräfte in Deutschland stationiert – und eben die Verwaltung des KGB in Deutschland. Wir haben damals mit allen Mitteln versucht, Näheres von diesem Treffen in Erfahrung zu bringen, aber es gelang uns einfach nicht ... In der Nacht vom 15. auf den 16. März registrierten wir ein enormes Funkfeuer, es muss auf der Ostseite geradezu Panik ausgebrochen sein. Auf den normalen Frequenzen von Polizei und Sicherheitsorganen gab es vor allem die üblichen Notfallmeldungen, wenn auch mit erheblicher Dringlichkeit. Aber es wurde auch auf streng geheimen und selten benutzten Frequenzen gesendet, die wir nicht dechiffrieren konnten. Durch unsere Satellitenaufklärung konnten wir immerhin herausbekommen, dass es eine Massierung von Kräften unmittelbar vor der Sektorengrenze Kreuzberg-Treptow gegeben hatte, direkt am Sowjetischen Ehrenmal. Es war dann fast ein Zufall, dass wir schließlich doch noch erfuhren, was damals tatsächlich geschehen war. Wir hatten damals eine Informantin, die als Psychologin in einem ostdeutschen Krankenhaus arbeitete. Sie erzählte uns, dass sich in dieser Nacht und in den nächsten Tagen einige Militärangehörige und Mitarbeiter der polizeilichen Ermittlereinheiten bei ihr in psychologische Betreuung begeben mussten ...«

»Was hatten sie gesehen?«

»Kennen Sie das Sowjetische Ehrenmal im Treptower Park? Lange Zeit war es die größte Erinnerungsstätte der Sowjets an ihren ›Großen Vaterländischen Krieg‹ gegen die Deutschen. Es ist ein monumentales Feld, umzäunt von Tausenden von drei Meter hohen Stahllanzen, am Fuß zwei gewaltige Steinportale mit zwei knienden Soldaten, dann in zwei Reihen je acht gewaltige Kalkstein-Sarkophage, die die Überreste von 7.000 Sowjetsoldaten bergen, die in der Schlacht um Berlin ums Leben gekommen sind und die mit Reliefs der Schlachten und Inschriften aus Stalins Tagesbefehlen verkleidet sind ... und dann am Kopf die gewaltige Skulptur dieses Sowjet-Soldaten.«

»Ja ... und?«

»Dort, nun ... dort hatte es ein Massaker gegeben. Auf den Sarkophagen fand man Teile von Leichen, die Stalin-Inschriften waren mit Blut verschmiert worden ... Zu Füßen der riesigen Statue fanden sich drei Köpfe.«

»Wer waren diese Toten?«

»Das wussten wir zunächst auch nicht. Aber als wir uns dann wieder unserer kleinen KGB-Konferenz in Karlshorst zuwendeten, bemerkten wir, dass drei Teilnehmer verschwunden waren. Zunächst dachten wir, dass sie übergelaufen oder vielleicht untergetaucht waren ... Aber als es nach mehreren Wochen keinerlei Spur von ihnen gab, war uns klar, dass es sich bei ihnen um die drei Toten aus dem Ehrenmal handelte.«

»Und in der DDR wurde das Ganze unter den Tisch gekehrt?«

»Nun, niemand hatte ein Interesse daran, dass das öffentlich wird. Da starben ein paar Hardcore-KGBler außerhalb Russlands in Zeiten, in denen sich der Kommunismus auflöste. Die einzigen, die das interessieren musste, war der KGB selbst.«

»Und von Ihren Leuten, waren da alle so überrascht, wie Sie damals?«

»Ich weiß, was Sie andeuten wollen, Narwa. Ich habe mich das auch lange gefragt. Aber manchmal sollte man sich die Fragen verkneifen. Und Sie sehen, ich bin noch hier ... Aber es gab damals einen Mann, der war gerade zum Leiter des Berlin-Büros der CIA ernannt worden, er heißt Winter, Stanley Winter. Soviel ich weiß, lebt er noch hier in Berlin in einem Altersheim.«

Narwa kannte Winter, er hatte ihn vor zwei Wochen bei einer Familienfeier kennengelernt. Er war der Großvater von Alexanders Freundin Julia.

8. Leitfossil

Narwa und Brandt staunten nicht schlecht. Das Altersheim war ein veritabler kleiner Palast. Vor ein paar Jahren erst gebaut, aber im Stil einer Gründerzeitvilla gehalten, fügte es sich fast elegant in die Allee aus alten Platanen im Berliner Westend. Julia war sichtlich nervös, und auch Narwa war es unangenehm. Job und Privates zu mischen war immer ein Fehler. Er wusste, dass es eine Zeit gegeben hatte, in dem Julia ihren Großvater regelrecht gehasst hatte. Erst seit sie mit Alexander zusammen war, hatte sich das Verhältnis wohl entspannt.

»Hoffentlich spielt er nicht Schach, dann ist er nicht ansprechbar.«

»Was hast Du ihm gesagt, warum ich hier bin?«

»Du würdest Dich einfach für das Berlin vor der Wende interessieren, Kalter Krieg und so ...«

Sie trafen Winter tatsächlich beim Schachspielen. Und wie Julia angekündigt hatte, war es kein guter Zeitpunkt. Es half nichts, sie mussten warten. Narwa ließ seine Freunde allein und streifte gedankenverloren durch das Anwesen. Das alte Westend ... Nach dem Krieg gehörte es zur englischen Zone. Es gab in der Nähe ganz verborgen einen *British Club,* in dem er einmal hervorragend gegessen hatte und dessen Schirmherr Prince Charles war. Und wenige Straßen entfernt gab es immer noch eine kleine anglikanische Kirche, St. George, an der einmal im Jahr an ihrem Namenstag der britische Botschafter im Rolls Royce vorfährt, während eine schottische Militärkapelle dazu Dudelsack spielt. Das war ein ganz anderes Berlin als das Neue Berlin, das in Mitte oder Friedrichshain tobte. Das war wie eine andere geologische Formation, ein anderes Erdzeitalter ... und doch hatte das eine das andere nicht begraben, sondern existierten beide nebeneinander, auch wenn sie vielleicht nicht viel voneinander wussten. Und Winter, das war dann so etwas wie ein Leitfossil, nach dem die Geologen ihre Epochen und Stufen benannten, aber eben des alten West-Berlins ... Narwa wusste nicht viel über Julias Familie. Sie hatte nie erwähnt, dass ihr Großvater Amerikaner war.

Vom anderen Ende des Ganges winkte Julia, das Spiel schien zu Ende zu sein. Narwa ging auf die beiden Spieler zu, von denen sich der eine bereits verabschiedete. Bevor er sich vorstellen konnte, stutzte er: Hatten sich die beiden eben auf Russisch verabschiedet? Winter sah sofort das Zögern seines Gegenübers.

»Nun, Herr Professor, trauen Sie einem Mann der Firma nicht zu, dass er Russisch spricht? Und mit wem sollte ich hier wohl Schach spielen?«

Narwa murmelte so etwas wie eine Entschuldigung. Immerhin war der Gegenspieler von Winter in Begleitung eines durchtrainierten Mannes gewesen, der sich durch seinen Stecker im Ohr als Bodyguard verriet.

»Schon gut ... Woher sollen Sie wissen, dass ich ...«

Er machte eine längere Pause und schien sich sammeln zu wollen.

»Verzeihen Sie, das war ein interessantes Spiel eben, und ein Mann von 90 Jahren steckt das nicht so einfach weg ... So ... Howard schickt Sie, der Einfaltspinsel. Warum möchte er, dass ich mit Ihnen spreche?«

Narwa hatte nicht erwartet, dass er angemeldet worden war, er hatte gehofft, über die familiäre »Schiene« in Kontakt mit ihm zu kommen und so ein gewisses Überraschungsmoment für sich zu haben.

»Was hat er Ihnen denn gesagt?«

»Dass Sie ein Bekannter eines Bekannten seien und Fragen zu Dingen hätten, die uns alle einmal sehr beschäftigt haben.«

Der alte Fuchs ließ sich nicht in seine Karten schauen. Wenn er ihn nicht überraschen konnte, vielleicht konnte er ihm schmeicheln?

»Ich habe noch nicht erlebt, dass ein Mann von der *agency* zugibt, über etwas nicht gut genug Bescheid zu wissen. Wenn Howard mir Ihren Namen nennt, dann nur, weil er entweder seine Ruhe haben möchte und Sie auch nichts wissen, oder weil Sie genau der Richtige sind.«

Und, was glauben Sie, trifft zu?«

»Großvater bitte, Wolfgang .... jetzt redet doch wie normale Menschen miteinander.«

Narwa musste schmunzeln. Sie spielten schon wieder Schach.

»Herr Winter ...«

»Stan, bitte.«

Wenn er nicht überraschen oder schmeicheln konnte, musste er provozieren.

»Also Stan ... Sie waren '88 Leiter des Berlin-Büros, sind Sie das trotz oder wegen Reagans geworden?«

»Reagan, der Schwätzer, der hatte keinen Begriff von einem Nachrichtendienst ... Sagen wir, ich war einfach an der Reihe.«

Nichts zu machen ...

»Stan, ich bin gekommen, weil diese Sache von '88 in Zusammenhang stehen könnte mit den Bombenanschlägen in diesen Tagen.«

»Hm ...« Winter schwieg und blickte Narwa lange bohrend an.

»Julia, Alexander, vielleicht könnt Ihr für ein paar Minuten in die Kantine gehen, Herr Narwa und ich haben etwas zu besprechen ... Kommen Sie, lassen Sie uns in den Park gehen, da gibt es bestimmt keine ..., na, Sie verstehen schon ... alte Gewohnheit.«

Narwa unterrichtete ihn von den Details der beiden Anschläge und von der Leiche auf der Insel der Jugend. Und von Howards Bericht über das Massaker am Sowjetischen Ehrenmal.

»Ich sehe noch nicht ganz ...« Winter blieb ungerührt.

»Wie das zusammenhängen könnte? Nach dem Obduktionsbericht sind der Mord auf der Insel und die Hinrichtungen am Ehrenmal etwa zeitgleich geschehen. Dass Schoschew als Generalkonsul für das KGB gearbeitet hat, wie die Toten am sowjetischen Ehrenmal, liegt nahe. Und wir haben in beiden Fällen diese eigentümlichen Kreuze.«

»Ich verstehe ... und Sie meinen, dass der CIA da irgendwie mit drin ...«

»Zumindest gab es eine lange Tradition der Zusammenarbeit zwischen CIA und rechtsextremen Organisationen in der Nachkriegszeit im Kampf gegen den Kommunismus. Nicht nur hier in Deutschland ...«

Winter sah Narwa scharf an. »Und deshalb schlachten wir drei Agenten wie Tiere ab und jagen heute, 25 Jahre nach der Wiedervereinigung, einen Senioren in die Luft?«

»Ich habe nicht gesagt, dass es Ihre Leute waren. Aber Sie wissen besser als ich, mit wem die *agency* alles zusammengearbeitet hat in den letzten fünfzig Jahren. In Guatemala und El Salvador sind Menschen noch weitaus grausamer gestorben als die KGB-Leute in Treptow.«

Narwa bewegte sich auf einem schmalen Grat, er durfte keinesfalls zu weit gehen. Er wusste genau, dass Lateinamerika für die CIA so etwas war wie die Ostfront für die deutsche Wehrmacht.

»Aber welchen Sinn sollte das haben?«

»Das alte GLADIO-Rezept: die Strategie der Spannung. Ein Ereignis schaffen, das die DDR destabilisieren sollte, die Risse im Sowjetimperium vergrößern ...«

Mit der Nennung von GLADIO berührte Narwa einen der heikelsten Bestandteile der Nato-Verteidigungsstrategie gegen den Warschauer Pakt. In allen Ländern des westlichen Verteidigungsbündnisses waren nach dem Zweiten Weltkrieg einheimische paramilitärische Verbände aufgestellt worden, die im Falle eines Angriffs der Roten Armee in den besetzten Gebieten verbleiben sollten, um von dort aus als Partisanen den Kampf um die Rückeroberung der Gebiete zu unterstützen. Auch in Deutschland hatte es solche Einheiten gegeben, die zumeist aus ehemaligen Nationalsozialisten bestanden. Nachdem der Kalte Krieg kalt blieb und in einigen Nato-Ländern der Linksrutsch drohten, wurde GLADIO in einigen Ländern zu einer verdeckten Waffe in der Innenpolitik: Es wurden, teilweise mit äußerst schmutzigen Mitteln, künstliche Krisen inszeniert und missliebige Regierungen destabilisiert.

»Ach, Narwa, GLADIO war ein Nachkriegskind, wir wollten mit aller Macht verhindern, dass noch mehr Staaten in den Einfluss des Warschauer Paktes gerieten. Spätestens zu Beginn der 80er-Jahre hatte es kaum mehr eine Bedeutung ... Und dann, wie hätten wir `88 eine solche Operation durchführen sollen?«

»Wie meinen Sie das?«

»Weil wir mit dem Rücken an der Wand standen. Seit Kriegsende war Berlin für die CIA einer der wichtigsten Orte der Welt, aber an kaum einem Ort hat sie mehr Fehler gemacht. Das ist eine lange Geschichte, aber in den Jahren 1985 und 1986 hatten wir gerade alle Agenten in Osteuropa verloren, zwölf Top-Leute innerhalb weniger Wochen. Unsere kleinen Büros in Ost-Berlin und Moskau mussten über Nacht ihre Arbeit einstellen – und das Beste, wir wussten acht Jahre lang nicht, was überhaupt geschehen war. Erst 1994 haben sie Aldrich Ames verhaftet. Der Mann war seit 1985 Leiter der Spionageabwehr für die Sowjetunion und Osteuropa in der CIA und hatte alle unsere Leute an die Sowjets verkauft. 1988 ... die Leute in Washington hatten keine Ahnung davon, was sich gerade in Russland abspielte. Niemand kannte dort die Reden, die Gorbatschow `87 gehalten hatte. Die hatten eine Billionen Dollar für Spionagesatelliten und Abhöreinrichtungen zur Überwachung des sowjetischen Militärs ausgegeben, und merkten nicht, dass die UdSSR am Zusammenbrechen war. So viel zum Thema Reagan-Ära ...«

»Aber Reagan hat doch die Zahl der verdeckten Aktionen stark erhöht?«

»Aber seit der Iran-Contra-Affäre von `86 war er angezählt ... und mit ihm die ganze *agency*. Das war ein riesiger Skandal, der größte seit Watergate, und die CIA mittendrin. Wir bekamen einen neuen Direktor, einen Richter, Mitglied der *Christian Science* ... ein ehrbarer Mann, aber er verstand die Firma nicht. Unzählige Aktionen wurden damals von heute auf morgen ausgesetzt und Pläne zu den Akten gelegt. Viele der besten Leute verließen uns damals. In dieser Situation war eine Kommandoaktion in der DDR völlig undenkbar.«

»Was ist denn Ihrer Meinung nach damals passiert?«

»Das haben wir nie klären können. Ich hatte vier Jahre später Kontakt zu zwei KGB-Offizieren aus Karlshorst, beim Erwerb der Rosenholz-Akten, vielleicht sagt Ihnen das etwas ...«

»Natürlich, die mikroverfilmten Karteikarten der Hauptverwaltung Aufklärung.«

»Ja, das war der Auslandsnachrichtendienst der DDR ... einer der wenigen Erfolge, die wir hatten. ... Nach dem Fall der Mauer wurde ich pensioniert, danach habe ich noch ein bisschen freiberuflich gearbeitet. Jedenfalls habe ich diese Akten `92 von KGB-Kollegen in Budapest erwerben können, und bei diesem Treffen kamen wir auf die Morde in Treptow zu sprechen. Die beiden waren immer noch sehr betroffen von den Ereignissen, aber das einzige, was ich in Erfahrung bringen konnte war, dass die Ermittlungsakten in Moskau in der Lubjanka liegen.«

»Im Herzen des KGB ... Aber hatten Sie nie einen Verdacht, ganz inoffiziell?«

»Wenn man diese Arbeit so lange macht wie ich, kann man sich alles vorstellen ... Damals, als GLADIO auf Hochtouren lief, hatten wir Kontakte mit seltsamen Gruppen, manche waren Idealisten, manche waren Spinner, eine Menge alter Nazis waren dabei, aber auch ein paar, die ihre komplett eigene Agenda verfolgten. Es würde mich nicht wundern, wenn aus der Ecke ein paar Wirrköpfe ...«

»Das hilft mir schon weiter ... Ich glaube, wir müssen wieder zu den anderen ... Aber jetzt müssen Sie mir doch die Frage beantworten, warum Sie Russisch ohne Akzent sprechen. Das ist für einen Amerikaner doch recht ungewöhnlich.«

»Ich bin kein geborener Amerikaner, ich stamme aus der Ukraine. Ich habe als junger Mann Ende des Krieges in der ukrainischen Unabhängigkeitsbewegung gegen Stalin gekämpft. Mit Stepan Bandera und seinen Partisanen haben wir uns in den Westen durchgeschlagen, wo uns dann die Amerikaner internierten. Und die brauchten damals gleich wieder Leute gegen den Kommunismus. Der ›Lodge Act‹ von 1950 hat uns die Einbürgerung in die USA gestattet, wo ich dann mit vielen meiner Kampfgefährten direkt nach Fort Bragg zu den Green Berets kam. Aus den vielen osteuropäischen Einwanderern ist dort die 10th Special Forces Group aufgestellt worden und als dann `53 der Volksaufstand in der DDR ausbrach, ist unsere Einheit ins bayrische Bad Tölz verlegt worden. Von dort bin ich dann nach Berlin gekommen, wo mich die *agency* rekrutierte. Ich war dann einige Jahre in Vietnam und in Honduras und kam dann 1968 nach

Berlin zurück. So, jetzt kennen Sie meine Geschichte ... Nur Ihre, die kenne ich noch nicht ...«

Narwa blickte ihn ernst an.

»Ein andermal, Alexander und Julia warten.«

Als Narwa mit Winter zum Ausgang strebte, sah er den alten Russen mit seiner Begleitung wieder. Er schien auf Winter zu warten. Narwa schien etwas irritiert zu schauen, denn sogleich ertönte Winters leicht höhnisches Lachen.

»Ach, Narwa ... in diesem Spiel sind Sie ein Anfänger. Wissen Sie, in den Altersheimen in Berlin, in Moskau, in Washington, da stirbt gerade die wahre Geschichte des 20. Jahrhunderts. Wer etwas davon erfahren will, muss sich beeilen ...«

9. Spurenlese

»Ich glaube, ich bin Euch eine Erklärung schuldig.«

Narwa öffnete seine Haustür und bat die Freunde herein.

»Ist schon okay, wenn Du ...«

Narwa war nicht naiv, aber er kam einfach nicht weiter. Natürlich war er kein beamteter Ermittler und als solcher nicht offiziell an die Schweigepflicht gebunden. Trotzdem konnte jedes falsche Wort den Ermittlungen schaden und dann wäre das sein letzter Fall. Er wusste, dass er Alexander bedingungslos trauen konnte, aber über Julia wusste er nicht viel. Sie hatte wohl in ihrer Studienzeit ein paar wilde Jahre durchlebt und war eine Zeit lang in der autonomen Szene untergetaucht. Aber das war lange her. Und schließlich hing jetzt ihre Familie mit drin. Vor allem aber hatte er nicht den Eindruck, dass die Behörden sich sonderlich für *Mister*

Bean und die Ereignisse im Treptower Park interessieren würden. Also erzählte er, was er wusste – oder zumindest das meiste.

Für Julia und Alexander blieb der Zusammenhang dürftig.

»Du meinst, Du bringst diese Sachen zusammen, weil *Mister Bean* ein Amulett trug, dessen Symbol sich neben anderen auf einem Bekennerschreiben 15 Jahre später wiederfindet?«

Brandt klang skeptisch, aber nicht, weil er nicht glaubte, dass Narwa Recht hatte, sondern weil er ahnte, dass ihnen ihr Freund etwas verschwieg.

»Jetzt sag schon, wofür steht dieses Zeichen?«

»Es ist mehr als ein Zeichen, es ist ein umgekehrtes Symbol.« Narwa griff in seine Tasche und holte einen alten Metallanhänger hervor. Es war der gleiche, wie er um das Skelett des Toten von der Insel gehangen hatte. Ein weißes Kreuz auf schwarzem Grund.

»Wenn Du es in Gedanken umkehrst, was erkennst Du dann?«

»Ein schwarzes Kreuz auf weißem Grund.«

»Und? Woran denkst Du dann?«

»Ich weiß nicht ... Das eiserne Kreuz, Preußen, das Deutsche Reich, die Streitkräfte der Bundesrepublik.«

»Ja, und die Trikots der deutschen Nationalmannschaft ...«

Sie mussten lachen.

»Nein, Alexander, das Amulett bezieht sich auf die, die das Kreuz als Erstes geprägt haben, auf den Deutschen Orden.«

»Du meinst, diese karitative Ordensgemeinschaft, so wie die Johanniter?«

»Na ja, so ähnlich.«

Julia nahm das Stück Metall und drehte es langsam in ihren Händen. »Und warum dann umgekehrt?«

»Das, Julia, ist eine lange Geschichte ...«

Narwa atmete tief durch.

»Der Deutsche Orden ist mehr als nur eine wohltätige Glaubensgemeinschaft, er ist ein alter Ritterorden aus der Zeit des dritten Kreuzzugs. Gegründet waren sie zwar als eine Gemeinschaft von Krankenpflegern im Heiligen Land. Aber dann wurde die Brüderschaft vom Papst zum geistlichen Ritterorden erhoben. Damals war das eine große Idee, christliche Ritter, halb Krieger, halb Mönch. Die Elitetruppen des Kreuzfahrerheeres.«

»Also so wie die Templer?«

»Ja, genau ... Aber anders als diese wollte der Deutsche Orden nach dem Fall von Jerusalem und Akkon nicht vom Kreuzzugsgedanken ablassen. Und sie begriffen früh, dass sie das möglichst von einem eigenen Staat aus machen mussten. Die Templer etwa waren zwar so etwas wie die sagenumwobenen *Special Forces* der Christenheit gewesen, aber in dem Moment, wo sie zu viel Macht und Einfluss erlangt hatten, wurden sie unter blutigen Umständen aufgelöst. Für den Orden klappte es nach einem Versuch in Siebenbürgen dann in Ostpreußen, wo sie vom polnischen König Land erhielten als Gegenleistung zum Schutz vor heidnischen baltischen Stämmen. Der Deutschordensstaat, der ab dem 13. Jahrhundert entstand, wurde immer größer und mächtiger, aber eben nicht gerade zur Freude seiner Nachbarn.«

»Vor allem der Polen und Russen, nehme ich an.«

»Und der Litauer. Das war ja der letzte heidnische Staat in Europa. Gegen die zog man viele Jahre in den Kreuzzug. Damals beteiligten sich Ritter aus ganz Europa daran ... Aber schließlich wurde der Deutschordensstaat zerrieben, durch Kriege und

Religionskonflikte. Die Hochmeister mussten Ostpreußen und das Baltikum aufgegeben und der Orden zog sich in seine kleineren Besitztümer zurück, bis er schließlich in Wien eine neue Bliebe fand. Dort ist er 1938 von Heinrich Himmler zerschlagen worden. Nach dem Krieg wurde er neu gegründet, aber nun nicht mehr als Ritterorden, sondern als eine rein geistliche Ordensgemeinschaft, die sich wieder karitativen und seelsorgerischen Aufgaben widmet«

»Und Du meinst nun, dass irgendwie mit diesem weißen Kreuz auf die Geschichte des Ordens angespielt wird, als hätte es noch eine andere Neugründung gegeben?«

»Ja, danach sieht es wohl aus.«

»Du denkst, dass diese geheimnisvolle Organisation in die Aktionen rechts- und linksextremer Terroristen verwickelt ist?«

Narwa zuckte mit den Schultern.

»Es gibt noch etwas. Belinsky hat mir bei unserem letzten Treffen diese Aufzeichnungen in die Hand gedrückt. Derzeit finden wohl in vielen rechtsextremen Zirkeln so etwas wie Schulungen statt, die die Szene auf eine Nähe zu Russland einschwören soll.«

Er nahm einen USB-Stick und steckte ihn an einen MP3-Player. Nach einigen Trommelwirbeln hörte man einen Mann sprechen, der über die slawische Rasse als die älteste unter den arischen Rassen informierte und über das russische Volk als ursprünglich arisch-reine Blutsynthese von Wikingern und Slawen, das aber durch die Mongolen-Invasion in ein Rassechaos gestürzt sei und schließlich 1918 seinen Tiefpunkt erreicht habe. Die Stimme schien nun aus einem Buch vorzulesen – »Alfred Rosenberg, Chefideologe der NSDAP«, flüsterte Narwa:

Das Wesen der Revolution in Russland besteht nun, rassengeschichtlich betrachtet, in der Tatsache, daß die unbewussten mongoloiden Mächte im russischen Volkskörper über die nordischen siegten und zur Ausrottung dieses ihnen feindlich erscheinenden Wesens schritten.

Dann fuhr der Mann mit seinem Referat fort, in dem er darstellte, wie die russischen Vertreter des »nordisch-russischen Blutes« ihr Heil vielfach in der Emigration gesucht hatten und wie diese gemeinsam mit rechtsextremen Kreisen im Deutschland der Weimarer Republik den Schulterschluss gesucht hätten im Kampf gegen den Bolschewismus. Immer wieder kam die Botschaft, dass die Rechte den Kampf gegen den verfaulten Westen nur zusammen mit einem vom Bolschewismus befreiten Osten hätte aufnehmen können, im Schulterschluss Deutschlands mit Russland. Und dass es ein folgenschwerer Fehler Hitlers gewesen sei, gegen das russische Volk Krieg zu führen, und nicht nur gegen das kommunistische Regime als solches. Was sich nun aber in einer Zeit, in dem das russische Volk im Begriff sei, seine westlichen Fesseln vollständig abzuwerfen, als neue Aufgabe an das deutsche Volkstum stellen würde.

An dieser Stelle stoppte Narwa die Aufnahme.

»Ich denke, das ist genug. Ich wollte Euch das vorspielen, um zu demonstrieren, wie die Rechtsextremen gerade ticken. Es ist ja ein NS-Klischee, dass die extreme Rechte antirussisch und antislawisch war. Viele haben die Russische Revolution gesehen und haben die bewundert als eine nationale Selbstbehauptung. Im Sinne von: ›Da müssen wir auch hindurch, wir müssen die gesamte bürgerliche Ordnung hinwegfegen. Aber wir müssen noch radikaler sein, Revolution nicht als Klassenkampf, sondern als völkische Revolution, als nationale Sammlung.‹ Auf jeden Fall aber war der Feind der Westen, Zion, die USA, England, die ganze bürgerlich-kapitalistische Gesellschaft. Moeller van den Bruck hat in seinem Buch *Das Dritte Reich* darüber philosophiert, wie die extremen politischen Ränder durch ihre Radikalisierung die Mitte zermürben könnten. Und dass da, wo sich, wie er das ausdrückt, ›die Enden des Hufeisens einander nahebiegen‹, der entscheidende Funke überspringen wird. Irgendwie muss ich bei den Anschlägen daran denken, dass dieser Funke jetzt übergesprungen sein könnte.«

Die Freunde schwiegen. Das war wieder so ein Narwa-Monolog gewesen.

»Puh ... Und wie geht es jetzt weiter?«

»Wir müssen uns an das halten, was wir haben. Das Massaker in Treptow. Wenn es hier eine Antwort gibt, dann liegt der Schlüssel dazu in den Archiven des KGB in Moskau.«

»Und wie willst Du dort einen Zugang erhalten?«

Narwa grinste. »Ich habe ihn schon.«

»Aber wie ...?«

»Alte Verbindungen ...«

In diesem Moment klingelte Narwas Telefon. Er sah auf das Display und verließ dann das Zimmer. Er schien etwas verstört. Nach wenigen Augenblicken kehrte er zurück.

»Wir sollen den Fernseher anschalten.«

Ausnahmsweise drehten sich die Hauptnachrichten an diesem Abend nicht um die jüngsten Terroranschläge, sondern kamen aus Moskau. Dort hatte die »Große und Heilige Synode« begonnen, das erste Konzil der orthodoxen Kirche seit 1.200 Jahren.

Fasziniert blickten Brandt und Narwa und auf den Schirm. Der eine, weil dieser seit seiner Jugendliebe immer von einer schwärmerischen Sehnsucht überfallen wurde, wenn das Thema auf Moskau kam, der andere wegen der aktuellen Ereignisse.

»Das hat es seit Nicäa nicht gegeben!« murmelte Narwa.

»Worum geht es da?«, fragte Julia.

»Nun, vor allem um die Rangfolge der einzelnen orthodoxen Kirchen.«

»Gibt's denn da einen Streit?«

»Anders als bei den Katholiken gibt es in der Orthodoxie keinen Primat, keinen Vorrang eines Bischofs, wie dem von Rom, dem Papst also. Aber es gab doch traditionell eine Art Rangfolge, eher eine Frage der Würde und der Sitzordnung als von tatsächlicher Macht. Über Jahrhunderte war klar, dass der Bischof von Konstantinopel Erster unter Gleichen war. Darüber begann die Diskussion, seit Konstantinopel seine Macht verlor und schließlich von den Osmanen erobert wurde, vor allem aber, seit die russisch-orthodoxe Kirche im 16. Jahrhundert zum Patriarchat aufstieg. Und nun, in ihrer Rolle als Friedensbringerin nach der Beendigung des Bürgerkriegs, traut sie sich wohl noch eine größere Rolle zu«

Narwa hatte die letzten Sätze fast mechanisch vorgebracht. Die Bilder aus Moskau beanspruchten seine volle Aufmerksamkeit. Tatsächlich sah man Bilder vom Kathedralenplatz des Kreml. Alles war in Fahnen mit dem Kreuz des Heiligen Andreas gehüllt, dem Missionar Russlands. Dann wurde im Bericht auf ein Interview geschnitten, das Bartholomäus II., den Ersten Patriarchen der orthodoxen Christenheit, gemeinsam mit dem russischen Patriarchen Kyrill II. zeigte.

»Das kann doch nicht sein ...«

Diesmal sah Brandt so aus, als hätte ihn ein Schlag getroffen.

»Da, da, erkennst Du ihn nicht ...?«

Narwa blickte seinen Freund erstaunt an, dann folgte sein Blick dessen ausgestrecktem Arm. Neben den beiden Patriarchen standen eine Reihe weiterer hoher geistlicher Würdenträger. Und mit einem Mal verstand er: Einer von ihnen war Andreij, der verschwundene russische Freund aus Friedberg.

Bevor Narwa etwas sagen konnte, summte sein Telefon erneut. Diesmal war es eine Kurznachricht. Narwa blickte seine verstörten Freunde für eine Weile stumm an.

»Schlechte Neuigkeiten?«

»Ich muss nach Wien ... Alexander, kannst Du ... kannst Du für mich nach Moskau reisen?«

»Natürlich kann er. Er ist Dein bester Freund! Und ich ...«, Julias Augen blitzten, »... ich komme mit!«

II.

10. Diaspora

Bevor Alexander mit Julia durch den Hof ging, blickte er noch einmal zurück auf die Straße. Das hier also war das alte Moskau. Nach zahlreichen Straßenzügen mit modernen Zweckbauten waren sie in ein Gässchen eingebogen, in dem klassizistische Häuserfassaden vorherrschten. Einige niedrige Bauten schienen sogar aus dem 18. Jahrhundert zu stammen. Alexander fühlte sich an Paris erinnert oder an die Sophienstraße in Berlin. Aber er dachte nicht viel darüber nach, denn er war furchtbar müde, und das obwohl es früher Morgen war und längst bevor sie ihr erstes Ziel erreicht hatten. Die letzten Tage hatten es ganz schön in sich gehabt. Glücklicherweise hatte er mit seinem Presseausweis zwei Eilvisa bekommen, und der Flug nach Domodedowo hatte auch ganz gut geklappt. Doch dann fing es auch schon an. Statt in den Expresszug in die Stadt hatten sie sich in eine der alten Vorortzüge gesetzt, eine *Elektritschka,* die an jeder Ecke gehalten hatte und deren Holzbänke eine schöne Einstimmung auf die Härten des Moskauer Alltags sein sollten. Vom Pawelezer Bahnhof mit der Ringbahn zur Station Kurskaja ging es dann wieder, aber als sie mit der Metrolinie 3 dann bis zu ihrem Hotel am Ismailowski Park fahren wollten, war die Irritation groß, denn es gab die Station nicht mehr. Sie brauchten einige Zeit, bis sie herausfanden, dass die Station jetzt Partisanskaja hieß, was aber weder in den Hotelinformationen noch in den Reiseführern erwähnt wurde.

Später sollte Alexander feststellen, dass die Umbenennung, immerhin zehn Jahre alt war, ein Tribut an die sowjetischen Partisanen des Zweiten Weltkriegs. Und als sie dann die Metrostation

77

betraten, mussten sie ein wenig schmunzeln, denn im Treppenhaus grüßte eine im Stil des sowjetischen Realismus gehaltene monumentale Figurengruppe, zwei heroische, opferbereite Männer und eine Frau, in den Händen die typische sowjetische Maschinenpistole mit dem legendären 71-Schuss-Trommelmagazin. Das war eine von Wladimir Putins vielen kleinen Gesten zu Beginn seiner zweiten Amtszeit, als die allmähliche Resowjetisierung Russlands einsetzen sollte. Größere sollten folgen mit der Annexion Nordgeorgiens, der Krim und Teilen der Ukraine.

Alexander und Julia bemerkten bald, dass dieses martialische Denkmal nicht das einzige war, was vom Aufbruch des »Neuen Russlands« kündete. Schon am Flughafen waren ihnen die vielen fliegenden Händler aufgefallen, die verschiedene Abzeichen und Fähnchen verkauften, vor allem die schwarz-orangenen Sankt-Georgs-Bänder mit ihrem Muster von drei schwarzen und zwei orangen Streifen und dann natürlich die neue Andreasfahne, mit dem Kreuz von rotem und blauem Balken auf weißem Grund. In der Stadt gab es kaum ein Auto oder einen Balkon, der nicht mit einem der beiden Abzeichen geschmückt war, als Schleife um eine Antenne, als Fahnenmast am Balkon.

Dabei machte das sichtlich vom Bürgerkrieg gezeichnete Moskau einen unruhigen, fast fiebrigen Eindruck. An jeder Ecke, an jedem Platz und in den Parks diskutierten die Menschen miteinander. Viele junge Russen waren darunter, bleich und erregt, viele, denen man in ihrer Angst und ihrem Elend die bäuerische Herkunft ansah und ihr Heimweh nach der weiten Erde. Tatsächlich hatte das Land in den vergangenen zwei Jahren eine beispiellose Achterbahnfahrt erlebt. Kaum hatte es unter Putin an seine imperiale Ära Ende des 19. Jahrhunderts wieder angeschlossen und die Demütigungen aus der Zeit des Zerfalls der Sowjetreichs rückgängig gemacht, geschah das Unvorstellbare: das Attentat auf den Präsidenten. Es folgten die »schwarzen Jahre«, die Selbstzerfleischung eines Landes, die Implosion jeglicher Ordnung unter den Stiefelabsätzen zahlloser Banden und Clans. Aber auch hier bewährten sich die unendliche Leidensfähigkeit des russischen Volkes und seine enorme Regenerationskraft. In dem Augenblick, als das Land im Bürgerkrieg zu versinken drohte, war es die Kirche, die zunächst die Menschen und dann allmählich auch die politische Ordnung wieder aufrichtete: mit eindringlichen Predigten gegen den Egoismus der Oligarchen, vor allem aber mit vorbildlichem persönlichen Mut, der zahllose Märtyrer hervorbrachte und schließlich zur Befriedung führte.

Das alles war noch nicht allzu lange her und Alexander Brandt war mit mehr als nur gemischten Gefühlen nach Moskau gereist. Das »Rätsel Russland« beschäftigte die deutschen Medien jetzt schon seit Monaten. Niemand hatte sich ausmalen können, wie schnell das Land aus der Anarchie der Vorjahre wieder zu dem »Neuen Russland« werden konnte, das Wladimir Putin noch zu seinen Lebzeiten verkündet hatte. Aber es war auch aufmerksamen Beobachtern kaum verborgen geblieben, wie sich die orthodoxe Kirche in den letzten Jahren mehr und mehr politisiert hatte. Und nicht gerade in einer Richtung, die puristischen Demokraten eine reine Freude war.

Narwa jedenfalls war bei den Vorbereitungen keine große Hilfe gewesen. Sein Freund hatte ihnen lediglich einen Namen und eine Adresse genannt, Arevik Sarkassian, *Armyanskiy pereulok*, 5.

»Unsere Familien«, und das war seine einzige Erläuterung beim Abschied, »kennen sich schon sehr lange. Dort wird man Euch weiterhelfen. Versucht so viel Ihr könnt, über Andreij herauszufinden, ich komme bald nach. Ich kann Dir übrigens eine kleine Überraschung versprechen«, sagte er mit einem verschwörerischem Blick auf Julia. »Ach, und noch eine Kleinigkeit ...«

Und damit hatte er Julia eine Einkaufsliste in die Hand gedrückt.

»Bringt das bitte als Gastgeschenk mit!«

Damals, bei ihrem Abschied konnte Alexander nur die ersten Positionen entziffern, alles lateinische Namen. Die Liste entpuppte sich dann als Aufstellung verschiedener Kräuter- und Gewürze: Mekkabalsam, Storaxbaum, Zyperngras, Provence-Rose, Galbanum-Harz, Deutsche Lilie und vieles mehr. Ihre Besorgung hatte Julia mehr Zeit und Nerven gekostet als die für Visa, Flugtickets und Hotelreservierung zusammen.

Als beide an diesem frühen Morgen an der angegebenen Adresse angekommen waren, waren sie zunächst ratlos. Eine Familie Sarkassian schien hier nicht zu wohnen. Tatsächlich waren sie ohne Anmeldung gekommen, eine Telefonnummer hatten sie keine erhalten und sie hatten sie auch nicht herausbekommen können. Sie benötigten eine geraume Zeit, um zu begreifen, dass mit der Adresse ein ganzer Häuserblock gemeint war und sie ein kleines Hoftor zu durchqueren hatten, um zu einem Aufgang zu gelangen, vor dem weitere Klingelschilder montiert waren.

Im Hof war die klassizistische Welt der Vorderhäuser verschwunden. Es gab viel dunkles Holz hier, wie die steilen überdachten Treppenaufgänge, aber auch hässlich verputzte Garagen aus Sowjetzeiten. Ältestes mischte sich mit Modernem. Während Alexander und Julia noch die fast unleserlichen kyrillischen Namensschilder zu entziffern versuchten, öffnete von oben eine Tür und nach wenigen Augenblicken trat ihnen eine junge Frau, fast noch ein Mädchen, mit einem Korb Wäsche entgegen.

Etwas an ihr verstörte Alexander, und sichtlich außer Fassung stammelte er in einer Mischung aus Englisch und gebrochenem Russisch: »Sarkassian, wir suchen eine Familie Sarkassian«.

Das Mädchen stutzte.

»Ja, die wohnen hier, was wollen Sie von Ihnen?«

»Wir möchten mit Arevik Sarkassian sprechen ... Wir sind Freunde von Wolfgang Narwa.«

Das Mädchen lachte. »Ach, Wolfgang ...«

Übergangslos wechselte sie in ein flüssiges, etwas gestelztes Deutsch, wie sie es aus Schulbüchern und alten Klassikerausgaben gelernt haben musste. Alexander fand es entzückend ... was Julia sofort registrierte.

»Kennen Sie Ihn?«

»Aber ich bin doch Arevik!«

Alexander und Julia waren verblüfft, damit hatten sie nicht gerechnet. Eher mit einem Greis mit schneeweißem Bart.

»Wir, wir .... brauchen Ihre Hilfe.«

»Dann bitte ich Sie, mir nach oben zu folgen.«

Sie erklommen zu dritt die Holztreppe und durchquerten einen engen, unscheinbaren Hausflur. Brandt ertappte sich selbst, wie sein Blick an den schmalen Fußgelenken des Mädchens hängen blieb ... Schließlich standen sie in einem kleinen Wohnraum, von dem nach zwei Seiten Türen abgingen. Das Mädchen schien ein wenig unschlüssig, bis es dann die Schulter zuckte, etwas murmelte und die Tür zur Rechten öffnete.

*

Die Überraschung von Alexander und Julia beim Betreten des Zimmers konnte nicht größer sein als die von Ali Baba, nachdem er die Felshöhle der 40 Räuber betreten hatte. Der Raum diente offensichtlich als eine Art Arbeitszimmer, und er hatte wohl auch eine quasi offizielle Funktion, wie zahlreiche Wimpel und Bilder an den Wänden vermuten ließen. Aber zugleich glich er einer Wunderkammer des Barock, halb Kuriositätenkabinett, halb begehbare Schatztruhe. Durch die kostbaren tiefroten und mit Goldfäden durchzogenen Stofftapeten schien der Raum dunkel zu glühen. Die beiden Deutschen blieben für einige Minuten sprachlos und versanken in der Betrachtung einiger besonders schöner Kunstgegenstände: eine große rechteckige Stele aus Sandstein, in dem ein Kreuz als eine Art Baum gemeißelt war, umgeben von unbekannten Schriftzeichen. Eine kunstvoll gearbeitete Hand aus Messing, auf deren Rücken offensichtlich das Bild eines hohen kirchlichen Würdenträgers abgebildet war und deren Ringfinger ein kostbarer Rubin zierte. Ein großes Gefäß aus verschiedenen Metallen in Form einer fremdartigen Kirche. Und schließlich ein feiner Stab mit einer Kugel als Spitze, auf dem eine silberne Taube thronte.

Das Mädchen lächelte verhalten.

»Hat Ihnen Wolfgang nicht verraten, woher wir stammen?«

»Nein gar nicht, er hat uns nur, oh ... bevor ich es vergesse. Wir haben Ihnen etwas mitgebracht.«

Alexander nickte zu Julia, woraufhin sie aus ihrer Tasche einen etwas unförmigen Gegenstand hervorzog.

»Wir wussten nicht, wie wir es verpacken sollten«, entschuldigte sie sich.

Arevik ergriff freudig das Paket und befreite es von seiner Verpackung.

»Oh, wie schön, aber diesen Hinweis haben Sie von Wolfgang. Da wird sich mein Vater freuen.«

Das Mädchen breitete nach und nach zahlreiche Döschen und Schächtelchen auf dem Tisch auf.

»Dürfen wir fragen, wofür das gut ist?«

»Ja, natürlich, das sind die Bestandteile für unser Myron. Die bekommt man in Moskau nicht mehr in einer guten Qualität. Aus Deutschland ist besser – ist meistens bio, wissen Sie? Vielen, vielen Dank!« Sie strahlte.

Alexander war etwas errötet. Er mochte es nicht, wenn er gar nichts verstand. Und schließlich hatte er wegen all der Gewürze ziemliche Ängste vor dem russischen Zoll ausgestanden.

»Myron? Was ist das?«

»Ach, Sie wissen ja wirklich gar nichts ... Schauen Sie, wir sind Armenier, und Myron ist das heilige Öl für unseren Gottesdienst. Jeder Armenier wird damit getauft. Es ist das Zeichen für den Zusammenhalt aller unserer Gemeinden in der Diaspora. Und in diesem Kessel«, und sie deutete auf das Gefäß in Kirchenform, »wird das Myron geweiht. Das macht mein Vater mithilfe dieser Segenshand hier, eine Reliquie des heiligen Nikolaus. Allerdings nicht hier in Moskau und auch nur alle sieben Jahre ... Und in der Taube werden die Gläubigen im Gottesdienst mit dem Öl gesalbt.«

»Oh, ich wusste nicht ... aus Armenien, natürlich, die Armenische Straße, dass ich nicht gleich drauf ... und wie kommen Sie nach Moskau?«

»Das ist eine lange Geschichte. Wenn Sie einen Armenier treffen und ihn nach seiner Herkunft fragen, müssen Sie viel Zeit mitbringen, wissen Sie ... Aber ich will versuchen, es kurz zu machen. Sehen Sie meine Familie stammt aus Sis, dem heutigen Kozan in der südöstlichen Türkei. Das war einmal die Hauptstadt des armenischen Königreichs von Kilikien, Kleinarmenien, wie man wohl in Deutschland sagt. Das entstand vor langer, langer Zeit, als byzantinische Kaiser in den Gegenden südlich des Taurus Armenier nach dem Untergang des armenischen Reiches im Norden ansiedelten, um die Kilikische Pforte gegen das Vordringen des Islam zu sichern.

Aber dann hinderten ausgerechnet die Mongolen die Araber am weiteren Vordringen. Unsere Häfen öffneten sich den Karawanen von der Seidenstraße, wir trieben Handel mit Venedig und Genua. Zu dieser Zeit waren wir das kosmopolitischste Land des Nahen Ostens. Unsere Kunst der Diplomatie und der Hang zum Luxus waren byzantinisch, unsere Sozialstruktur und die Liebe zum Waffenhandwerk fränkisch und die Neigung zur verfeinerten Lebensart und zu den Wissenschaften arabisch. Dann zerfiel im 14. Jahrhundert die mongolische Macht, die Franken wurden vertrieben, Byzanz zog sich zurück. Das Königreich Kilikien zerfiel 1375 und wurde 1515 schließlich doch osmanisch. Dennoch lebte meine Familie mehr oder wenig friedlich und unbehelligt ihr Leben im Reich des Kalifen von Konstantinopel. 400 Jahre später aber kam die *Aghet*, die Katastrophe.«

Arevik hielt inne, sie presste die Lippen aufeinander. Alexander wusste nicht, ob mehr Zorn oder mehr Trauer aus ihrer Geste sprach.

»Nun, wir ... unsere Familie musste damals fort, das war unser Exodus. Wir haben einiges retten können damals, das, was beweglich war ... Aber alles unsere Kirchen und Klöster wurden zerstört. Hunderttausende starben. Meine Ur-Großeltern, sie waren damals noch ganz jung, ließen sich zunächst im Libanon nieder, dann in Jerusalem. Und schließlich kamen sie, in den Dreißigerjahren hierher nach Moskau, ins Herz der armenischen Gemeinde ... Im Nachhinein war das vielleicht keine weise Entscheidung, aber wissen Sie, heute leben in Russland fast zwei Millionen Armenier, alleine in Moskau sind es fast 500.000. Hier waren wir keine Fremde, oder besser: weniger fremd als anderswo. Dieses Viertel zum Beispiel, Armenier leben hier seit dem Ende des 16. Jahrhunderts. Und wissen Sie, warum hier viele Gebäude so alt sind? 1812, beim Brand von Moskau, der Napoleon aus der Stadt treiben sollte, durften nur die Armenier, die Ausländer, ihre Häuser löschen. Deshalb ist dieser Teil der Stadt fast der einzige, in denen man noch Spuren des alten Moskau finden kann.«

»Und Wolfgang, woher kennt Ihr, woher kennen Sie ihn?«

»Wir können gerne beim Du bleiben ... Unsere Familien kennen sich seit vielen Jahrhunderten. Ungefähr seit der Zeit, als der armenische König dem Deutschen Orden einige Burgen und Ländereien in Kilikien anvertraute. Also etwa seit 1240.«

Alexander verschlug es die Sprache. In seiner eigenen Familie reichte keine Bekanntschaft länger als fünfzig Jahre in die Vergangenheit.

»Nun ja.« Arevik grinste. »Unsere Familien sind ja auch nicht gerade gewöhnliche Familien. Ihr müsst wissen, die Sarkassians waren Fürsten, sie haben viele Male den Katholikos gestellt, den Kirchenführer von Kilikien. Und über Wolfgang wisst Ihr ja Bescheid.«

Das Mädchen sah in zwei fragende Gesichter.

»Ach, sagt nur, er hat Euch nicht ... Aber dann, dann sagt Euch auch der Deutsche Orden nichts?«

Alexander und Julia blickten sich an.

»Er ist Dein Freund«, entfuhr es Julia maliziös.

Der Deutsche Orden, du liebe Güte, schon wieder ... Wolfgang hatte doch darüber gerade erst mit ihnen gesprochen, aber was hatte er selbst damit zu tun? Ihm gingen Bilder von den Kreuzzügen durch den Kopf, von Ritterorden wie Templer und Johanniter. Von Ostpreußen, Slawenmission und polnischen Ressentiments. Und dann, mit einem Mal, die Erinnerungen an ihre gemeinsame Kindheit, an die vielen Tage in der Friedberger Burg. Sollte das alles viel weniger harmlos, viel hintergründiger sein, als er es damals erlebt hatte?

»Na, das soll er Euch besser selber erzählen. Vielleicht nur dies: Seht Ihr das Bild hinter mir?«

Arevik wies auf eine vergilbte, sepiabraune Fotografie in einem schmalen, goldenen Rahmen an der Wand. Sie zeigte eine schroffe Gebirgslandschaft im Morgennebel, mit einem kahlen Grat im Zentrum, auf dem die Ruinen einer mächtigen Festung auszumachen waren.

»Das ist Amouda, oder besser das, was davon übrig geblieben ist. Diese Burg schenkten die Sarkassians einst den Vorfahren von Wolfgang ... Aber jetzt zu Euch. Warum seid Ihr hier?«

Julia hatte als erste die Sprache wiedergefunden.

»Wir sind wegen eines ehemaligen Bekannten von Wolfgang hier, Andreij ... Andreij Paskow.«

»Das habe ich mir gedacht. Sona, meine verstorbene Mutter, hat mir von ihm erzählt. Sie hat ihn damals bei Wolfgang in Friedberg kennengelernt, eine merkwürdige Geschichte ... Und jetzt hat er wohl ziemlich Karriere gemacht, wenn man das so nennen will. Na ja, ich hoffe, Ihr habt noch eine gute Kondition. Ich muss einmal kurz telefonieren und dann werde ich Euch mit Grischa bekanntmachen.«

11. Blutgasse

»Sagt mir, Prior, warum bin ich hier?«

»Ich nehme an, Narwa, Ihr verfolgt die Ereignisse in Moskau.«

»Ihr meint das Konzil der Orthodoxen?«

»Ja, das meine ich.«

»Was hat das mit mir zu tun.«

»Wie denkt Ihr darüber?«

»Nun, Kyrill gibt dem Neuen Russland die Kirche, die es sich wünscht. Er wird den Anspruch auf den Primat der russischen Kirche innerhalb der Orthodoxie erheben.«

»Das ist richtig, aber das ist noch nicht alles. Wir haben Hinweise, dass es noch um wesentlich mehr geht.«

»Noch mehr? Will er sich zum neuen Zaren ausrufen lassen?«

»Vielleicht auch das ... Narwa, Ihr wart lange nicht mehr hier in Wien, nicht wahr?«

Er schüttelte den Kopf. Nicht seit seiner Militärzeit und seiner Aufnahme in den Orden. Schon damals hatte er das Ordenshaus gemieden, wo er nur konnte. Heute war das Blutgassenviertel touristengerecht saniert. Aber so adrett war es nicht immer gewesen, im Gegenteil. »Kotgässel bei den Deutschen Herren«, so hieß die Gasse an der Schmalseite des Ordenshauses früher, bevor man sie nur noch »Blutgasse« nannte. Stand man vor der Hauptfassade der Hauses, an der Singergasse, nur wenige Meter vom Stephansdom entfernt, war von dieser düsteren Rückseite nichts zu spüren. Und es hatte ja wirklich viel Glanz in diesen Räumen gegeben. Große Persönlichkeiten des Ordens, hohe Mitglieder des Hauses Habsburg, hatten hier gewirkt, auch Mozart und Brahms wohnten hier zeitweise. Aber so war eben Wien. Kein Rosenduft ohne Gruftgeruch.

»Seht Ihr, wir haben aus Rom ein Hilfegesuch erhalten, der Heilige Vater ... Seit einigen Jahren sind die Angriffe auf unsere Kirche immer stärker geworden.«

»Nicht nur von außen.«

»Ja, Ihr habt völlig Recht, das ist auch der Grund, warum er sich an den Orden gewandt hat. Wir sind ja eine der wenigen kirchlichen Institutionen, deren Generaloberer seinen Sitz nicht in Rom hat, in dieser Schlangengrube ... Aber Ihr wisst, was ich meine, die zahllosen Angriffe auf unsere Gemeinden im Nahen Osten, in Afrika. Und nun droht auch noch eine große Auseinandersetzung mit unserer Bruderkirche in der Ökumene.«

»Ihr meint, Kyrill will ...«

»Was ich meine ist, dass sich die Kirche seit dem 19. Jahrhundert etwas zu wenig mit den Realitäten dieser Welt auseinandergesetzt hat. Wir wollten sein wie die Tauben ... und haben zu früh das Schwert aus der Hand gegeben. Gewiss, der Orden hat dabei Vorbildliches geleistet, all die Einsätze auf den Schlachtfeldern der Welt, die Waisenhäuser, der selbstlose Dienst an hilfebedürftigen Menschen. Aber wir haben keine Bedeutung mehr, wir sind keine politische Größe mehr. Zuweilen erscheint es mir, als sei Barmherzigkeit, die karitative Mission, nur eine besondere Art der Flucht aus der Welt.«

»Der Orden hat sich nicht freiwillig zum rein geistigen Orden gewandelt, Ihr wisst das so gut wie ich.«

Narwa war klar, dass er beim Prior einen schmerzhaften Punkt traf. Es war der Untergang des Hauses Habsburg nach der Niederlage des ersten Weltkriegs, der den Deutschen Orden beinahe mit sich gerissen hatte. Zu eng war das Amt des Hochmeisters, war der ganze Orden in dieser Zeit an das Kaiserreich gebunden. Nur die radikale Verleugnung seines Erbes als Ritterorden verdankte er sein Überleben. Das war keine Lüge, die Heilige Elisabeth war so gut die Patronin des Ordens wie der Heilige Georg. Aber es war nur die eine Wahrheit.

»Die Zeiten, Narwa, haben sich geändert. Niemand muss die Wiederkehr der Habsburger fürchten. Und noch immer sind wir vor allem eins: einzig dem Heiligen Vater untergeben. Exempt. Keiner sonstigen Gewalt gehorsamspflichtig. Rom, die Kirche, braucht uns heute mehr denn je.«

»Und nun wollt Ihr, will der Heilige Vater ... Was sagt der Hochmeister dazu?«

»Trenner ist alt, er ist kaum mehr in der Lage, das Amt zu führen.«

»Und welche Rolle spiele ich in dem Spiel?«

»Der Generalprokurator des Ordens hatte vor zwei Tagen in Rom ein Gespräch mit Kardinalstaatssekretär Bersano. Der Heilige Stuhl stellt sich zunächst einmal einen ersten Test vor. Das Thema ist sehr heikel, es gibt in Rom einige Orden, die uns die Berufung neiden, die Jesuiten, der Opus Dei. Aber wir haben das Vorrecht, wir sind nun einmal der letzte Ritterorden ...«

»Dessen letzter Ritter, Graf Belrupt-Tissac, 1970 gestorben ist!«

»Ihr wisst, dass viele im Orden die Umwandlung in einen geistigen Orden nie verwunden haben. Um den Orden herum gab es eine Vielzahl von Institutionen, in denen das Erbe wach gehalten wurde. Euer verstorbener Vater ...«

»Ihr kanntet meinen Vater?«

Der Prior nickte und sah Narwa scharf an.

»Er sah vor, Euch auf eine solche Aufgabe vorzubereiten. Nach seinem frühen Tod schien nichts mehr darauf hinzudeuten, dass er Erfolg haben würde. Aber dann habt Ihr Euch von heute auf morgen in theologische Studien gestürzt und habt Euren Militärdienst in Wien geleistet, wie es sich gehört, im 2. Jägerregiment ›Hoch- und Deutschmeister‹.«

Narwa blickt sich um. In diesem Zimmer war er noch nie gewesen. Er kannte die prachtvolle Residenz des Hochmeisters, dieser Raum aber war wesentlich älter. Er musste daran denken, dass dieses Haus zu den ältesten Besitzungen des Ordens gehörte. Schon wenige Jahre nach der Gründung 1190 in Jerusalem war es dem Orden übereignet worden ... Wien, ach Wien ... nach dieser Nacht, als er Olivia mit Andreij ... Er wollte einfach nur vergessen. Daraus sind mehrere Jahre geworden und ein Offizierspatent. Vielleicht hatte er dabei tatsächlich an den Wunsch seines Vaters gedacht. Und nun war er erneut nach Wien gekommen, auf der Suche nach Antworten. Stattdessen gab es neue Fragen. Ihm fröstelte, es war ihm unwohl geworden. Was wusste man hier über ihn?

Der Prior schien zu wissen, was in Narwa vorging.

»Ja, wir haben Sie beobachtet. Denn sagen wir einmal so: Ihr Schicksal war uns nicht gleichgültig ... Und schließlich verlief danach alles in unserem Sinne. Ihre vorzügliche akademische Laufbahn. Ihre Studie über Marsilius' *Defensor Pacis*, die wurde auch in Rom aufmerksam gelesen. Die kleinen Nebentätigkeiten für das BKA ... Sie wissen, wie Krieg zu Frieden wird und umgekehrt. Sie haben gelernt, Freund und Feind zu unterscheiden ...«

»Das ist manchmal schwerer, als sie vielleicht denken.«

»Gewiss, Narwa, das ist hier in Wien keine ganz unbekannte Wahrheit. Aber ich will Ihnen nicht weiter schmeicheln. Kommen wir zur Sache: Wir würden Sie gerne in unseren Dienst nehmen, als erster Ritter des Neuen Deutschen Ordens.«

»Ach, Prior, Ritter gibt es nur noch bei Playmobil.«

»Ich weiß, was Sie meinen. Wir leben im 21. Jahrhundert. Viele Kriege werden heute am Computer geführt ... Aber ich glaube, Sie wissen um den Wert der Tradition. Unsere Gegner kämpfen mit modernsten Mitteln, aber sie kämpfen um Ideen, die allesamt älter sind als die sogenannte Aufklärung. Wir brauchen einen Mann wie Sie!«

»Was wäre mein erster Auftrag?«

»Narwa, wir haben Hinweise erhalten, dass Kyrill in einer Woche beim Konzil eine spektakuläre Zeremonie plant. Dabei soll etwas geschehen, das das Papsttum in nie gekannter Weise in

Frage stellen wird. Darauf müssen wir vorbereitet sein. Finden Sie heraus, um was es geht. Wenn nötig, verhindern Sie es.«

Narwa schwieg eine Weile. Er dachte an seinen Vater. Der hatte ihm von der Geschichte des Ordens erzählt, seitdem er denken konnte. Die Gründung in Jerusalem, der Fall von Montfort, die Abenteuer im Burzenland, die neue Heimat Ostpreußen, Tannenberg, der Verrat des Hochmeisters, der Verlust Livlands, die Stagnation der Deutschmeister. Solange sein Vater lebte, schien seine Kindheit fast nur aus Reisen zu bestehen, dauernd lernten sie neue Menschen und Orte kennen. Und alles, das wusste er dunkel, schien mit diesen Geschichten seines Vaters zusammenzuhängen. Er nickte langsam und zögernd. Er hatte keine andere Wahl. Die Entscheidung war ihm abgenommen worden, schon vor langer Zeit.

»Gut, wir haben keine Zeit zu verlieren. Kommen Sie morgen früh noch einmal zu uns. Melden Sie sich direkt beim Hochmeister an. Wir werden Sie dann in einer kleinen Prozedur zum Ritter schlagen. Keine Sorge, keine große Sache, wenn man bedenkt ... Aber es gibt da noch etwas ...«

Diesmal war es der Prior, der sich seiner Sache nicht sicher schien.

»Wissen Sie, in den Jahren nach dem Ersten Weltkrieg, als der Orden dem Rittertum entsagte, da begannen andere Kräfte, sich die kriegerischen Traditionen des Ordens anzueignen, andere Ideen eines Deutschen Rittertums zu entwickeln.«

Narwa meinte zu wissen, worauf der Prior anspielte. Der Deutsche Orden hatte schon in der Publizistik des wilhelminischen Kaiserreichs eine eigenartige Renaissance erlebt. Für viele kämpften die Soldaten an der Ostfront im ersten Weltkrieg in den Spuren des Ordens gegen das Slawentum. Kein Wunder, dass auch eine ganze Reihe hoher Nazis von ihm fasziniert war. Hitler hatte in *Mein Kampf* vom Marsch des Deutschen Reiches in den Osten »auf der Straße der einstigen Ordensritter« gesprochen. Alfred Rosenberg, der Chefideologe der NSDAP, hatte 1934 in der Marienburg, dem Hauptsitz des Ordens in Ostpreußen und Sitz des Hochmeisters über viele Jahrhunderte hinweg, eine Art von nationalsozialistischem Verfassungsentwurf vorgetragen, in dem er dem »Ordensgedanken« einen hohen Rang zugewiesen hatte. »Von der Marienburg bis zur Feldherrnhalle führte ein gerader Weg der Treue, des Opfers und des heldischen Sterbens.« Ja, Narwa kannte diese Sätze gut. Und Heinrich Himmler träumte in seiner SS vom Germanenorden in der Tradition des Deutschen Ordens und ließ nach seinem Vorbild zahlreiche Ordensburgen im Deutschen Reich erbauen.

»Aber haben die Nazis 1938 nach der Okkupation Österreichs nicht als eine der ersten Maßnahmen die Auflösung des Deutschen Ordens angeordnet?«

»Ja, gewiss, der Orden, so, wie er in den Dreißigerjahren bestand, aus Sanitätern und Seelsorgern und nur noch vier ehemaligen Rittern, was hätte die Partei damit anfangen sollen? Aber schauen Sie ... Kurze Zeit, nachdem der Orden aufgelöst worden war, wurde das Ordenshaus der SS übergeben, und Heinrich Himmler kam extra nach Wien und hielt an diesem Ort eine Rede über den Deutschen Orden und das kommende ›germanische Imperium‹. Sie werden sie kennen, sie ist in den *Geheimreden* publiziert worden.«

Diese Wendung hatte Narwa nicht erwartet, aber sie traf ihn auch nicht unvorbereitet. Das, was der Prior ausführte, schien sich präzise mit den Ereignissen der letzten Wochen verbinden.

»Er hat in dieser Rede über das katholische Missverständnis des Ordens geschimpft, über das Zölibat und die unglückliche Lehre eines asiatisierten Christentums, was immer er damit meinte. Aber er hatte eben auch den festen Willen bekundet, das Erbe des Ordens anzutreten, seine Tapferkeit, die unerhörte Treue zu einer Idee, Organisationsfähigkeit, Das Hinausreiten ins Weite, wie er das nannte, nach dem Osten ... Damals meinten die meisten, dass er das nur metaphorisch meinte, dass das eben die Werte der SS sein sollten, die er in den neuen Ordensburgen an die ›Elite‹ der deutschen Jugend weitergeben wollte. Aber es gab auch ein paar dunkle Gerüchte von einer tatsächlichen Neugründung ... Gerüchte nur, zweifellos, wir sind eben in Wien. Nun gab es damals eben auch ein paar Brüder, die nicht ganz unempfänglich gegen den Geist der neuen Zeit waren ... Wie auch immer. Wir müssen diese Gerüchte jetzt, wenn wir den Orden als Ritterorden neu gründen wollen, vollständig zerstreuen ... Vermutlich nur eine Kleinigkeit, und doch, eine delikate Angelegenheit. Niemand weiß besser darüber Bescheid als Bruder Taddeus. Er ist kein einfacher Mensch, gewiss, aber wenn Sie vielleicht einmal eine Stunde mit ihm reden könnten. Mehr braucht es sicherlich nicht. Es pressiert allerdings ein wenig, denn Sie wissen ja, in wenigen Tagen wartet das Flugzeug nach Moskau auf Sie.«

12. Kurier des Zaren

Alexander Brandt hatte kaum Platz auf dem Rücksitz des Kleinwagens, aber das machte ihm nichts aus. Es gab wenige Dinge, die er mehr genoss als das Reisen, und die Aussicht auf einen Ausflug jenseits der Moskauer Stadtgrenze schien ihm verheißungsvoll. Zudem musste er nichts tun. Er sah einfach nur aus dem Fenster und hörte den knappen Erläuterungen ihrer zauberhaften armenischen Chauffeurin zu. Er musste nur aufpassen, Arevik nicht allzu häufig anzustarren. »Mein Gott, sie ist Sonas Tochter,« hämmerte es ununterbrochen in seinem Hirn.

In wenigen Minuten waren sie aus dem armenischen Viertel mit seinen weiß und gelb gestrichenen Häusern auf den Boulevardring gestoßen, an dessen Stelle früher die Befestigungsmauer der Weißen Stadt stand, einer der drei Schutzmauern der Zarenhauptstadt des 17. und 18. Jahrhunderts, und noch immer erinnerten trotz vieler Zerstörungen grüne Parkanlagen an die Vorbilder der Pariser Boulevards. Über den Sakharov-Prospekt gelangten sie zur Großen Sadowaja-Straße, einem Teil des berühmten Gartenrings, dem zweiten Verkehrsring der russischen Hauptstadt. Hier wurde die Straße achtspurig, und Brandt war froh, dass er nicht am Steuer saß.

An einer großen, sehr belebten Kreuzung verließ Arevik die Stadtautobahn.

»Wir sind jetzt auf dem ›Prospekt des Friedens‹, der mündet direkt in die Magistrale 8. Von jetzt an geht es nur noch geradeaus! Wenn wir die Straße immer weiter fahren würden«, rief die Fahrerin vergnügt, »kämen wir über Jaroslawl und Wologda nach Archangelsk und weiter nach Sewerodwinsk direkt ans Weiße Meer«.

Geradeaus schon, aber nicht ohne Staus. Die stadtauswärts führende Ausfallstraße war nun nur noch dreispurig und von Baustellen durchzogen. Massen von Lkws machten die Fahrt in beide Richtungen zu einem Geduldsspiel. Brandt wurde schläfrig. Tausende und Abertausende von zehnstöckigen Wohn- und Geschäftshäusern zogen an ihnen vorbei, an vielen von ihnen konnte er Einschläge von Granatwerfern und MG-Salven erkennen. Gelegentlich wurde er an die Berliner Karl-Marx-Allee erinnert mit ihrem stalinistischen Zuckerbäckerstil. Immer dann, wenn die Häuser deutlich höher wurden oder sie durch Industriegebiete fuhren, hoffte er, dass sie die Stadt endlich verlassen würden, aber dann kam immer wieder ein neuer Rayon, ein neuer Stadtbezirk, der noch zu Moskau gehörte.

Arevik hielt Alexanders gespielte Distanz für wachsenden Unmut. »Wir haben's bald geschafft. Gleich kommt die MKAD, die Ringautobahn um Moskau. Das ist die Stadtgrenze, danach folgt *Moskowskaja oblast*, der Großraum Moskau. Dann wird es ein bisschen ländlicher.«

Mittlerweile war aus der M8 tatsächlich eine veritable Autobahn geworden, und Kleinstädte und Dörfer wechselten einander ab.

»Das hier«, und Arevik wies zur Linken, »ist Puschkino. Eigentlich nur ein Dorf. Aber weil es nah ist bei Moskau und gut angebunden, haben viele Moskauer hier ihre Sommerdatscha. Nicht zuletzt Moskauer Parteifunktionäre. Die Kommunisten haben hier 1929 einen der ersten elektrifizierten Bahnhöfe der Sowjetunion errichten lassen. Und wenn Ihr in den Osten wollt, müsst Ihr im Bahnhof umsteigen: Hier gibt es einen Anschluss an die Transsibirische Eisenbahn.«

Während die Autobahn die ersten Birkenwälder durchteilte und sich die Gespräche der beiden Frauen um Alltagsdinge drehten, war Alexander in undeutlichen Tagträumen versunken. Nicht alle drehten sich um Arevik. Moskau, Kasan, Perm, Omsk, Irkutsk ... Aus Jugenderinnerungen stiegen in ihm auch die Stationen von Jules Vernes »Kurier des Zaren« wieder hoch. Aber er wurde bald wieder geweckt.

»Jetzt geht's runter von der Autobahn. Ein paar Kilometer weiter würde uns übrigens die A 108 queren, der nächste große Autobahnring rund um den Großraum Moskau. Der stammt aus der Sowjetunion und war bis 1993 geheim. Auf Straßenkarten waren nur Bruchstücke verzeichnet ...«

*

Nach nur wenigen Minuten hatten sie Sergijew Possad erreicht. Julia und Alexander waren beide enttäuscht, dass Arevik nicht auf das märchenhafte Dreifaltigkeitskloster in der Stadtmitte zusteuerte, sondern an einem heruntergekommenen Plattenbau am Stadtrand hielt.

»So, hier wohnt Grischa.«

Arevik wickelte ein Kopftuch um den Kopf und gab Julia ein zweites.

»Das hier ist ein Außenbereich des Klosters«, sagte sie, als müsse sie sich entschuldigen. »Seit diese religiöse Welle hier umgeht, hat das Kloster nicht mehr genug Zimmer für die Mönche. Und dann ist es so, wie es immer war in Russland, die guten Wohnungen kriegst du nur mit Geld oder Beziehungen, am besten mit beidem.«

Die drei betraten den Eingangsbereich des Wohnheims und meldeten sich an der Pforte an. Nach einer Weile erschien ein junger Mann in einem schwarzen Gewand, mittelgroß, etwas hager, mit aufmerksamen grau-blauen Augen. Arevik sprach mit ihm auf Russisch und übersetzte dann für ihre neuen Freunde.

»Bruder Grigori, darf ich Dir Alexander Brandt und Julia Winter aus Deutschland vorstellen. Sie wollen mit Dir über Bruder Andreij sprechen.«

»Arevik sagt, Ihr kennt ihn?«

»Ja, aus Deutschland, vor langer Zeit ... Er war einmal ein guter Freund.«

»Ja, das war er, auch für mich ... Aber kommt, gehen wir nach oben. Hier sind zu viele meiner Brüder, zu viele Fragen ...«

Grigori führte sie in seine kleine Kammer. Beim Eintritt fiel sein Blick auf Alexanders Hosenbund.

»Warte einen Augenblick.«

Er griff er in seinen Schrank und reichte Alexander ein Stück Leder.

»Weißt Du nicht? Der Teufel hat Angst vor Männern mit Gürtel.«

Alexander lächelte gequält. »Nein, dann wusste ich nicht ... Aber Grigori ... Bruder Grigori, wie hast Du Andreij kennengelernt?«

»Das war vor vielen Jahren in der Nähe von Nowosibirsk, bei Bruder Fjodor. Er ... Er war unser Starez.«

»Ein Starez? Was ist das?«

»Wie soll ich das beschreiben? Fjodor ...Fedja, er war unser Führer, unser geistiger Lehrer. Er hat uns damals aufgelesen, mich, Andreij und viele andere von uns auch. Die meisten von uns waren *narkomany i prostitutki,* verlorene Seelen. Niemals hätte ich damals geglaubt, dass Andreij ein anderes Leben geführt hatte, dass er einmal in Deutschland gewesen war.«

»Andreij war drogenabhängig?«

»Ja ... und nicht nur das ... Wir waren Abschaum.«

»Und Bruder Fjodor? Er hat Euch dort raus geholt?«

»Ja, ohne ihn wäre ich nicht hier ... und auch Andreij wäre nicht da, wo er jetzt ist.«

»Und warum ist er jetzt nicht mehr hier?«

»Das ist eine lange und eigenartige Geschichte.«

»Erzählen Sie sie uns?«

»Nein, ich ... ich kenne sie nur in Bruchstücken. Und ich bin nicht sicher, ob ich sie verstanden habe. Aber ich kann Euch etwas geben, was Euch weiterhelfen wird.«

Er ging zu einem kleinen Schrank, rückte ihn ein Stück nach vorne und griff hinter die Rückwand. Als er gefunden hatte, wonach er gesucht hatte, kam er mit einem zerfledderten Notizbuch zurück.

»Das hier ist sein Tagebuch. Er hat es mir anvertraut, nachdem er das Kloster verlassen hatte. Ich konnte nur einzelne Worte entziffern. Es ist auf Deutsch geschrieben.«

Alexander griff nach dem Buch und schlug auf der erste Seite auf- Nach einem langen Eingangszitat, dass als eine Art Einführungsmotto diente, fiel sein Blick auf den ersten Eintrag: »Ich verließ Friedberg mit der ersten S-Bahn um 4:17 ...«

13. Das Herz des Wienerwalds

»Schau an, ham's mich doch noch gfunden.«

Narwa blickte dem alten Mann in die Augen.

»Ich dachte, Sie hätten mich erwartet.«

»No ja, ma was ja net, was so alls passiert ... I hoff, s'macht Ihnen nix aus, dass wir uns hier im Gasthof treffen. Aber für den Fraß im Kloster bin i zu alt. Und zahlen tun doch Sie, gell?

Bruder Taddeus nahm einen großen Schluck aus seinem Bierglas.

»Geht halt nix über unser Schlägl ... Mögen's ned? Mir ham halt hier auch sehr guten Wein, der ist vom Stift Thallern. Schaun's, a Grüner Veltliner vielleicht? Ah, geh ...«

Der Mönch blätterte die Speisekarte durch, und sein Gesicht verzog sich.

»Ham's gesehen. Die schreiben jetzt alles auch auf Russisch. Jetzt ham wir den Iwan seit sechz'g Jahren naus aus Österreich gekriegt, und jetzt kommt er wieder! Da können's das gleich auf Türkisch ...«

»Sie kennen«, Narwa unterbrach ihn, »den Prior gut?«

»No mei ... gut ... Ich bin nicht mehr viel in der Stadt. Hier im Wienerwald, da hab ich alles, was ich brauch.«

»Aber das war nicht immer so ...«

»Ich war nach dem Krieg ein kleiner Militärkurat in Wien, wissen's, so eine Art Pfarrer für das Heer.«

»Und da haben Sie sich auch um das zweite Jägerbataillon gekümmert.«

»Die Hoch- und Deutschmeister ... Sehn's, Sie wissen das doch schon, warum fragn's mich das?«

»Ich weiß halt nicht recht, wie ich mir das vorzustellen habe.«

Narwa ärgerte sich ein wenig, dass er auch ein wenig in den Dialekt fiel, das hatte er seit Jahrzehnten nicht getan. Dies hier, so viel wusste er, waren die Schmutzecken des Katholizismus. Aber wo niemand sauber macht, überdauert eben viel Altes, was woanders verschwunden war. Dummheit, Ignoranz ... aber auch: Wissen.

»Na, die jungen Leute haben viel Beistand gebraucht, Orientierung. Die wussten ja nicht mehr, wo oben und unten ist, so bald nach dem Krieg. Selbst der Orden ...«

Wie alt mochte der Mann wohl sein? Narwa versuchte, ihn sich als jungen Mann vorzustellen. So, mit dem weißen Umhang und dem kahl rasierten Schädel hatte er etwas Zeitloses. Und doch, er musste fast 95 Jahre alt sein.

»Sie meinen, die alten Mitglieder, die den Anschluss und den Krieg überlebt hatten und den Orden wieder aufbauen wollten?«

Narwa kannte die bittere Geschichte des Ordens nach 1938. Die Deutschordenspriester Kluger und Horny wurden ins KZ Dachau gebracht, wo Kluger 45 starb. Andere konnten in Kommenden im heutigen Slowenien untertauchen. Aber wenn an den Andeutungen des Priors etwas dran war, war das nur die eine Geschichte.

»Ja, die ... und ... Aber sagen's, Sie sind doch auch ein alter Kamerad, oder?«

Narwa stutzte. Da war der alte Mann aber gut informiert.

»Ja, ich habe mein Offizierspatent beim Jägerregiment gemacht. Aber das war viele, viele Jahre nach Ihrer Zeit.«

»Na, schauen's, dann wissen Sie doch, was das für ein toller Haufen war. Selbst unter dem Adolf durften die ihre eigene Fahne haben ...«

Und in Stalingrad sind sie alle verblutet ... Narwa wurde langsam ungeduldig. War das nur die Nostalgie eines Alten Herren? Aber so ganz Unrecht hatte er ja nicht, die Truppe war das Wiener Hausregiment, klassische Jäger, eine richtige Kampftruppe, geübt im Häuserkampf und in Luftlandeoperationen. Und natürlich, seit über dreihundert Jahren aufs engste verknüpft mit dem Orden, der ihm seinen Namen gegeben hat, die »Hoch- und Deutschmeister«. Bis 1918 war der Regimentsinhaber in ununterbrochener Folge der jeweilige Hochmeister gewesen. Sämtliche Offiziere mussten damals Ordensritter sein.

»Bruder Taddeus, wissen Sie noch etwas aus der Zeit des Anschlusses. Als die SS in das Deutschordenshaus eingezogen ist?«

»Ah geh, nur die alten G'schichten, wie der Adolf die Heilige Lanze aus der Hofburg gleich '38 nach Nürnberg hat bringen lassen. So Schmarren halt. Mir hatten uns um andere Sachen zu kümmern.«

»Gab's nicht auch welche beim Orden, die die neue Zeit begrüßt haben?«

»Ja mei, solche gibt's doch immer. Aber wer will das denn heute noch wissen?«

»Bruder Taddeus, Sie haben doch viel mit früheren Frontsoldaten gesprochen, Sie haben denen die Beichte abgenommen ... Waren manche dabei, die mehr als nur eine Nähe zum Orden hatten? Haben manche vielleicht sogar einen neuen Orden erwähnt?«

Der alte Mann seufzte. »Ach, geh, das wolln's gar nicht wissen ... Und das Beichtgeheimnis kennen's scho?«

Da war nichts zu machen. Aber während Narwa darüber nachzugrübeln begann, wie er nun weiterkommen könnte, legte der Mönch den Arm auf seine Schulter.

»Kommen's, gemma noch ein Stück. Ich will Ihnen das Stift zeigen. Es wär' a Schand', wenn's heimkämen und hätten Heiligenkreuz nicht gesehn, das ›mystische Herz des Wieneswaldes‹.«

Taddeusz kicherte bei seiner letzten Bemerkung, als hätte er etwas besonders Unanständiges gesagt. Narwa schien sich in sein Schicksal zu fügen und zahlte. Gemeinsam schritten sie Richtung Eingang.

»Mystisches Herz ... sie meinen nicht die Dornen- und die Kreuzreliquie. Oder dass man das Stift für nicht sonderlich liberal hält. Sie sprechen von Lanz von Liebenfels.«

»Das, Herr von Narwa, das haben Sie gesagt! Aber wenn Sie schon von ihm sprechen: Das war immerhin ein origineller Kopf.«

Narwa musste mit dem Kopf schütteln. Lanz war ein Spinner und Sektierer, der vor der letzten Jahrhundertwende ein paar Jahre in Heilgenkreuz als Zisterzienser gelebt hatte. Manche sagen, dass er der Mann gewesen sei, der Hitler die Ideen gegeben hätte. Lanz war radikal deutschnational, fanatisch antisemitisch und ein wirrer Okkultist. 1900 hatte er den ONT, den *Ordo Novi Templi* oder Neutempler-Orden, gegründet und wenige Jahre danach mit der Herausgabe der Zeitschrift *Ostara* begonnen. Die feierte den »blonden heldischen Menschen« und wollte die Welt vor dem Untergang vor Sozialismus, Feminismus und Rassenmischung bewahren. Auf einem Titelbild war wohl auch einmal ein

Deutschordens-Ritter abgebildet. Hitler hatte die *Ostara* eine Zeitlang wohl intensiv gelesen. Aber warum spielte der Mönch jetzt darauf an?

»Haben die Verrücktheiten des ONT etwas mit dem zu tun, wonach ist sie gefragt habe?«

Sichtlich vergnügt gluckste Taddeus wie ein pubertierender Jüngling. »Finden's das doch heraus ...«

Der Mönch schien richtig übermütig zu werden. Jetzt summte er sogar die Melodie des Deutschmeistermarsches von Johann Strauß Sohn.

Der Schuss machte der Musik sofort ein Ende. Die Kugel zersprengte die Stirn des alten Mannes, der nach hinten überkippte und auf den weißen Kies stürzte.

»Hörn's ...« Er röchelte nur noch. Narwa kniete sich zu ihm und hielt sein Ohr an dessen Mund.

»Da gab es eine Gruppe im Regiment ...«

Er schloss die Augen. Blut quoll aus seinem Mund. Das Flüstern wurde fast unhörbar.

»Eine Gruppe ... die nannte sich *Berserker*. *Berserker* ... ich weiß nicht, wie die auf den Namen ... Suchen's nach ...«

Der Mönch verstummte. Er war tot.

Tief im Innern hörte Narwa den Beginn eines Knackens. Instinktiv warf er sich hinter einen Brunnen. Ein zweiter Schuss fiel. Holz splitterte. Die Jagd hatte begonnen.

14. Die selbst Gott vergisst

Nachdem Alexander die letzten Zeilen des Tagebuchs vorgelesen hatte, hielt er lange schweigend inne. Alle waren sie bestürzt, ja verstört. An einigen Stellen hatte Arevik leise weinen müssen. Einiges hatte Alexander ausgelassen, etwa wenn sich Ereignisse immer wieder wiederholten. Das Heft war Zeugnis einer furchtbaren Passionsgeschichte. Beklommen blätterte er zurück an den Anfang, das Eingangszitat hatte er zunächst übersprungen. Tatsächlich war es eine Art Zitat im Zitat, denn es war eine Stelle aus Dostojewskis *Brüder Karamasow*, in der ein Klosterpoem aus dem Griechischen nacherzählt wurde. Andreij hatte es mit »Der Gang der Gottesmutter durch die Qualen« überschrieben. Alexander las mit tonloser Stimme vor:

> Die Gottesmutter steigt hinab in die Hölle, und der Erzengel Michael führt sie durch die »Qualen«. Sie sieht alle Sünder in ihrer Pein, unter anderem gibt es dort auch eine äußerst bemerkenswerte Kategorie von Sündern in einem brennenden See: diejenigen, welche in diesem See bereits so tief versunken sind, dass sie nicht mehr an die Oberfläche kommen können. Von denen heißt es, dass selbst »Gott sie bereits vergisst« – ein Ausdruck von ungewöhnlicher Tiefe und Kraft. Und da fällt die erschütterte Gottesmutter weinend vor dem Thron des Höchsten nieder und bittet um Vergebung für alle, die sie dort in der Hölle gesehen hat – für alle, ohne Ausnahme. Ihr Gespräch mit Gott ist ungeheuer interessant. Sie fleht, sie hört nicht auf zu flehen, und wie Gott auf die durchbohrten Hände und Füße ihres Sohnes weist und sie fragt: »Wie soll ich denn Seinen Peinigern vergeben?« da befiehlt sie allen Heiligen, allen Märtyrern, allen Engeln und Erzengeln, gleichfalls niederzuknien und mit ihr vereint um die Begnadigung aller ohne Unterschied zu bitten. Es endet damit, dass sie von Gott die Einstellung der Qualen in je-

dem Jahr von Karfreitag bis zum Pfingstfest erlangt. Und da ertönt aus der Hölle der Dank und der Lobgesang der Sünder, die laut zu ihm empor rufen: »Gerecht bist Du, o Herr, da Du also gerichtet hast!« Von dieser Art wäre nun auch mein Poem gewesen, wenn ich es in jener Zeit verfasst hätte.

Trotz der unerhörten Wucht des Gelesenen versuchte sich Alexander zu sammeln und die Geschichte aus dem Tagebuch einzusortieren. Im Grunde handelte es sich um drei Teile. Zunächst die Leidensgeschichte Andreijs, die Zeit unmittelbar nach der Abreise aus Friedberg. Die Ankunft in Moskau, das Abgleiten in die Drogensucht, der Beginn der Prostitution. Mit keinem Wort kam er dabei auf die Ereignisse der Nacht an Wolfgangs Geburtstag, dem eigentlichen Anlass seiner Flucht, zurück. Aber es war unübersehbar, dass das Abgleiten Andreijs in den Schmutz, in das Verbrechen, seinen Ursprung in einem traumatischen Erlebnis aus jener Nacht haben musste. Fünf Jahre lang sollte Andreijs Tortur durch die Schwulenbordelle dauern, dabei immer tiefer sinkend, von den noblen Clubs der Moskauer Reichen über die Absteigen der Vorstädte zu den Provinzstädten, den Fernfahrerhöhlen, schließlich zum Straßenstrich vor sibirischen Erzgruben.

Bis er, und da begann der zweite Teil, Grischa kennenlernte und die beiden gemeinsam auf Fjodor stießen. An dieser Stelle begann die Umkehr, eine eigentümlich ergreifende Geschichte. Fjodor kümmerte sich um die beiden. Er sah, in welcher bitteren Notlage sie waren, aber er sprach zunächst ganz einfach mit Ihnen, fragte sie, was die beiden beschäftigen würde, wie viel sie schlafen würden und in welcher Gegend sie leben würden. Dass sich jemand für ihn interessieren würde, außer wegen sexueller Dienstleistungen oder um ihn zu schlagen, war Andreij neu, und so begann er ganz allmählich Vertrauen zu Fjodor zu fassen.

Von diesem kamen keine Vorwürfe über das Leben, das Grischa und Andreij führten. Im Grunde interessierte er sich überhaupt nicht für ihr äußeres Leben. Er sprach mit ihnen oft darüber, dass sie krank seien, aber dass eben alle Menschen Sünder und damit im tiefsten Wesen krank seien und dass Christus gekommen sei, uns alle zu heilen. In zahlreichen Situationen zeigte er sein Mitleid mit ihnen und tröstete sie. Wie ein Arzt pflegte er behutsam die Wunden ihrer Seelen durch die Haltung eines allumfassenden Verzeihens. Und irgendwann erreichte er es, den Panzer aus tiefstem Selbsthass und Apathie zu durchbrechen, den Andreij um sein Innerstes gelegt hatte.

Eines Tages kam dieser schließlich zu ihm und fragte ihn um Rat:

»Meister, sag mir, was soll ich nun tun?«

»Mein Sohn, ich will Dir ein Wort des Heils geben. Siehe, im Markus-Evangelium steht geschrieben: ›Er rief die Jünger zu sich und sandte sie aus, jeweils zwei zusammen.‹ Geh mit Grischa auf Wanderschaft. Seid Pilger im Namen des Herrn. Was ist das Leben anderes als Wanderschaft, wo wir doch nur Gast sind auf dieser Erde? Die Pilgerschaft wird Euer Leben im Glauben erneuern. Sprecht dabei unablässig die Worte unseres Herrn: ›Herr Jesus Christus, Sohn Gottes, erbarme Dich meiner‹. Betet zu ihm, und Ihr werdet den inneren Menschen in der Tiefe Eures Herzens wiederfinden und endlich geheilt wiedergeboren werden. Geht hin zum Volk und gebt ihm Rat. Aber seid demütig, brecht Euren Stolz. Besiegt Euer Selbst, und Ihr werdet frei sein.

Am Ende Eures Weges werdet Ihr das Übermaß göttlicher Schönheit schauen, den Glanz seiner Herrlichkeit. Denn wisset, Gott wendet sich nicht ab von der Verrücktheit des Menschen, seine Liebe gilt nicht dem Reichtum der Welt, sondern den Gescheiterten, Schmerzvollen und Todgeweihten. In Jesus Christus, unserem Herrn, ist alles Geschaffene Ausdruck und Symbol göttlicher Liebe, selbst das äußerste Dunkel der Nacht.«

Und so gingen er und Grischa, und dies bildete den dritten Teil des Tagebuchs, auf Wanderschaft durch die Weiten Russlands. Beinahe zwanzig Jahre zogen sie von den großen Klöstern zu kleinen Einsiedeleien, von hilfsbereiten Pfarreien in kleinen Städten zu entlegenen Mönchsskiten und den Behausungen der Eremiten. Durch Wüsten und Steppen, durch die arktische Tundra und das Baikalgebirge. Sie pilgerten in die Mönchsrepublik Athos und zum Ursprung der orthodoxen Kirche, nach Kiew.

Und dort musste es geschehen sein. Grischa und er waren Gast im großen Höhlenkloster am Ufer des Dnjeprs, der Geburtsstätte des orthodoxen Mönchstums. Andreij trieb etwas mit unbestimmter Dringlichkeit in die unterirdischen Gänge mit ihren zahlreichen Mönchszellen und unterirdischen Kirchen. Das Tagebuch berichtet von wiederholten Auseinandersetzungen mit den einheimischen Mönchen, weil Andreij immer tiefer in das weitgespannte und seit Jahrhunderten unerforschte Höhlensystem vordrang, und diese sich um den Mitbruder sorgten. Bei der Beschreibung eines solchen Höhlenganges brachen die Aufzeichnungen abrupt ab. Der letzte Satz lautete:

»Und dann ging ich durch diese Tür ...«

15. Ammenmärchen

Narwa rannte. Nun bereits seit mehreren Stunden. Durch den Wald, immer weiter. Spuren verwischen. Den Gegner abschütteln. Die Bewegungen erfolgten mechanisch, er hatte das gelernt. Das Untertauchen, Unsichtbarmachen ... Dass sein Regiment bei der Ausbildung so großen Wert darauf legte, war kein Wunder. Es war ein Erbe des Ordens. Über Jahrhunderte hatten die Ritter immer wieder erobertes Gebiet aufgeben und dann hinter den feindlichen Linien operieren müssen. In Gruppen oder alleine. Ein Ritterbruder hatte einmal einen schönen Traktat darüber formuliert: *De Supervivo in terram hostilis* – Vom Überleben in feindlichem Gebiet. Noch im *Handbuch Militärisches Grundwissen* der Nationalen Volksarmee der DDR fanden sich Spuren darin.

Aber darüber zerbrach sich Narwa jetzt nicht den Kopf. Er versuchte, seine nächsten Schritte zu ordnen. Wohin jetzt? Wem konnte er trauen? Zunächst wendete er sich nach Westen, folgte der sichelförmigen Bewegung, die der Wienerwald hier machte. Über den Deutschordenswald – ausgerechnet, er musste zerknirscht lachen – und den Lainzer Tiergarten wollte er sich nach Hietzing durchschlagen und von dort irgendwo telefonieren. Sein Handy hatte er schon vor Stunden zerstört, auf eine GPS-Peilung konnte er dankend verzichten.

Berserker, Berserker ... das Wort berührte etwas in ihm. Er kannte es aus den Geschichten seines estnischen Kindermädchens, und dann später auch aus denen seines Vaters. Alte Märchen und Überlieferungen aus ihrer Heimat. Berserker waren wilde, heidnische Krieger aus dem Norden, manche von ihnen aus vornehmen Geschlechtern, manche familienlose Waldmenschen. Sie kämpften meist in Gruppen von zwölf Mann – in den frühen Geschichten waren sie häufig eine königliche Elitetruppe. Immer in der ersten Reihe der Schlachtordnung oder am Bug der Schiffe aufgestellt, ohne Rücksicht auf Verluste. Tatsächlich sollen die Berserker wie im Rausch gekämpft und keinen Schmerz und keine Wunden mehr wahrgenommen haben. Als Kind ängstigte ihn sein Kindermädchen besonders mit den ekstatischen Schreien, die die Krieger beim Kampf von sich gegeben hatten. Wenn er nicht artig gewesen war, ahmte sie manchmal einen Berserker vor der Schlacht nach, sie begann zu zittern und mit den Zähnen zu klappern, dann schwoll ihr der Kopf an, ihre Gesichtsfarbe veränderte sich, sie stieß einige estnische Schreie aus und schließlich biss sie in das kleine Plastikschild, das zu Wolfgangs kindlicher Ritterrüstung gehörte, und rollte mit den Augen. Das genügte meist, um den Jungen brav zu kriegen, denn es machte einen gehörigen Eindruck in seiner Kinderseele. Eines Tages beruhigte ihn dann sein Vater und erklärte ihm, dass diese Männer vor der Schlacht wohl einfach zu viel getrunken und einige Fliegenpilze oder etwas Rosskraut in ihr Bier gemengt hätten, und dass sie anschließend in eine regelrechte Schlachtenraserei, einen veritablen Blutrausch gefallen seien. Aber dass es sie eben kaum mehr gäbe, seitdem das Baltikum christianisiert worden sei, was nun freilich in manchen Gegenden am spätesten in ganz Europa geschehen sei. Und was von den Berserkern übrig sei, wären ein paar sonderbare, unbedeutende Männerbünde und ansonsten ganz einfache Verbrecher, die in

Gruppen auf einsamen Höfen erschienen und den Bauern Geld und Frauen abpressten.

Aber das, was ihn bis in seine Träume verfolgte, war die Überlieferung, dass die Berserker in Wolfsfellen gekämpft hatten. Dieser Umstand hatte sich im ganzen Baltikum mit den Sagen von den Werwölfen vermengt. Seit der *Geschichte der nordischen Völker* des Olaus Magnus, immerhin Bischof von Uppsala im 16. Jahrhundert, galt die Gegend des alten Litauens, Livlands und Estlands als die Heimat der Menschen, die sich bei Vollmond in Wölfe verwandeln würden. Dabei fasste dieser nur die zahlreichen düsteren Geschichten aus den Wäldern nördlich der Memel zusammen, nach denen sich am Weihnachtsabend Werwolfrudel an bestimmten Plätzen zusammenrotteten und mit unglaublicher Wildheit gegen Menschen und friedliche Tiere losschlugen und selbst vor Belagerungen einsamer Gehöfte nicht zurückschreckten. In den Geschichten wurde auch immer wieder der bevorzugte Treffpunkt der Wolfsmenschen genannt, unter denen sich der Sage nach auch adlige und vornehme Männer befunden hätten: eine alte Ruine in Kurland, an der Grenze Litauens zu Livlands, vermutlich eine niedergebrannte Deutschordensburg, jedenfalls ein Ort, der im ganzen Land gefürchtet wurde. Hier hätten sie dann ihre Kräfte gezeigt, indem sie über eine hohe Mauer gesprungen seien. Wer zu fett gewesen sei, diese Probe zu bestehen, wäre von den übrigen verhöhnt und manchmal beim Streit auch getötet worden, denn es gab viele Gerüchte, dass die stärkeren Werwölfe nur einen kleinen Grund benötigt hätten, um die schwächeren zu töten.

Es tröstete den kleinen Wolfgang kaum, dass er diese düsteren Geschichten im sicheren Frankfurt der Siebzigerjahre zu hören bekam. Denn es verging damals kaum ein Wochenende, an dem nicht Verwandte und Freunde der Familie zu Gast waren und irgendwann die Rede aufs Baltikum, das Land der Väter kam und auf Narwa, die Stammburg der Familie, weit im fernen Nordosten, an der Grenze Estlands zu Russland.

Schatten der Kindheit ... Trotz der enormen Anstrengung seiner Flucht ließen sie sich kaum vertreiben. Und es ließ sich nicht leugnen, dass Narwa keine 25 mehr war, auch wenn Narwa hin und wieder eine Reserveübung seiner Jägereinheit absolvierte. Es wurde allmählich dunkel, er musste ein Lager für die Nacht finden und sich mit Nahrung und Flüssigkeit versorgen. Doch in ihm arbeitete es weiter. Sollte sich von diesen alten Geschichten eine Linie ziehen lassen zu den letzten Worten des Mönchs? Nahm da jemand bewusst auf etwas Bezug? Was könnte das mit dem Orden zu tun haben?

Mit einem Mal öffnete sich der Wald, ein befestigter Weg tauchte vor ihm auf und eine Art Rastplatz. Das musste die Grenze zum Tierpark sein. Im Grunde war das kein richtiger Zoo, eher ein öffentlich zugänglicher Naturpark. Umso besser ... Narwa traute seinen Augen kaum: ein öffentlicher Münzfernsprecher. Dass es so etwas noch gab! Der einzige, den er jetzt anrufen konnte, war Belinsky. Sie hatten für so etwas einen Code vereinbart. Nicht, dass sie angenommen hatten, dass so eine Situation jemals eintreffen würde. Nun war Narwa froh, dass er ihn hatte. Belinsky würde ihn hier rausholen.

16. Hotel Metropol

Brandt hämmerte auf sein Smartphone ein. Narwa war einfach nicht zu erreichen. Dabei hatte er ihn selten so sehr gebraucht, wie in diesem Augenblick. Aber er wusste, dass er nur den einen Teil der Aufgaben erledigt hatte, weswegen er und Julia hier in Moskau waren.

»Arevik ... Wolfgang hatte mir noch in Berlin gesagt, dass wir ein Paket abholen müssten.«

Das Mädchen nickte. Sie hatte inzwischen eine Nachricht von Wolfgang erhalten, die einige Tage alt war und in der dieser Arevik auf Alexander und Julia vorbereiten wollte. Aber alles an dieser Nachricht sagte ihr, dass der zweite Teil ihres Freundschaftsdienstes um einiges schwieriger werden sollte als der erste Teil.

»Wir werden in einer Stunde einen Mann treffen. Aber keine Sorge. Diesmal ist es hier in der Nähe. Hotel Metropol, dahin können wir laufen, es ist gerade einmal zehn Minuten von hier.«

Das Hotel Metropol ... Alexander wurde unruhig vor Vorfreude. Dieses wunderbare Jugendstilhotel. Zu Sowjetzeiten genoss es einen gewissen Ruf. Stalin hatte hier für Mao Tse-tung ein Gala-Dinner ausrichten lassen. Auch führende westliche Intellektuelle wohnten hier in der Zwischenkriegszeit während ihrer Reise durch die UdSSR: Lion Feuchtwanger etwa oder André Gide.

Arevik schien weniger enthusiastisch.

»Der Treffpunkt ist bei der FSB, einer Nachfolgeorganisation des KGB, ziemlich beliebt. Es ist nur ein paar Hundert Meter von ihrem Dienstsitz, der Lubjanka, entfernt.«

Auch Julia schien ziemlich besorgt.

»Du willst wirklich zu diesem Treffen gehen?«

»Keine Sorge, das ist nicht das Hotel Lux.«

Alexanders Anspielung auf den Ort, an dem zahlreiche Exilanten in der Zeit des »Großen Terrors« verhört und gefoltert wurden, kam bei Julia gar nicht gut an. Doch Arevik beruhigte sie.

»So, wie ich Wolfgang verstanden habe, hat auch der FSB ein Interesse an unseren Nachforschungen.«

*

Nach wenigen Minuten stand Alexander mit Arevik am gespenstischen Lubjanskaja-Platz, direkt vor dem gewaltigen furchteinflößenden Gebäude, das dem sowjetischen Geheimdienst auch nach 1991, nach der Umwandlung des KGB in den FSB, als Hauptquartier, zentrales Gefängnis und Archiv diente.

»Weiß Du, dass in den Tresoren Karteien mit den Namen von 55 Millionen Menschen lagern? Aber es sind nicht nur irgendwelche Namen. Dies hier ...«, Arevik nickte zu dem gewaltigen Riegel, der den Platz beherrschte, »ist auch Teil meiner Familiengeschichte. Wir Armenier waren sehr präsent in der Geschichte Russlands, aber es gab immer wieder Zeiten, wo wir unter Verfolgung litten. In den Zwanzigerjahren waren es die Auseinandersetzungen um die Unabhängigkeit, bevor Armenien Teil der Transkaukasischen Sozialistischen Föderativen Sowjetrepublik wurde. Und in den Dreißigerjahren sollte unsere Kirche vernichtet werden. Priester wurden hingerichtet, die Gotteshäuser geschlossen. Wir konnten fast von Glück reden, dass dann der Krieg kam. Nach Stalins Tod gab es eine große Welle der Repatriierung, sie lockten viele Armenier in die UdSSR zurück.

Und Tausende kamen, aber sie waren gebildet und kannten die Welt. Sie waren oft zweisprachig, viele religiös und glaubten an ein freies Armenien. Fast alle hat der KGB überwacht und schikaniert, viele ein ganzes Leben lang. So wie meine Familie ... Ja, und jetzt, jetzt werden wieder Armenier verfolgt. Aber nicht vom Nachrichtendienst, sondern vom Mob auf der Straße. Für die sind wir ›Schwarze‹, manche nennen uns ›Tiere‹, nur weil wir schwarze Haare haben. Nach dem Krieg zwischen Armenien und Aserbaidschan kamen viele armenische Flüchtlinge nach Russland. Damals wurde es richtig schlimm. In einigen Bezirken gab es Krawalle, Pogrome. Seitdem meiden wir Armenier die Vororte, wo die Skins das Sagen haben.«

Alexander wollte etwas entgegnen, aber in diesem Moment kam ihnen aus Richtung des Neuen Platzes großer Lärm entgegen. Sie gingen ein paar Schritte, um den Grund für das Spektakel herauszufinden. Unversehens sahen sie sich einer gewaltigen Menge heranmarschierender Demonstranten gegenüber. Es war ein überwältigender Anblick. Der ganze Platz war mit den neuen Andreasfahnen geschmückt, die seit einiger Zeit das Stadtbild Moskaus dominierten. Und in seiner Mitte demonstrierten weit über 100.000 Menschen in Marschformation, vorneweg die »Revolutionären Garden«, wie man die christlich-orthodoxe Jugendbewegung nannte, die während des Bürgerkriegs entstanden war. Jeder einzelne trug ein eigenes Banner, wobei sie die Hände fest über dem Herzen gekreuzt hielten. Dazu sangen sie Lieder, die wie die Sowjethymnen aus der Kriegszeit klangen, aber so, als wäre sie in den alten Kirchentonarten komponiert worden, wie sie etwa in der Oper *Boris Godunow* verwendet wurden.

»Das ist das Neue Russland«, murmelte Arevik, »eine Kirche, die marschiert.«

Alexander dachte bei sich, dass es den ausländischen Berlin-Besuchern 1933 so ähnlich wie ihnen heute gegangen sein musste. Marschierende SA, wehende Hakenkreuzfahnen und deutsches Liedgut. Inszenierungen der nationalen Auferstehung.

*

Das »Metropol« war ein Moskau-Touristen-Traum. Prächtige Blumenvasen, ein Springbrunnen aus Marmor, die obligatorischen Blini zum Kaviar. Eine Harfenistin neben einem Konzertflügel. Vielleicht alles ein wenig zu sehr comme-il-faut, etwas zu protzig, etwas zu steril. Und dennoch ertappte sich Brandt bei dem Tagtraum, er würde hier mit Arevik Urlaub machen. Er musste sie vielleicht einen Augenblick zu lange angesehen haben, denn er merkte, wie sie errötete.

Der Mann in der Lounge sah allerdings gar nicht nach Urlaub aus. Dabei schien er nicht unsympathisch zu sein. Ansonsten war alles so wie im Film. Dunkle Brille, ein Trenchcoat, und auf dem Tisch lag eine beigefarbene Mappe.

»Ich hatte Herrn Narwa erwartet.«

»Der ist verhindert«, fiel ihm Arevik ins Wort, »es tut uns leid, aber wir werden uns sobald es geht mit ihm über den Inhalt ihrer Lieferung austauschen.«

Alexander war verblüfft, Arevik verhandelte nicht ungeschickt.

»Sie wissen, dass die Akten des ehemaligen KGB nicht öffentlich sind ...«

»Aber Sie wissen, dass Narwa uns autorisiert hat. Und Sie wissen, dass er noch nicht im Land ist, oder weiß der FSB nicht mehr, wer nach Russland einreist und wer nicht? Und schließlich ... Sie sind gekommen.«

»Sie wissen, dass wir Ihnen dieses Material nur anvertrauen können, wenn sie uns ständig über Ihre Ergebnisse auf dem Laufenden halten.«

»Ich bin sicher, Wolfgang Narwa wird ihnen einen umfassenden Bericht geben, das heißt, wenn wir wirklich weiterkommen ... Und ansonsten denke ich, dass Sie die Mittel dazu haben, sich jederzeit vom Fortschritt unserer Arbeit zu überzeugen, zumindest solange Herr Brandt und seine Begleiterin in Moskau sind.«

»Da haben sie natürlich Recht.« Der Mann lächelte süffisant. »Es hat mich jedenfalls sehr gefreut, Sie kennenzulernen. Und nun, viel Spaß bei der Lektüre. Sie werden sehen, wir haben Ihnen einen kleinen Bonus dazugelegt ...«

17. Dezimation

Das Telefon klingelte, endlich.

Narwa hatte alles Mögliche angestellt, um in seinen Mails an Arevik anzudeuten, dass sich Alexander ein Prepaid-Handy zulegen und eine ganz bestimmte Nummer anrufen solle. Es hatte etwas gedauert, aber jetzt mussten sie es endlich begriffen haben.

»Wolfgang? Hier ist Alexander, bist Du es? ... Wir haben Neuigkeiten! Aber wie geht es Dir? Und warum dieser Umstand?«

»Später, erzähl mir zunächst von Euch.«

Belinsky hatte tatsächlich ein Evakuierungs-Team geschickt. Einen Tag später war er wieder in Berlin. Von seinem Verfolger fehlte jede Spur. Aber Narwa wollte erst einmal kein Risiko eingehen und verbarg sich in einer geheimen Wohnung aus dem Zeugenschutzprogramm des BKA. Der »Ritterschlag« musste warten.

»Nun weißt Du, ich weiß gar nicht, wo ich anfangen soll ... Andreij ... wir haben sein Tagebuch gefunden. Er lag jahrelang buchstäblich in der Gosse und hatte dann so etwas wie ein religiöses Erweckungserlebnis. Aber dann kommt's: Er wandert jahrelang durch Russland und am Ende muss er etwas gefunden haben. Wir haben noch keinen Schimmer, was das sein könnte. Aber danach muss sich alles verändert haben. Das war in Kiew, im Höhlenkloster. Kannst Du damit etwas anfangen?«

Kiew ... etwas in ihm klingelte. Aber bevor er weiter darüber nachdenken konnte, sprudelte es weiter aus Alexander heraus.

»Und wir haben die Akte des KGB. Denk Dir! Da ist ein Bekennerschreiben von 1988 drin, die müssen das damals einfach unterdrückt haben. Es liest sich so ähnlich, wie das von dem Leipziger Anschlag ... Und wir haben die Lebensläufe der KGB-Agenten, die damals ums Leben kamen, auch wenn die an manchen Stellen geschwärzt sind. Und etwas ganz Merkwürdiges, ein Foto vom Tatort: Die Täter müssen da anscheinend etwas vergessen haben, das sind Bohnen, elf ganz ordinäre weiße Saubohnen. Und dazu noch ein ›Bonus‹, wie sich der Verbindungsmann ausdrückte: die Akte von Schoschew, dem Opfer vom Anschlag vor zehn Tagen. Es gibt etwas, was er mit den Toten von 1988 gemeinsam hat, sie waren alle Mitglieder der SMERSCH, dem militärischen Nachrichtendienst der UdSSR im zweiten Weltkrieg.«

Bohnen, wieso Bohnen? Wie war das bei *Mister Bean*?

Narwa schlug sich mit der Hand gegen die Stirn.

»Alexander, natürlich, dass ich nicht gleich darauf kam. Mit den Bohnen wurde gelost, meistens neun weiße Bohnen und eine braune, wer die braune erwischte, wurde von den übrigen Männern der Einheit totgeprügelt oder erschossen. Das nennt sich Dezimation und war eine Militärstrafe im antiken Rom. Die wurde bei schlimmem kollektivem Versagen angewandt, bei Meuterei oder Feigheit vor dem Feind. Das gab es auch später immer wieder, im Dreißigjährigen Krieg oder bei der sowjetischen Armee in Stalingrad.«

Oder bei Söldnern und Eliteeinheiten, wie Narwa in Gedanken ergänzte. Hier waren es zwölf Bohnen. Die Stärke einer Berserker-Gruppe.

Was nur um alles in der Welt konnte an diesem Tag in Treptow vorgefallen sein? Das Kommando war doch erfolgreich, die KBG-Agenten wurden ermordet, die Täter nicht gefasst. Warum ereilte das ganze Kommando diese härteste Strafe? Und aus welchen Leuten bestand diese Truppe? Was bedeutete die Verbindung dieser Berserker zu seinem Orden? Hatte es wirklich all die Jahrzehnte nach dem Krieg eine Schattenarmee gegeben, hervorgegangen aus einer Neugründung des Ordens unter Himmler?

Doch diese Fragen mussten zunächst hinter dem eigentlichen Auftrag, den ihm der Prior gegeben hatte, zurückstehen. Die Ereignisse in Moskau, sie hingen zutiefst zusammen mit dem Fund, den Andreij in den Höhlen in Kiew gemacht hatte, davon war er überzeugt. Kiew, und ganz besonders das Höhlenkloster am Dnjepr, sie gehörten zur unbekannten Geschichte des Ordens, von der er manchmal seinen Vater hatte sprechen hören. Er musste mit jemandem sprechen, der mehr wusste von der Geschichte des Ordens als er. Mit jemandem, dem er vertrauen konnte, niemandem aus Wien. Er wusste auch schon wem: mit seinem Onkel, dem Bruder seines Vaters, der in Frankfurt lebte.

*

Aber vorher musste er noch einen wichtigen Anruf erledigen. Über eine geschützte Leitung ließ er sich mit dem BKA verbinden.

»Belinsky, wir suchen nach einer Gruppe, die sich ›Berserker‹ nennt. Gehen Sie alle Datenbanken durch, ob es einen Hinweis auf diesen Namen gibt, und zwar ohne zeitliche Eingrenzung. Und ganz wichtig: Kontaktieren Sie die österreichischen Kollegen und bitten Sie um Amtshilfe, ganz besonders das Abwehramt, den Inlandsnachrichtendienst des österreichischen Bundesheeres.«

Belinsky nickte. Er wirkte ganz zufrieden. Endlich so etwas wie eine Spur.

»Narwa, wir haben von dem Amerikanern Informationen über das zweite Anschlagsopfer erhalten. Victor Bernstein. Seine Eltern emigrierten 1935 aus Berlin nach New York. Er selbst kehrte 1944 als Soldat der 101. Luftlandedivision nach Deutschland zurück. Nach dem Krieg arbeitete er für die Kriegsgefangenen-Betreuung. Er überstellte die Überlebenden der Russischen Befreiungsarmee, die sogenannte Wlassow-Armee – das waren russische Freiwilligenverbände, die mit den Nazis gegen die Sowjetunion gekämpft hatten – an die Sowjets. Nun ja, er musste das wohl machen, so waren die Verträge damals zwischen den USA und der UdSSR. Aber viele wurden noch im selben Jahr in Moskau hingerichtet, der Rest, immerhin einige Tausend Mann, in Gulags deportiert ... Bernstein hat dann später so etwas wie eine Karriere gemacht. Aber daran war nichts Auffälliges.«

Narwa hatte aufmerksam zugehört. Langsam fügte sich das Mosaik zusammen. Um was immer es bei den Anschlägen ging, diesmal ging es nicht um die Befreiung gefangener Genossen oder Kameraden, die Hinrichtung führender Wirtschaftskapitäne oder Repräsentanten des »Schweine-Systems.« Es ging um die Eiterbeulen, die mit dem Ende des zweiten Weltkriegs entstanden waren, und die nun, mit siebzigjähriger Verspätung, zu platzen drohten.

18. Eurasien

Aram Sarkassian, der Vater von Arevik, war eine eindrucksvolle Gestalt. Es war Alexander ein wenig unangenehm, dass sie nun auch ihren Vater in die Sache hineinziehen mussten. Aber Wolfgang hatte ihn am Ende ihres Telefonates gebeten herauszufinden, mit welchen Leuten sich Andreij seit seiner Ankunft in Moskau umgeben hatte und wer noch auf diesen Bildern, die das Fernsehen von der Berichterstattung von der großen orthodoxen Synode gesendet hatte, zu sehen gewesen war. Nun ja, darauf hätte er auch selbst drauf kommen können.

Arevik jedenfalls hatte den ganzen Nachmittag im Internet recherchiert, und sie hatten nun einen kleinen, konzentrierten Fragenkatalog zusammengestellt. Und wen hätten sie besser fragen können als ihren Vater, der seit Jahrzehnten Repräsentant der armenischen Gemeinde in Moskau und vertraut mit allen Institutionen des Landes war, seien es die des Staates und seiner Organe oder die der Kirche. Oder auch solche, von denen man das nicht genau wusste.

Tatsächlich wusste Areviks Familie bereits einiges über Andreij. Areviks Mutter hatte dessen Flucht noch in Friedberg miterlebt und die Geschichte ihrer späteren Familie erzählt. Areviks Vater hatte von Andreijs Auftauchen in Moskau ein paar Tage vor Wolfgang und seinen Freunden erfahren. Von diesem Moment an hatte sich die Familie in der Stadt umgehört.

Aber so sehr sie sich auch bemüht hatten, viel mehr als den Kontakt zu Bruder Grigori hatten sie nicht erreichen können. Dies und die Tatsache, dass Andreij in Begleitung einiger hochrangiger Vertreter politischer Parteien und der orthodoxen Kirche gesehen worden war. Aram Sarkassian war sichtlich enttäuscht, dass er nicht viel mehr Informationen für den Besuch aus Deutschland hatte.

»Viele wundern sich, woher Andreij kommt. Mit einem Mal war er da und von Anfang an im Kreise der Mächtigen und Einflussreichen. Auch meine Freunde bei der Presse wissen nicht mehr. Er ist ernst, gibt sich asketisch und scheint wie von einer inneren Mission überzeugt. Man nennt ihn nur ›Bruder Andreij‹. Allerdings gibt es im Volk einige eigenartige Gerüchte über ihn. Es gibt viele, die ihn verehren, das ist fast wie ein Kult, in vielen Kirchen der Stadt wird für ihn gebetet. Wenn er auf der Straße erscheint, küssen die Frauen sein Gewand. In einigen Predigten aus den letzten Wochen heißt es, er käme aus dem Osten, mal von irgendwelchen Goldenen Inseln, mal aus dem Königreich Opona oder dem Lande Tschud, was immer das sein mag. Dort nannte man ihn den Weißen, denn er soll dort in einer weißen Tracht nach dem Vorbild des Evangeliums bei den Bauern gelebt haben. Es heißt aber auch, er sei bei den *Raskolniki* gewesen, den Altgläubigen, weswegen es zunächst Zerwürfnisse mit dem Heiligen Synod gegeben habe. Dann aber, in den dunklen Jahren des Bürgerkrieges, soll er in vielen Teilen Russlands Unglaubliches geleistet haben.«

»Das ist wirklich nicht viel«, Brandt schüttelte den Kopf. »Aber wir haben die Bilder, die wir im Fernsehen gesehen haben, noch einmal in einer Mediathek gefunden. Könnten Sie sich das bitte einmal ansehen?«

Gemeinsam beugten sie sich über den Rechner und starrten auf den Monitor. Areviks Haar fiel auf seine Hand, aber er zog sie nicht weg.

»Ja, das ist er, und das hier, das sind Bartholomäus und Kyrill, die beiden Patriarchen. Und dies hier ist Johannes, der Metropolit von Sankt Petersburg und Lagoda, der zweite Mann in der Russisch-Orthodoxen Kirche. Ein strammer Fundamentalist, mit einem blitzscharfen Verstand, aber völlig obskurantistischen Ideen. Vor kurzem kam er auf die Idee, Rasputin und Iwan den Schrecklichen heilig sprechen zu lassen ...«

Arevik steckte einen USB-Stick in den Rechner.

»Ich habe noch ein paar Bilder gegoogelt. Könntest Du uns da auch weiterhelfen?«

»Ich werde es versuchen ... Ja, das ist Wasilij Shukov, der Parteivorsitzende von ›Einiges Russland‹, der zweite Mann hinter Ministerpräsident Rollnikow. Und diese Geistlichen hier, die gehören zur Orthodoxen Bruderschaft, das ist eine Gruppe innerhalb der orthodoxen Kirche, manche sagen, sie wollen die Kirche reformieren, manche sagen, dass sie sie politisieren und radikalisieren.

Damals, am Ende des Bürgerkrieges, als Russland nur dank der Kirche und ihrer Institutionen überlebt hatte, gab es eine ganze Reihe Geistlicher, die die Machtübergabe an die Regierung der nationalen Versöhnung kritisiert hat. Ihnen wäre ein Russland unter kirchlicher Herrschaft lieber gewesen, davon träumen viele noch immer ... Oh, und das ... aber das sind Vitalij Rusin und Boris Lumanow. Woher stammt dieses Bild? Das kannst Du doch unmöglich einfach so ...«

Arevik wurde rot.

»Ich habe eine Bekannte bei einer russisch-amerikanischen NGO hier in Moskau, die schuldete mir noch einen Gefallen.«

»Ich weiß nicht, ob das so eine gute Idee war ... Du weißt, dass NGOs aus dem Westen hier seit einiger Zeit massiv unter Druck stehen. Präsident Rollnikow vermutet, dass das alles CIA-Agenten sind ... na ja, und wenn ich mir das Bild ansehe, das hat sicher nicht irgendein einfacher Fotograf gemacht.«

»Aber was ist«, und zum ersten Mal schaltete sich Julia ein, »denn so besonders an diese Bild?«

Alexander musterte seine Freundin leicht befremdet, sie war die ganze Zeit schon merkwürdig unbeteiligt, fast gelangweilt gewesen.

»Dieses Bild zeigt Andreij zusammen mit zwei sehr gefährlichen Männern. Der eine, Lumanow, ist Vorsitzender der National-Bolschewisten, einer ultra-rechten, eigentlich faschistischen Partei. Die veranstaltet hier jedes Jahr in Moskau ihren ›Russischen Marsch‹, bei dem sich der ganze rechte Abschaum sammelt und mit Nazifahnen durch die Straßen zieht. Dann darf sich kein Gastarbeiter auf der Straße sehen lassen. Lumanow hat es in den letzten Jahren geschafft, die meisten verbleibenden radikalen

Parteien zu vereinigen, nachdem Putin vor zehn Jahren schon einen großen Teil der Rechten in sein ›Einiges Russland‹ integriert hatte. Damals hatten die beiden so eine Art Waffenstillstand ausgehandelt.«

»Und der andere?«

»Vitalij Rusin ist wohl für den Waffenstillstand verantwortlich. Er ist vielleicht der gefährlichste Mann in Russland. Sein Vater war KGB-Offizier, aber er ging recht schnell in den subversiven Untergrund. Im Moskau der Breschnew-Ära sorgte ein kleiner elitärer Zirkel der ›Neuen Rechten‹ für Aufmerksamkeit, der sich intensiv mit Okkultismus, Mystizismus und Esoterik aller Art beschäftigte. Rusin wurde hier bald Mitglied, nachdem er ein Kult-Buch des rechtsextremen Terrorismus in Italien nach dem Krieg übersetzt hatte: ›Heidnischer Imperialismus‹. Kurz vor Beginn der Perestroika wurde er Mitglied des *Pamjat*, einer rechtsradikalen Sammelbewegung, die unter dem Deckmantel der Traditionspflege eine radikal antisemitische und ultra-nationale Politik forderte und aus der so ziemlich alle rechtsradikalen Gruppierungen der folgenden Jahrzehnte hervorgehen sollten.

Für ein paar Jahre schloss er sich Lumanows nationalbolschewistischer Partei an und ließ sich bei Wahlen aufstellen. Aber dann beendete er dieses ›populistische Missverständnis‹, wie er das nannte, und gründete die ›Bewegung der Eurasier‹, die vor allem als Netzwerk und Braintrust für Führungskräfte in Partei, Kirche, Staat, Armee und Wirtschaft arbeitet.«

»Und wer oder was sind die Eurasier?«

»Eurasien, das ist kurz gesagt ein geopolitisches Konzept, in dem sich zwei Räume, das von der See geprägte Atlantis, das meint

England und Amerika, und das kontinentale Eurasien, antagonistisch gegenüberstehen. Rusin hat das nicht erfunden, tatsächlich ist das ein alter Traum der Russischen Rechten von Leuten wie Danilewski oder Prinz Trubetzkoj. Das ist heute fast vergessen, aber es war die dritte radikale politische Vision des frühen 20. Jahrhunderts neben Faschismus und Marxismus-Leninismus. Viele Emigranten, und Anhänger der anti-bolschewistischen ›Weißen Armee‹ waren Anhänger der eurasischen Idee, vor allem in Verbindung mit politischen Modellen eines Ständestaates, in dessen Herrscher sowohl politischer wie geistlicher Führer sein sollte. Über einige Umwege gelangte die Idee in den Achtzigerjahren wieder nach Moskau, mitten unter die Sowjet-Elite: das Zentralkomitee, den Generalstab und das Außenministerium. Und das sind auch heute noch die Kreise, zu denen Rusin beste Verbindungen hat. Er war sogar einer der wichtigsten Berater Präsident Putins, kein Wunder, dass der sich mehrmals als Eurasier bezeichnet hat.«

»Das hört sich, na ja, ziemlich absurd an.«

»Ist es aber nicht. Russland musste nach der Erfahrung der schwarzen Jahre unter Jelzin und dem Neo-Konservatismus der USA unter Bush die Erfahrung machen, dass Amerika, der Westen, nie ein wirklicher Partner sein würde. Das war schon die Erfahrung, die es im 19. Jahrhundert im Krim-Krieg und dann natürlich auch im Kalten Krieg des 20. Jahrhunderts gemacht hatte. Damals hatte sich die Erfahrung tief ins russische Bewusstsein gegraben, dass der Westen, insbesondere London und Washington, Russland verachtet, so sehr es sich auch ›westlich‹ gibt. Und so wuchs die Idee eines Imperiums der Achsenmächte –

wobei in Rusins geopolitischer Agenda besonders die Achsen Moskau–Berlin, Moskau–Teheran und Moskau–Peking ganz besonders große Bedeutung haben. Und für diese Achsen versucht Rusin nun Bündnispartner zu finden, was ihm immer besser zu gelingen scheint, insbesondere, weil er diese Achsen auch ›spirituell‹ versteht: als eine Verbindung herausragender Völker, die, wenn sie nicht gerade durch amerikanische ›Umerziehung‹ verblendet sind, im tiefsten Innern, anti-kapitalistisch und antimodern gesinnt sind: Russland, Deutschland, der Iran, China, später einmal Japan ...«

»Ich beginne zu verstehen ... Aber was ist da noch auf dem Bild?«

Alexander deutete auf eine eigentümlich archaisch aussehende Metallkiste.

»Ich habe so etwas noch nie gesehen ... Wie auch immer, wir müssen dafür sorgen, dass Narwa das Bild erhält. Er wird seine eigenen Schlüsse daraus ziehen. Zumindest wissen wir jetzt, dass sich Andreij in ziemlich schlechte Gesellschaft begeben hat.«

Der Armenier räusperte sich, stieg von seinem Stuhl auf und griff in die Ablage seines Schreibtisches.

»Ich habe hier eine Einladung für morgen Abend zum Festempfang aus Anlass der Heiligen Synode, die derzeit stattfindet. Als Katholikos der armenischen Kirche in Moskau bin ich selbstverständlich eingeladen. Wir sollten zusammen gehen, vielleicht werden wir mehr erfahren.«

19. Fürstin Olga

In den Straßen rund um die Wohnung seines Onkels erinnerte noch alles an das hässliche Frankfurt der Siebzigerjahre. Dabei lebte er doch im schönen Sachsenhausen, »dribbe de bach«, wo das lebensfreundliche Süddeutschland begann. Von dem vom Stadtmarketing viel bemühtem »besonderen Flair« war hier allerdings noch kaum etwas zu spüren. Die Trias aus Ikonenmuseum, Deutschordenskirche und der angrenzende Altbau, in dem Georg wohnte, sie waren sichtlich Fremdkörper an dieser autogerechten Innenstadtkreuzung in unmittelbarer Nähe des Mainufers.

Wolfgang wirkte gehetzt, und er bemerkte, dass es seinem Onkel aufgefallen war.

»Ich muss Dir noch gratulieren, Wolfgang.«

»Dann hast Du schon mit dem Prior gesprochen?«

»Vor wenigen Tagen ... Sie hätten keine bessere Wahl treffen können!«

Wolfgang schaute Georg an. Sie hatten sich lange nicht gesehen. Er war der Bruder seines Vaters, und solange dieser lebte, standen sie sich lange Zeit sehr nahe. Nach Vaters Tod hatte er Wolfgang in der Friedberger Burg ein neues Zuhause gegeben. Aber seit er nach Berlin gegangen war, hatten sie sich aus den Augen verloren. Trotzdem war Georg zutiefst eingewoben in den intimen Fond tiefer Erinnerungen aus Wolfgangs Kindheit, der in ihm ständig präsent war und ihn bis in seine nächtlichen Träume hinein begleitete.

»Georg, wir sind in einer sehr ernsten Lage ...«

»Auch davon habe ich gehört. Aber wären wir es nicht, wärst Du jetzt kein Ritter.«

Das spöttische Lächeln seines Onkels erinnerte ihn daran, dass das Verhältnis seines Vaters zu seinem Bruder nicht immer ganz konfliktfrei gewesen war. Sein Vater war ein ruhiger Mann gewesen, wie ein Baum, geradeaus, Georg dagegen war ewig unzufrieden, voller Unrast und Spekulationen. Aber er war alt geworden.

»Das meine ich nicht. Ich wurde verfolgt, jemand hat auf mich geschossen. Irgendetwas hat sich in Gang gesetzt, das ich nicht aufhalten kann.«

»Hast Du denn geglaubt, dass es einfach sein wird?«

»Georg, ich brauche Deine Hilfe, und nicht nur ich, der Orden braucht sie!«

Der Alte machte eine wegwerfende Geste.

»Ich habe mit dem Orden nicht mehr viel zu tun.«

Narwa schmunzelte. Sein Onkel hatte es nicht verwunden, dass vor fast zwanzig Jahren das deutsche Priorat des Ordens aus Sachsenhausen ins bayerische Weyarn verlegt worden war. Dabei wusste er, dass der Orden und dessen Geschichte Georgs nahezu einziger Lebensinhalt waren. Institutionen, die scheinbar über wenig Bedeutung verfügten, konnten Größe entwickeln, wenn sie über ein funktionierendes Gedächtnis verfügen.

»Sagt Dir der Ausdruck ›Berserker‹ etwas?«

»Nichts Besonderes, ein paar alte Geschichten aus unserer verlorenen Heimat. Du wirst als Kind auch einige davon gehört haben. Aber ich wüsste nicht, was mit dem Orden zu tun haben könnte.«

»Dann vergiss es einfach wieder ... Aber etwas anderes ... Warum war Kiew so wichtig für den Orden?«

»Wieso kommst Du auf Kiew ... und warum ausgerechnet jetzt?«

Sein Onkel schien sichtlich irritiert zu sein. Er stand von seinem Schreibtisch auf, ging ein paar Runden im Zimmer auf und ab und sah aus dem Fenster. Leise und fast tonlos flüsterte er: »Ach Wolfgang, pass auf, dass Du nicht gleich auch schon wieder der letzte Ritter des Ordens sein wirst.«

Narwa schien das überhört zu haben, denn sogleich fragte er mit fester Stimme: »Weißt Du, was auf diesem Bild zu sehen ist?«

Dabei legte er einen Ausdruck des Fotos auf den Schreibtisch, den Alexander ihm aus Moskau geschickt hatte. Es war vergrößert und digital etwas nachgeschärft. Deutlich konnte man den Kasten mit seiner archaischen Tierornamentik erkennen.

»Das ist unser ... nein, warte ... nein, das ist er nicht, das Ornament, das sind andere Tiere zu sehen ...«

»Onkel, ich habe diese Schatulle einmal als kleiner Junge gesehen, auf einem alten Foto.«

»Wolfgang, was Du gesehen hast, war das Gegenstück zu diesem Kasten. Es war jahrhundertelang im Besitz dieser Familie, warte ...«

Georg ging an seinen Schrank und durchblätterte einige Fotoalben. Nach einigen Minuten kam er wieder.

»Siehst Du, hier ist es.«

Narwa erkannte es wieder. Die Fotografie zeigte ein Festmahl auf Schloss Narwa, etwa um die Jahrhundertwende. In einer Mauernische thronte der Kasten, umgeben von alten Abzeichen und Trophäen des Ordens.

»Was ist mit dem Kasten, Georg?«

»Ach Wolfgang ... die achthundertjährige Geschichte des Ordens ist reich an unerhörten, ja mysteriösen Geschichten. Diese gehört zu ihren rätselhaftesten ...«

»Nun?«

»Ich weiß es nicht, ich weiß es wirklich nicht ... Sicher ist wohl nur, dass der Kasten aus Kiew stammt, aus den Warägerhöhlen. So steht es in den Dokumenten des Ordens. Aber um diesen Kasten hat es anscheinend große Auseinandersetzungen gegeben, bald nach seinem Fund wurde er verborgen und dem Besitz des Ordens entzogen. Konrad von Jungingen selbst, der damalige Hochmeister, hat ihn 1407, im Jahr seines Todes, unserer Familie übergeben. Damals, Konrad litt bereits unter fiebrigen religiösen Phantasien, hat er uns das Gelübde abgenommen, den Kasten nicht zu öffnen.«

»Und wo ist der Kasten jetzt?«

»Das weiß ich nicht, zumindest nicht genau. Als unsere Familie 1941 umgesiedelt wurde, mussten wir fast all unser Hab und Gut zurücklassen. Das meiste ist wohl verloren gegangen, aber einiges hat Dein Großvater dem damaligen Verwalter anvertraut. Möglicherweise ist der Kasten darunter gewesen.«

»Aber der Kasten auf dem Bild ist nicht der, den Großvater zurücklassen musste?«

»Nein, aber er ist ersichtlich das Gegenstück – siehst Du, hier ...«

Er schob beide Bilder nebeneinander.

»... so, hier kannst Du sehen, dass sich beide Kästen aneinanderhaken ließen. Es ist eine antike Zwillingsschatulle. Sie gehören eigentlich zusammen ... Aber woher stammt das zweite Bild?«

»Das ist in Moskau aufgenommen worden. Aber wir vermuten, dass der Kasten ebenfalls aus den Gängen des Höhlenklosters in Kiew stammt.«

»Ja, die Warägerhöhlen, das scheint zu passen ... Aber erklär mir ...«

Wolfgang berichtete seinem Onkel, was er von Alexander über Andreijs Pilgerreisen und dessen anschließenden Aufstieg in Moskau wusste. Und auch von den dunklen Vorahnungen des Priors über die kommenden Ereignisse der Moskauer Synode.

»Aber jetzt musst Du mir sagen, was es mit der Verbindung des Ordens nach Kiew auf sich hat.«

»Ja, weißt Du, das begann, als Konrad von Jungingen Hochmeister wurde und 1398 Gotland für den Deutschen Orden gewann. Gotland war schon von früher Zeit an wichtig für den Orden. Die Insel war seit dem 12. Jahrhundert Sammelplatz aller Pilger und Kreuzritter, die ins Baltikum wollten. Nachdem 1237 Altlivland zum Orden kam, wurde dann über Gotland ›aufgesegelt‹, wie man das nannte. Aber der ganze skandinavische Raum war vor der Zeit Konrads für den Orden nicht von politischem Interesse – und nach ihm sollte er es auch nicht mehr sein. Nur er hatte etwas in dieser Insel gesehen. Immerhin, hier wuchs Wein, es gab 35 Orchideensorten, Gotland war das Rhodos der Ostsee ... Manche sagen, dass er ein Anhänger der Ideen der heiligen Brigitta von Schweden war, dass er ein Friedensreich auf der Insel errichten wollte, eine Art Mustergesellschaft, wie es Joachim de Fiore für das dritte Zeitalter vorhergesagt hatte.«

»Dass er auch das Dritte Reich genannt hatte ... Und hat er nicht die Hauptstadt Wisby zu einer der stärksten Befestigungsanlagen Europas ausgebaut?«

»Wie auch immer. Gotland war immer eine besondere Vertrauenssache. Keiner im Orden war eingeweiht, was Konrad eigentlich hier wollte. Die Einnahmen der Insel gingen auch nicht durch die Hauptbuchhaltung. Nun ja, unter Konrad hatte der Orden seine größte Ausdehnung, und zunächst schien die Annexion Gotlands auch ein vernünftiger Schritt, denn er zerstörte damit einen der wichtigsten Stützpunkte der Viktualienbrüder, der Piraten, die die Ostsee damals unsicher machten. Aber er kam damit Königin Margarete von Dänemark in die Quere, der nach der Union mit Schweden nur noch Gotland zur Gesamtherrschaft in Skandinavien fehlte. Die Kriege mit ihr verzehrten viel Geld und Kraft des Ordens, sehr viel. Aber damals fanden sich immer noch große Mengen arabischen Silbers auf der Insel – noch heute gibt es auf Gotland die höchste Schatzdichte in der ganzen Welt –, aus der Zeit der Wikinger, der Waräger, die mit ihren schnellen Booten vierhundert Jahre zuvor über den Finnischen Meerbusen, den Ladogasee bis zu dem Ort gekommen waren, wo der Wikinger Rjurik Holmgard erbaute, das die Russen Nowgorod nannten. Und von dort aus waren sie weiter nach Süden vorgedrungen, den Dnjepr hinab nach Kiew, wo Ruriks Heerführer die Herrschaft an sich rissen, und dann weiter bis nach Byzanz und Bagdad. Und Einheimische aus Gotland erzählten ihm von den Handelsrouten in den Süden, die wegen der Mongoleninvasion über hundert Jahre nicht befahrbar waren, von den sagenhaften Schätzen des Südens.«

»Aber es war nicht nur das Gold, das Konrad antrieb ...«

»Nein, da war noch etwas anderes. Konrad hatte im Jahr seiner Ernennung zum Hochmeister, 1393, ein wichtiges Dokument erhalten. Zu dieser Zeit war die Existenz des Ordens in großer Gefahr. Der Hauptfeind, das heidnische Litauen, war mit Polen eine Union eingegangen. Ihr Herrscher, Jagiello, hatte sich taufen lassen, was der Orden, dessen Hauptexistenzgrund in den Augen der christlichen Fürsten Europas in der Heidenmission lag, als reine Taktik abzutun versuchte. Polen-Litauen wurde bald zum Großreich, nachdem sie sich im Osten ein Gebiet nach dem anderen aus den Trümmern der sich nach Innerasien zurückziehenden Tataren einverleibt hatten, nicht zuletzt das alte Kiew. Aber da war natürlich auch das Großfürstentum Moskau, das, kaum hatte es das tatarische Joch abgeschüttelt, einen Großmachtstatus beanspruchte und begonnen hatte, alle anderen russischen Fürstentümer ›einzusammeln‹, und natürlich gerade auf Kiew, die ›Mutter der Rus‹, ein Auge geworfen hatte.

In dieser Situation, sozusagen als Beigabe seiner Ernennung, erhielt Konrad einen vierhundert Jahre alten Reisebericht des Adalbert von Magdeburg, der im Auftrag Kaiser Ottos des Großen von Regensburg über Prag und Krakau nach Kiew gereist war. Von da an nahm Konrad Gotland in den Blick, denn Gotland war seinerzeit über seine Handelsbeziehungen der Schlüssel zu Kiew. Der Gotenhof in Nowgorod, war der wichtigste Handelsposten des Westens in ganz Russland, eine bedeutende Einnahmequelle. Wer den besaß, dem öffnete sich der Osthandel über die alten Handelsrouten der Waräger. Kaum hatte Konrad die Insel dem Orden einverleibt, ließ er eine Expedition von Rittern nach Kiew ausrüsten, und unter den Dingen, die die Brüder einige Jahre später dann mitbrachten, war dann der Zwillingskasten das Wichtigste.«

»Aber dieser Bericht, was hat er enthalten? Warum war er so wichtig?«

»Ich weiß es nicht genau. Du musst wissen, bevor Adalbert vom Kaiser nach Kiew gesandt worden war, hatte es seit einiger Zeit durch Kaufleute, Söldner und Missionare Nachrichten gegeben, von einem neuen Reich im Osten ... Die dortigen Warägerfürsten waren noch heidnisch, und um sie entbrannte ein Missionswettlauf. Auch der Kaiser von Byzanz wollte sie missionieren, aber Kiew und Byzanz standen in einer schwierigen Beziehung zueinander. Da erbat 959 Olga, die Witwe des Warägerfürsten Igor, Sohn Ruriks, Hilfe beim deutschen König Otto bei der Christianisierung und der Ernennung eines Bischofs der Kiewer Rus. Durch eine Verbindung zum westlichen Kaisertum wollte sie schlicht mehr Unabhängigkeit von Byzanz. Vier Jahre zuvor war sie in Byzanz gewesen und war vom dortigen Kaiser getauft worden – der wollte sie aber zugleich heiraten und damit Kiew in seinen Herrscherbereich eingliedern. Sie konnte sich dem nur durch einen Trick entziehen, indem sie ihm sagte, dass er sie bei der Taufe ›Tochter‹ genannt habe, und der Kaiser doch unmöglich seine Tochter heiraten könne. Der Kaiser hatte sie wohl oder übel ziehen lassen, sie aber zuvor mit Schätzen überhäuft, die diese mit in ihre Heimatstadt nehmen konnte.

Aber Olga hatte die Verhältnisse im Westen falsch eingeschätzt, da nur der Papst einen vollwertigen Bischof ernennen konnte. Zwar schickte Otto den Mönch Adalbert, den späteren Erzbischof von Magdeburg, als Missionsbischof nach Osten los. Aber der kam zu spät, die Fürsten in Olgas Umgebung, vor allem aber ihr Sohn, betrieben eine heidnische Renaissance, dagegen hatten Olga und Adalbert keine Chance. Kiew wurde dann zwar christlich, aber erst gut dreißig Jahre später, unter Großfürst Wladimir und unter byzantinischen Vorzeichen. Kiew war für den Westen verloren.«

»Aber das war Konrad doch bekannt?«

»Ja, da hast Du natürlich Recht. Es war nicht Adalberts Geschichte vom Scheitern der Mission. Es muss damit zu tun gehabt haben, was er noch in Kiew vorfand, als er dort war. Denn anders, als er sich das vorgestellt hatte, gab es in Kiew eine lange christliche Tradition. Es gab sogar schon eine christliche Kirche, Sankt Elias, die schon fünfzig Jahre alt war. Denn viele der Waräger waren bereits christianisiert, dazu kamen neben den jüdischen und arabischen auch christliche Kaufleute, die in ihren Höfen und Kontoren in Kiew siedelten und den Glauben in das ferne Land im Osten brachten.

Aber auch diese waren nicht die ersten gewesen. Die altrussische Nestorchronik berichtet von der Missionsreise des Heiligen Andreas, des Apostels, nur wenige Jahrzehnte nach dem Tod unseres Herrn, in die slawischen Länder, auf die Krim und den Dnjepr stromaufwärts, wo er auf einem Hügel ein Kreuz errichtet hat und wo er prophezeit hatte, dass hier die Gottesgnade strahlt und eine große Stadt entstehen würde. Es kamen viele Völkerschaften und Religionen an diesen Ort, der später Kiew werden sollte, Chasaren, Griechen, Goten, Byzantiner, Slawen. Immer wieder verkündeten manche von ihnen auch das Wort Gottes an diesem Ort, auch wenn es dort nicht kontinuierlich eine christliche Gemeinde gegeben haben mochte.

Adalbert musste vor der religiösen Ehrwürde dieses Ortes enorm beeindruckt gewesen sein. Aber er schilderte auch die furchtbaren Ereignisse der heidnischen Reaktion. Es gab eine Art Bürgerkrieg und die Christen mussten furchtbare Verfolgung leiden. In dieser Zeit wurde der Kirchenschatz von Sankt Elias, vor allem das Gold und Silber aus Byzanz, in den Tiefen der Warägerhöhlen in Sicherheit gebracht und versteckt, einem uralten weit verzweigten Höhlensystem, dass die Wikinger als Versteck für ihre Handelswaren benutzt hatten«

»Dann war Konrad also doch nur auf Schatzsuche?«

»Nein, in den Höhlen wurde noch etwas anderes versteckt. Denn als Olga damals getauft wurde und es so aussah, als würde Kiew eine christliche Metropole werden, wie es Andreas vorhergesagt hatte, war aus Chersones am Südwestzipfel der Krim eine Gesandtschaft erschienen, um ihr zu huldigen. Die christliche Gemeinde aus Chersones war uralt, sie gehörte bereits kurz nach Christi Geburt zu Rom und blieb bis ins 7. Jahrhundert hinweg Teil des römisch-byzantinischen Imperiums und war danach unter dem Khanat der Chasaren auf der Krim byzantinischer Handelsvorposten. Heute heißt die Stadt Sewastopol ... Jedenfalls schienen die Geschenke aus Chersones an Wert die aus Byzanz bei weitem zu übertreffen.«

»Was waren das für Geschenke?«

»Ich weiß es nicht, so genau kenne ich die Geschichte nicht. Es scheinen Dokumente gewesen sein, vielleicht Übertragungen von Besitzansprüchen, so etwas wie die ›Konstantinische Schenkung‹ auf Russisch vielleicht oder sehr wichtige religiöse Texte aus der Frühzeit des Christentums. Das jedenfalls muss es gewesen sein, woran sich Konrads Fantasie entzündete ... Aber wir können uns Adalberts Bericht noch einmal anschauen, ich habe ihn hier, er ist Teil unseres Archivs.«

Narwa war verblüfft. Nicht nur von der historischen Unterweisung, die ihm sein Onkel soeben erteilt hatte. Wortlos folgte er Georg.

Dieser führte seinen Neffen durch mehrere Flure in einen schmucklosen Raum, der auf engstem Raum Tausende von Archiv- und Dokumentenkästen versammelte. Ein junger Mann, offensichtlich eine studentische Hilfskraft, war damit beschäftigt, verblichene Karteikarten durch neue auszutauschen.

»Was ist das hier?«

»Nun, das Archiv ...«

»Wie kann das sein? Das Archiv des Ordens ist aufgeteilt worden, Wien und Bad Mergentheim teilen sich die Bestände der Hoch- und Deutschmeister.«

»Nun ja, die Geschichte des Archivs ist fast so kompliziert wie die des Ordens selbst. Was Du hier siehst, ist das, was von den Archiven aus Königsberg gerettet werden konnte, nachdem das Deutschordensland durch den Verrat von Hochmeister Albrecht in ein Polen lehnspflichtiges Herzogtum umgewandelt worden war und der Orden Königsberg räumen musste. ... Ach Albert, könnten Sie uns für einen Moment alleine lassen?

Der junge Mann nickte und verschwand. Narwa staunte, wie trainiert der Student auf ihn wirkte. Er kannte das aus seinen eigenen Seminaren, aber die betonte Physis der heutigen Jugend verblüffte ihn immer wieder.

»Georg, das Archiv kam doch nach Burg Horneck in Franken, wo es im gleichen Jahr in den Bauernkriegen verbrannt ist.«

»Ja, im gleichen Jahr, so ein Zufall ... nein, das Archiv ist nicht verbrannt, es sollte nur verborgen bleiben. Es konnte damals niemand wissen, welche Zeit nun beginnen würde und wem der Orden noch vertrauen konnte. Die protestantische Lehre schien damals auf dem Weg, ganz West- und Mitteleuropa zu erobern. Und kaum hatte man sich in Glaubensfragen geeinigt, geriet der Orden unter die Fuchtel der Habsburger. Nun wurden österreichische Prinzchen zu Hochmeistern ernannt und die besten Ritter in den Türkenkriegen verheizt. Nein, danke, da war es besser, wenn das Archiv verborgen blieb. Und stell Dir vor, Napoleon hätte 1806 darauf Zugriff haben können, oder Hitler 1938.«

»Aber was hätten sie denn damit anfangen sollen?«

»Ach, Junge ... Du musst noch viel lernen ... Aber schau, hier ist es.«

Sein Onkel nahm ein altes Manuskript aus einer der Ablagen. Langsam durchblätterte er es und las dabei leise murmelnd die Textabschnitte vor, die er überflog. Es war das ungelenke Latein des frühen Mittelalters, was gleichwohl für den kaum lesbar war, der sein Latinum nur mit dem Hochlatein des Cicero gemacht hatte.

»Jetzt kommt es ... An dieser Stelle schreibt er über die Verbringung der Schätze in die Warägerhöhlen.« Die Augen des Alten leuchteten vor Aufregung.

Die Mönche aber waren zu wenige, um die Kisten zu tragen, die die Gaben Konstantins, des griechischen Zaren von Zargrad fassten.

»Das meint Byzanz, Wolfgang ...« Er las weiter:

Fürstin Olga brachte ihnen Diener zur Hilfe, so viel an Gold, Silber und edlem Geschmeide fassten die Kisten. Diese Diener aber ließ sie später alle in eine große Grube werfen und bei lebendigem Leib mit Erde bedecken. Auch die Geschenke aus Chersones ließ Olga in die Höhlen bringen, Kostbare Tücher, liturgisch Gerät und der Manuskripte viele. Auch ein skythisch Doppelkasten, der der Olga sehr teuer war und in dem die Erinnerung an Andreas aufbewahrt wurde.

»Nein, Georg, das liest Du falsch, das steht nicht ›ad memoriam Andream‹ ...«

Narwa kratzte leicht mit seinem Daumennagel über das Manuskript.

»Sondern ›memoria Andreae‹, das Pergament ist an dieser Stelle beschädigt.«

»Dann heißt es nicht ›die Erinnerung an‹, sondern ›die Erinnerung *des* Andreas‹.«

»Ja ... Georg. Es sieht so aus, als befände sich in den Kisten das Vermächtnis des Apostels Andreas, eines der zwölf Jünger unseres Herrn.«

20. Das neue Mittelalter

Alexander Brandt hatte sich vorgenommen, sich nicht allzu sehr beeindrucken zu lassen. Doch spätestens als ihr Wagen den inneren Ring verließ, den Alexandergarten durchquerte und durch das

Borowitzki-Tor in das Innere der Kremls gelangte, wurde sein Pulsschlag schneller. In einem Konvoi schwerer Limousinen bewegte sich ihr Wagen im Schritttempo erst an der Waffenkammer und dem Großen Kremlpalast vorbei, um dann das Ensemble der großen Kreml-Kirchen zu erreichen. Nach wenigen Metern kamen sie auf einen Parkplatz mit Blick auf einige monumentale historische Gebäudekomplexe.

»Hier geht es für uns nicht weiter, das ist der Amtssitz des Präsidenten. Wir müssen in die andere Richtung«, erklärte Aram beim Aussteigen.

Bei dem Polizeiaufgebot, das den Weg in Richtung Senat und Kreml-Kommandantur versperrte, wären die Übrigen auch kaum auf die Idee gekommen.

Der Blick, der sich ihnen beim Umdrehen bot, war überwältigend. Stolz und archaisch reckten sich Zwölf-Apostel-Kirche, die Uspeskij-Kathedrale, der Glockenturm und Verkündigungs- sowie Erzengelkathedrale vor ihnen auf.

»Ein andermal, Alexander ...«

Julia hatte Recht, sie waren nicht zum Sightseeing hier.

Bald hatten sie die Südostecke des Großen Kremlpalastes erreicht. Sie gelangten in den Hof und von dort über eine Paradetreppe in das Hauptgeschoss des Palastes. Hier wurden noch einmal akribisch ihre Einladungen kontrolliert, bevor sie den gewaltigen Georgssaal betraten.

Julia und Alexander blieben fast gleichzeitig wie erstarrt stehen. Sie schienen ins Herz des Schlosses von Andersens Schneekönigin gelangt zu sein, so kalt glänzte die Pracht des Saales. Weiß-silbern schimmerten die Wände und die tonnenförmige hohe Decke –

lediglich die Linie der fünf riesigen, sehr tief hängenden vergoldeten Kronleuchter verbreitete eine Idee von Wärme in diesem Saal.

Doch das geschäftige Treiben ließ ihnen nur wenige Augenblicke des Staunens. Vor ihnen promenierte die Prominenz der orthodoxen Weltkirche mit ihrem Gefolge: die Patriarchen von Konstantinopel, Alexandrien, Antiochien und Jerusalem, von Georgien, Bulgarien, Russland, Rumänien und Serbien, Erzbischöfe aus Zypern, Griechenland, Polen, Albanien, der Tschechoslowakei, Amerikas und des Sinai, dazu Metropoliten aus Finnland, Japan, der russisch-orthodoxen Auslandskirche und Mazedonien. Aber die orthodoxe Geistlichkeit bildete bei weitem nicht die einzige Gästegruppe. Um sie herum bewegte sich viel Militär und die Vertreter der Weltlichkeit, vornehmlich aus Politik und Wirtschaft. Sie alle erweckten in ihren Paradeuniformen und Maßanzügen in Alexander den Eindruck, hoffnungslos »underdressed« zu sein.

Aber das war nichts gegen das, was in Julia vorging. Die Frauen waren naturgemäß in der Unterzahl bei dieser Veranstaltung, aber das, was Moskau an diesem Abend aufgeboten hatte, die Begleiterinnen der hohen Militärs und Oligarchen, war dazu geeignet, in einer mitteleuropäischen Frau eine schwere Sinnkrise auszulösen. Im Falle von Julia führte es zu einer heftigen Gereiztheit Alexander gegenüber, dessen Aufmerksamkeit für Arevik ihr nicht entgangen war. Dieser ließ sich nichts anmerken, stattdessen betrachtete er mit einigem Schaudern die martialischen Wacheinheiten. Solche Uniformen hatte er noch nicht gesehen.

»Das ist die *Druschina*, die neue Leibgarde des Patriarchen Kyrill«, erläuterte Areviks Vater. »So nannte man früher das persönliche Heergefolge eines russischen Fürsten im Mittelalter. Die sind aus den Kampfgemeinschaften der Waräger entstanden, die berühmteste war die kaiserliche Leibgarde in Byzanz. Tja, und dann nannten sich im Krieg die aus Russen gebildeten Kampfeinheiten des Sicherheitsdienstes der SS so.«

Bevor Brandt antworten konnte, wurden sie unterbrochen.

»Frau Winter, was für eine Ehre, Sie hier zu sehen ... Ich darf mich glücklich schätzen, ein Bekannter Ihres Großvaters zu sein.«

Aus der Gruppe um den russischen Patriarchen hatte sich ein Mann gelöst, der direkt auf die Gruppe um Alexander zukam.

»Ich, ich danke Ihnen ... aber ... mit wem habe ich das Vergnügen?«

»Oh, verzeihen Sie, dass ich mich nicht vorgestellt habe, mein Name ist Valerij Rusin. Ich bin, in ihrer Welt, so etwas wie der Verantwortliche für die Öffentlichkeitsarbeit seiner Heiligkeit, des Patriarchen Kyrill, und wenn Sie so wollen, auch sein Berater.«

Julia schien nur wenig überrascht über den Vorstoß, ganz im Gegenteil zu Alexander, der immer noch kaum zu fassen schien, was hier eigentlich vor sich ging.

»Nun, wir danken seiner Heiligkeit sehr für sein Entgegenkommen, uns noch so kurzfristig auf die Gästeliste zu setzen.«

»Aber Frau Winter, ich bitte Sie ... Nun müssen Sie mir unbedingt verraten, wie Sie Moskau in diesen Tagen finden?«

»Ja, wie soll ich sagen, es ist sehr ›formiert‹, sagt man so?«

»Nun ja, Sie haben Recht, kein Vergleich mit dem Flohzirkus von Berlin oder London ... aber in aller Bescheidenheit, wir sind nicht unzufrieden damit, wir haben lange daran gearbeitet!«

»Moskau war einmal anders ...« warf Arevik ein.

»Nur wenige unglückliche Jahre lang, nun ist es endlich so weit, dass wir in das Zeitalter eintreten, das Russlands gemäß ist.«

»Was meinen Sie damit?«

»Ich meine ein Neues Mittelalter, von dem diese Tage die ersten Strahlen in die Welt hinausschicken.«

»Ein Neues Mittelalter?« Jetzt wurde Brandt neugierig.

»Nun, Sie werden es wohl Reaktion nennen, für uns ist es eine Revolution, der Übergang von einer profanen in eine sakrale Epoche, das Ende der neuen Geschichte, wie Sie sie kennen, eben der Beginn eines neuen Mittelalters.«

»Sie meinen die Fahnen, die wir überall sehen, die Aufmärsche.«

»Das ist nur der Ausdruck für etwas viel Größeres!«

»Wir haben lediglich den Eindruck, dass es das schon einmal gegeben hat, mit furchtbaren Folgen.«

»Sehen Sie, das sind Ihre Grenzen. Sie denken, dass die Welt den Individualisten gehört, den früh faulenden Früchten einer ›offenen Gesellschaft‹. Sie wollen nicht sehen, dass der einzige Weg gegen diesen Verfall des Ganzen nur die bewusste und totale Antithese dieses Individualismus ist. Ob diese von der äußersten Linken kommt, von Kommunisten, Bolschewisten oder von der äußersten Rechten, ist letztlich egal, denn im letzten metaphysischen Grund sind sie sich gleich. Einheit, Formation, Reinheit gegen Zerstreuung, Mischung, Zerfall. Sehen Sie, die einen nennen uns die neuen Sowjets, die anderen Neonazis. Wir sind die Erben von beiden, aber beseelt durch eine neue Idee, die in Wahrheit uralt ist: die Mission des russischen Volkes, durch die Idee der wahren Orthodoxie. Denn unsere russische Seele ist ein universaler Geist, der die ganze Welt retten wird. Wir werden die endgültige brüderliche Eintracht aller Völker nach dem Gesetz Christi herstellen. Und deshalb beginnt jetzt die Dämmerung der alten

Welt, der rationale Tag geht unter und wir treten ein in die Ära der Nacht.«

»Die Nacht?« Brandt war irritiert »Wovon sprechen Sie?«

»Wissen Sie denn nicht, dass die Nacht viel metaphysischer ist als der Tag? Die Vernunft, der Tag ist nur ein Trugbild, in der Nacht zeigt sich die Ordnung der Dinge, die Tiefe, der Abgrund.«

»Ich weiß wirklich nicht ...«

»Wissen Sie das wirklich nicht? Ihre Kategorien von Moderne und Rechtsstaatlichkeit haben für uns alle Bedeutung verloren. Das ist doch nur ein Larifari, mit dem sie vom wahrhaften Sein der Dinge ablenken wollen. In Russland enthüllt sich in diesen Tagen die Majestät des Reiches Gottes in seiner vollen Größe. Sie mögen es Barbarei nennen, und die Geburt dieses Reiches wird wahrhaft viele Opfer mit sich bringen, aber dann treten wir endlich ein in eine wirklich kollektivistische, gemeinschaftliche Epoche. Die Fesseln fallen nun, die Formen werden gesprengt ... Bis dann ein neuer Tag anbricht, mit neuen, endgültigen Gesetzen.«

»Glauben Sie denn nicht, dass sich unsere westliche Welt dagegen wehren wird?«

»Der Westen und seine faden Ideale. Europa ist immer noch eine Kolonie Amerikas und blickt, wie das alte Russland, nur nach Westen, zu den Seefahrern, den Atlantikern. Aber das ist eine Sünde gegen Ihre Identität wie es eine Sünde wider die unsrige war. Wir alle müssen nach Osten blicken, nach Asien, und von dort lernen ... Ihre Gesellschaft ist doch völlig atomisiert, die Menschen jagen nur noch bunten Mobiles nach, Illusionen irdischen Glücks, die sie in Drogen oder auf den Displays ihrer Handys zu finden hoffen ... In Russland dagegen erwacht der Mensch des

Neuen Mittelalters, asketisch, mönchisch, wir suchen den Weg eines neuen Rittertums. Und ich verspreche Ihnen, bald wird sie kommen, die Rückkehr der Engel, die Auferstehung der Helden, die größte Revolution in der Geschichte. Denn wir sind das Herz des Aufstands gegen die Diktatur der Vernunft. Wie haben es unsere Dichter prophezeit? ›Wir ziehen hin in unbekanntem Gleise, von Feuerabgrund rings umfacht‹ ... Aber verzeihen Sie, ich wollte nicht so viele Worte verlieren, ich denke, zumindest Frau Winter versteht, wovon ich spreche. Genießen Sie den Abend ... und grüßen Sie«, und damit wendete er sich wieder an Julia, »Ihren Großvater, sollten Sie ihn noch einmal wiedersehen.«

Alexander fühlte sich wie betäubt. Was redete der Mann da – und warum sollte ihn ausgerechnet Julia besser verstehen? Er fühlte sich in Wolfgangs Vortrag im Wissenschaftskolleg versetzt. Nur waren das diesmal lebendige Protagonisten. Er musste die Toiletten aufsuchen. Als er nach wenigen Minuten wiederkam, waren Aram und Arevik Sarkassian ebenso verschwunden wie Julia.

21. Geräucherte Makrelen

Narwa hatte Glück, dass er noch eine Maschine nach Tallinn, das frühere Reval, erwischte. Das Land versank mehr und mehr im Chaos. Ein Viertel der Einwohner Estlands waren russischer Herkunft, in Harrien, dem Landkreis um Tallinn, waren es fast 40 Prozent. Aber das war nichts gegen den Osten, Wierland, wie es einmal auf Deutsch hieß, das Land um Narwa. Dort betrug das

Verhältnis von Russen zu Esten in vielen Orten 4:1. In Narwa waren es 95 Prozent.

Die Destabilisierung des Landes hatte vor ein paar Monaten schleichend begonnen. Wie in der Ukraine war auch hier der hochindustrialisierte Osten Moskaus erstes Ziel. Dass auch hier das Verhältnis der ethnischen Russen so hoch war, lag an der Ansiedlungspolitik der UdSSR nach dem zweiten Weltkrieg. Was es an Deutschbaltentum noch gab, wurde in die Lager nach Sibirien deportiert. Den Esten, die bei Einmarsch der Roten Armee evakuiert wurden, wurde jahrzehntelang der Zugang zu ihrer Heimat verwehrt.

Aber der russische Separatismus in Estland war natürlich noch ein Stück brisanter als der in der Ukraine. Estland war Nato-Mitglied. Stadt und Fluss Narwa bildeten die Außengrenze der EU. Wenn Estland fiel, so das Szenario, wären Lettland und Litauen die nächsten Kandidaten. Aber an diesem Ort zeigte sich mit unmissverständlicher Klarheit, dass die Nato nur noch wenig mehr war als ein Papiertiger. Zumal der iranisch-israelische Krieg und die Ereignisse im Südchinesischen Meer die militärische Aufmerksamkeit der USA nahezu vollständig fesselte.

Aber Narwa war trainiert im Überleben auf feindlichem Territorium. *De Supervivo in terram hostilis* ... der Orden hatte ihn vorbereitet. Dass er fließend Russisch und einigermaßen Estnisch sprach, war dabei natürlich auch hilfreich. Aber erst einmal musste er aus Tallinn raus, in der Stadt gab es zu viele Neugierige, zu viel offenes oder verdecktes Militär und Nachrichtendienste. Hatte er erst einmal West-Wierland erreicht, würde es vermutlich zunächst einmal leichter. Dort gab es fast nur Wälder, der Anteil der

Russen war hier noch einmal verhältnismäßig niedrig. Von Narwa, so sein Plan, wollte er über die Grenze bei Iwangorod nach Sankt-Petersburg, das nur noch 150 Kilometer entfernt war. Und von dort weiter mit dem *Sapsan*, dem Wanderfalken, dem russischen Hochgeschwindigkeitszug, in 3 Stunden 45 Minuten nach Moskau.

*

Narwa benutzte das geheime Infrastrukturnetz des NATO-Kommandos. Es bestand aus bestimmten Kontaktpunkten: Autovermietungen, Tankstellen, Gaststätten – aber auch versteckten Depots: in Brückenpfeilern, Erdlöchern, verlassenen Bunkern. Damit gelangte er, mit einem Minimum an zwischenmenschlichen Kontakten, aus Tallinn heraus, auf die E20 Richtung russische Grenze.

Die Fahrt ging über flaches Gelände, lange Zeit folgten Industriegebiete, und andere zersiedelte Flächen aufeinander. Erst als die Schnellstraße den Laheema-Nationalpark durchquerte, beruhigte sich die Landschaft. Eine Weile ging es durch menschenleere Gebiete. Fischadler kreisten über der Straße. Bald erreichte er den Nordosten des Landes, das schmale Landstück zwischen Finnischem Meerbusen und dem gewaltigen Peipussee, siebenmal so groß wie der Bodensee. Auf dem Eis des zugefrorenen Sees hatte im April 1242 ein russisches Heer unter dem Nowgoroder Fürsten Alexander Newski den Deutschen Orden und seine estnischen Verbündeten vernichtend geschlagen. Das war erst einmal das Ende des Expansionsdranges des Ordens nach Osten. Zwei Jahre später fiel Jerusalem ...

Kurz vor Purtse, dem deutschen Alt-Isenhof, verließ Narwa die Hauptstraße. Er wusste, dass hier ein gut renoviertes Rittergut aus der frühesten Zeit der Ansiedlung des Ordens lag, das jetzt als Gasthof und Hotel betrieben wurde. Es waren noch etwa 70 Kilometer nach Narwa, und es war noch ein wenig früh am Tag, er wollte möglichst am späteren Nachmittag ankommen. Vor einer möglichen Ausgangssperre, aber doch auch so spät, dass die Miliz nicht Zeit genug haben sollte, ihre Neugier für den Neuankömmling zu groß werden zu lassen. Und dennoch war ihm klar, dass sein Abstecher weniger aus Notwendigkeit erfolgte als aus Sentimentalität. Aber wie fast jede Sentimentalität, so wurde auch diese bald darauf bestraft.

Auf die Präsenz von para-militärischen Milizen in den Straßen war er vorbereitet. Kurz nach Randen hatte er die erste lockere Straßensperre passiert. Seine Tarnung war möglichst unauffällig, kein Leihwagen mit den üblichen, sofort erkennbaren Nummernschildern, sondern ein angejahrter Schiguli mit einem Kennzeichen aus Pölwa, einem Landkreis aus dem Südosten, dessen Einwohner als etwas einfältig galten. Dazu hatte er eine Ladung geräucherter Makrelen sowie eine rührselige Verwandtengeschichte im Gepäck.

An der Kreuzung, an der Narwa die Staatsstraße verließ, gab es noch keine Auffälligkeiten. Einer dieser kleinen Verpflegungskioske, die in ganz Ost-Europa Lkws und Fernbussen als Pausenstation diente. Er hatte den UAZ, den alten russischen Militärjeep, auf dem Parkplatz gesehen, zusammen mit zwei Männern mit Handys, sich aber nichts dabei gedacht. Er passierte ein paar umgebaute sowjetische Kasernen, vor denen eine Spielplatzanlage vor sich hin rostete und fuhr dann ein paar Hundert Meter an flachen, menschenleeren Wiesen vorbei, bevor sich zur Rechten mehrere gut gepflegte Scheunen zeigten. Er fuhr jetzt nur noch Schritttempo. In dem Moment, in dem er das markante rote Dach von Alt-Isenhof erkannte, bemerkte er auch zur Linken die niedrig geduckte Garagenanlage. Er wusste sofort, dass er in einem Wespennest angekommen war, aber er hatte keine Wahl, er musste weiter. In den finsteren Löchern des Garagenkomplexes machte er eine ganze Armada von Militärfahrzeugen aus und Massen von Waffen. Ganz offensichtlich sollten die Garagen Sichtschutz gegen Aufklärungsdrohnen aus der Luft bieten.

Ein Mann mit bloßem Oberkörper, Sonnenbrille und Militärhosen kam ihm entgegen und bedeutete ihm anzuhalten. Aus den Garagen lösten sich schwerfällig eine Reihe von Gestalten. Narwa machte mehrere schwere Maschinenpistolen aus, die sich langsam auf ihn richteten.

»Mahlzeit, Kameraden, ich habe gehört, dass es hier eine gute Solyanka gibt.«

Sein Gegenüber grunzte, dann musterte er Narwa und nahm einen Schluck Wodka aus einer Flasche, die er in seiner Linken hielt. Seine Rechte baumelte lose an seiner Hüfte, an der ein Armeerevolver hing.

»Das Restaurant ist heute geschlossen, Du wirst Dir Deine Steckrüben auf dem Feld suchen müssen, Bürschchen.«

Seine Kumpane lachten derb. Der Milizionär sprach kein baltisches Russisch, er war nicht von hier.

»Genosse General, dann lasst mich einfach weiter fahren ...«
»Das werden wir sehen ... Mach mal den Kofferraum auf!«

Narwa öffnete die Klappe. Hoffentlich mögen sie Fisch, dachte er bei sich.

»Ja heiliges Mütterchen Russland, Makrelen ... Schau einmal an ... Du bist einer von diesen Schwarzhändlern und wolltest das den patriotischen Kräften vorenthalten?«

»Aber Genosse General, ich bin ein Fischer, das ist für meine Familie im Süden, in Pölwa, für den Winter.«

»Na, dann muss Deine Familie eben diesen Winter mehr Kartoffeln essen. Die ruhmreiche Armee des neuen Zaren beschlagnahmt diese Lieferung für kriegswichtige Zwecke.«

Die Menge johlte.

»Gewiss, Genosse General, nehmt Euch, was Ihr braucht.«

»So gefällst Du mir, Bürschlein ... Auf Kameraden, ausladen.«

Neuer Zar ... die Milizionäre wussten wohl sehr gut, für wen sie hier im Feld standen. Narwa erkannte einige Sankt-Georgs-Bänder. Aber das hatte nichts zu sagen, das Bändchen trugen alle, die überzeugt waren, dass ihr Land zu Großrussland gehörte.

»Mein Kommandant, meine Familie erwartet mich, darf ich dann wieder fahren.«

»Ja, von mir aus, mach dass Du Land gewinnst ...«

»Warte, Sergej, einen Augenblick!«

Einer der Milizionäre ging auf Narwa zu.

»Weißt Du, mein Vater war Fischer. Kannst Du Dir vorstellen, wie seine Hände aussehen? Voller Schwielen, eine Narbe neben der anderen. Schau auf Deine Hände ... Du warst nie auf einem Boot, Du bist kein Fischer!«

*

Als Narwa wieder aufwachte, lag er gefesselt im Innern der großen Hausburg von Alt-Isenburg. Das dreigeschossige Gebäude sah eigentlich eher wie ein großes Wohnhaus aus, wenn nicht der Turm auf der Westseite mitsamt der kecken Wetterfahne, die vielen kleinen Schießscharten und die über zwei Meter dicken Wände gewesen wären. Durch ihren leuchtend weißen Kalkanstrich und das rote Ziegeldach konnte man die Burg schon von weitem sehen.

Narwa zählte drei Wachen. Die Männer fühlten sich sicher, deshalb hatten sie ihn nicht in den Keller gebracht, sondern ihn direkt in einen Raum verfrachtet, der so etwas wie das Lagezentrum der Einheit bildete. Es gab sogar eine Flipchart, auf dem der Umriss Estlands und vermutlich die Position einiger paramilitärischer Verbände festgehalten war. Daneben waren eine Reihe Laptops positioniert, die zur Kommunikation und als Nachrichtenzentrale dienten.

Nach einiger Zeit konnte Narwa einige Führungsfiguren ausmachen. Diese Männer agierten komplett anders als der Mann, der ihn gefangengenommen hatte. Sie waren offensichtlich aktive Militärs, geschult nicht in Kasernenübungen und Manövern, sondern an der Front. Allerdings trugen sie keine regulären Rangabzeichen, also waren es wohl SpezNaz, Mitglieder der Spezialeinheiten des militärischen russischen Nachrichtendienstes GRU. Sie schienen nicht recht zu wissen, woran sie mit Narwa waren. Aus ihren Unterhaltungen konnte er schließen, dass sie ihn für einen Spion der regulären estnischen Verbände hielten. Allerdings hatte er weder eine Waffe noch sonst etwas Verdächtiges bei sich.

Narwa musterte den Raum. An den Ausrüstungsgegenständen, die überall verstreut umherlagen, konnte er eine ganze Reihe von Aufklebern und Stickern erkennen, sentimentale Abzeichen der Soldaten von ihren letzten Auslandseinsätzen: Tschetschenien, Südossetien, Libanon, Ukraine. Narwa atmete innerlich tief durch. Er befand sich inmitten einer Einheit des legendären Wostock-Bataillons.

Viel Zeit, sich Sorgen zu machen, hatte er nicht. Nach kurzer Zeit kam einer der Soldaten auf ihn zu, packte ihn am Arm und schleifte ihn an einen Tisch, wo zwei weitere Männer auf ihn warteten. Narwa war sich unsicher, wie er weiter vorgehen sollte. Die Wostock-Einheiten waren nicht dafür bekannt, sich allzu lange mit Gefangenen abzugeben.

»So, Du bist also ein Fischer und willst nach Pölwa ...«

»Verzeiht, das war eine Notlüge ... Ich wusste, dass die Gegend voll von Miliz ist und ich musste mir eine glaubhafte Geschichte ausdenken.«

»Und welche Geschichte sollen wir Dir jetzt glauben?«

»Said, mach nicht so ein Geschiss um den Typen, leg ihn einfach um.«

»Warte, wir haben doch Zeit ...«

Der Mann legte ein schweres Kampfmesser auf den Tisch.

Narwas Herz raste. Die Leute, die ihn gefangen hielten, waren Tschetschenen. Russland setzte sie in den schwierigsten Auslandsmissionen ein: Sabotage, Attentate, Terrorbekämpfung. Verdeckte Kriegsführung ohne Zeugen. Panisch überlegte er, mit welcher Strategie er seine verbleibende Lebenszeit maximieren konnte. Die Dummkopf-Nummer? Tod durch Quälerei. Die Einheimischer-Spion-Story? Tod durch reguläre Exekution. Blieb nur ...

»Schönes Messer, aus Deutschland, nicht wahr? Unsere SEK-Einheiten benutzen das gleiche.«

Die drei Männer starrten ihn an. Dann fing einer laut an zu lachen.

»Ein *Nemetzki*, ein deutscher Agent, schau einmal an! Da haben wir aber einen dicken Fisch gefangen!«

»Warte, Shamil, wir müssen das besprechen, ohne ihn ...«

Narwa wurde wieder in seine Ecke geworfen. Er hatte die Geiselkarte gezogen, seine letzte Chance. Vielleicht würde die Aussicht auf ein millionenschweres Lösegeld die Soldaten reizen?

Aber diese Einheit war keine wilde, undisziplinierte Miliz. Sie operierte nach einem strengen Einsatzplan, und was waren da schon ein paar lausige Millionen. Narwa war nichts weiter als ein Störfaktor ... Er konnte es in den Gesichtern der Männer lesen, als sie ihn nach ein paar Minuten wieder an den Tisch holten. Keiner der Männer sprach ein Wort. Der eine, den sie Said nannten, nahm das große Messer in die Hand, Shamil legte eine Plane unter den Stuhl, auf dem Narwa saß und der dritte schloss die Tür nach draußen. Leise flüsterte Shamil »Allah akbar«.

In diesem Moment detonierten mehrere gewaltige Explosionen nur wenige Meter vor dem Gebäude, dort, wo die Garagen gelegen haben mussten. Die Druckwelle warf alle auf den Boden. Mit einem Sprung war Narwa bei Said und entwand ihm das Messer. In einer einzigen Bewegung durchtrennte er ihm mit der Linken die Kehle, während seine Rechte die Pistole aus dem Halfter des Tschetschenen zog und mit zwei ansatzlosen Schüssen die beiden übrigen Soldaten erschoss. Danach war für einen Moment Totenstille. Narwa entwaffnete die Toten und nahm ein schweres AK 47 von einer Anrichte.

Durch einen Hinterausgang schlich er lautlos aus dem Gebäude. Durch all den Qualm und das Feuer konnte er sehen, dass der Drohnenangriff eine zerstörerische Wucht entfaltet hatte. Von den Russen schien keiner mehr am Leben zu sein. Dass die Burg nicht zerstört worden war, verdankte sie ihren meterdicken Mauern. Narwa hatte vor seiner Gefangennahme die Koordinaten in einen versteckten GPS-Sender eingeben können. Die Kameraden im Nato-Kommando hatten ihn nicht im Stich gelassen. Schließlich waren das feindliche Invasoren und keine Separatisten ... Aber seine Mission wurde dadurch nicht leichter. Möglicherweise hatten die Wostock-Leute von der Gefangennahme Meldung gemacht. Die toten Tschetschenen sprachen jedenfalls eine deutliche Sprache. Der Feind konnte nun davon ausgehen, dass es im Osten Estlands Stay-behind-Kräfte des Westens gab.

22. Höllenfahrt

So sehr Alexander Brandt der Panik nahe war, so wusste er doch, dass jeder falsche Schritt sein letzter sein konnte. Er war nach dem Toilettengang noch ein wenig den Fluren in die anderen Prunksäle gefolgt, den Alexander- und Andreas-, den Katharinen- und den Wladimirsaal. Er hatte ein schlechtes Gewissen, weil er kein Gefühl für die verstreichende Zeit hatte, aber er wusste, dass er nur einmal im Leben die Gelegenheit haben würde, diese Räume, die Attraktionen des Großen Kremlpalastes zu sehen. Aber in dem Moment, als er entdeckte, dass seine Gefährten verschwunden waren, war ihm klargeworden, dass er es nur seiner kunsthistorischen Neugier zu verdanken hatte, dass er sich noch auf freiem Fuß bewegte.

Er kontrollierte rasch sein Handy und sendete per SMS ein Fragezeichen an Julia. Dann aber begab er sich möglichst unauffällig wieder nach draußen. Er schlug nicht den Weg zum Parkplatz ein, sondern nahm den direkten Weg zum Borowitzki-Tor. Dort verkehrte ein Shuttle-Service für die unmotorisierten Gäste zurück in die Stadt. Brandt atmete noch einmal tief durch. War er vielleicht hysterisch? Wollte vielleicht ein Gast seinen Freuden einen anderen Teil des Palastes zeigen? Aber in diesem Fall hätte Julia eine Nachricht per Handy hinterlassen. Es gab keinen Zweifel, der Empfang war eine Falle.

*

Es dauerte nicht viel mehr als zwanzig Minuten und Brandt kam wieder in der Armenischen Straße an, wo am frühen Morgen alles seinen Ausgang genommen hatte. Mittlerweile war es stockfinster und Brandt wollte gerade die Einfahrt zur Hausnummer 5 hindurchschreiten, als er vor sich zwei rollende Kastanien bemerkte, die von irgendjemandem in seine Richtung geworfen worden waren.

Brandt schmiegte sich an die Mauerwand und fixierte die Richtung, aus der die Kastanien gekommen waren. Er konnte kaum etwas erkennen, nur einen Lichtschein, der vom Glimmen einer Zigarette herrühren mochte. Freund oder Feind? Diesmal entschied er sich für »Freund«, und begab sich vorsichtig in die Richtung des Glimmens. Ein Feind hätte seine Aufmerksamkeit weniger subtil erregt ... Als er näher kam, erkannte er zu seiner Überraschung den Agenten des FSB, den sie im Restaurant des Hotels Metropol getroffen hatten.

»Gehen Sie keinen Schritt weiter in Richtung Hauseingang«, flüsterte der Mann, »die ganze Wohnung steckt voller Miliz.«

»Aber wieso ...?«

»Nun, sie scheinen das Interesse von wichtigen Kreisen geweckt zu haben, von sehr wichtigen ...«

»Und was soll ich jetzt tun?«

»Folgen Sie mir, es gibt jetzt nur noch einen einzigen Ort, an dem sie in Moskau sicher sind, das ist die Lubjanka.«

*

Durch mich gelangt man zu der Stadt der Schmerzen ... Lasst jede Hoffnung, die ihr mich durchschreitet ...

Der Lastenaufzug quälte sich unendlich langsam und mit furchtbarem Quietschen nach unten. Das war die Höllenfahrt, hinunter in die Tiefe, in die Eingeweide der Lubjanka. Brandt begriff, dass er auch mit humanistischen Erinnerungen an seine Dante-Lektüre nichts gegen das Grauen ausrichten konnte, das sich seiner allmählich bemächtigte.

Sie fuhren zu viert in die gewaltigen unterirdischen Anlagen des ehemaligen KGB-Hauptquartiers herab. Dies war der Folterkeller all der großen und kleinen Säuberungen in der Sowjetunion, aber auch der verschiedenen Regime, die ihr folgten.

Neben Alexander standen Jurij, so hieß sein neuer Verbündeter, und zwei stiernackige Wärter. Jurij hatte ihm eingeschärft, dass er nur sicher sei, wenn er zur Tarnung wie ein tatsächlicher Gefangener behandelt werden würde. Bereits im Erdgeschoss hatten sie ihm alle seine Habseligkeiten abgenommen, ihn geduscht, desinfiziert und einen blauen Häftlingsanzug übergezogen. Wenigstens sorgte Jurij dafür, dass seine Wächter nicht allzu grob mit ihm umgingen.

Als der Aufzug stoppte, war Brandt unklar, in welchem Geschoss sie sich befanden. Nirgendwo gab es Nummern. Sie gingen endlos lange, verlassene Korridore entlang. Immer wieder gab es Zellentrakte, manchmal große Räume, manchmal winzige Verschläge. Hier gab es Nummern über den Gefängnistüren. Aber ihre Reihenfolge war scheinbar ohne jede Logik. Keine Frage, die neuen Häftlinge sollten desorientiert werden.

Nach einigen Minuten erreichten sie eine Art Schrankwand mit einer Drehtür. Nacheinander verschwanden in ihr die beiden Wärter. Jurij machte eine Bewegung, dass Brandt ihnen folgen sollte. Als er den neuen Raum betrat, machte er unwillkürlich einen Schritt zurück. Alles war voll von Militärs. Sie schienen sich allerdings kaum von Brandts plötzlichem Erscheinen aus der Ruhe bringen zu lassen. Erst als auch Jurij das Zimmer betreten hatte und laut militärisch grüßte, kam Bewegung in die Menge. In wenigen Augenblicken waren bis auf Alexander nur noch drei Personen im Raum, die an einem Schreibtisch am Kopfende Platz genommen hatte. Jurij bedeutete Alexander, auf einem Stuhl vor dem Schreibtisch Platz zu nehmen.

Es folgte eine kurze Verhandlung auf Russisch, der Brandt nicht folgen konnte. Er fragte sich, ob all das nicht ein Traum war: der am Boden festgeschraubte Stuhl, auf dem er saß, das grellweiße Licht, das den Raum erleuchtete, die grünen Blechplatten, die die Fenster verdeckten. Jurij jedenfalls schien den anderen beiden am Tisch, die wohl so etwas wie Untersuchungsrichter sein mussten, den Fall klar zu machen. Was das für ein Fall sein sollte, und welche Begründung er für seine Inhaftierung liefern würde, hatte er ihm nicht klar gemacht. Mehrfach hörte er so etwas wie *inostrannich spionasche*. Nun, das war naheliegend: ausländische Spionage.

»Herr Brandt ...«

Jurij richtete unvermittelt das Wort an ihn.

»Sie werden staatsfeindlicher Aktivitäten auf dem Gebiet der russischen Föderation beschuldigt. Bis zur Klärung dieses Sachverhaltes werden sie ein Gast unserer Einrichtung sein. Haben Sie dem etwas hinzuzufügen?«

Brandt schüttelte den Kopf. Er war sich nicht sicher, ob er ihm trauen konnte. Aber er hatte keine andere Wahl.

Jurij befahl die beiden Wärter, die während der »Verhandlung« den Raum verlassen hatten, wieder hinein. Gemeinsam mit ihnen verließen sie den Verhörraum durch eine schwere Tresortür gegenüber der Drehtür, durch die sie den Raum betreten hatten. Wieder ging es durch lange Gänge, aber nun reihte sich Zelle an Zelle. Am Ende eines der Flure gab Jurij den Begleitern den Befehl, sie allein zu lassen.

»Das haben Sie gut gemacht. Sie haben nichts zu befürchten. Aber wir müssen sehr vorsichtig sein. Sie haben sich mit sehr mächtigen Leuten angelegt ... Sie werden die Nacht in einer Zweimannzelle verbringen, das war das Beste, was ich organisieren konnte. Schlafen Sie sich erst einmal aus. Morgen sehen wir dann weiter.«

Brandt betrat beklommen die schmale Zelle. Er registrierte zwei Pritschen an der Seite, einen Eimer in der Ecke und eine Stuhl, auf dem ein alter Mann mit dem Rücken zu ihm saß.

»*Dobry vecher* ...«

Der Gutenabendgruß war so ziemlich das einzige, was Brandt auf Russisch hervorbringen konnte.

»Guten Abend, Alexander. Das hat aber lange gedauert.«

Der Mann drehte sich um. Es war Stanley, Julias Großvater.

23. Philemon und Baucis

Die letzten Sonnenstrahlen des Tages erleuchteten noch einmal die Opposition von West und Ost, von Hermannsfeste im estnischen Narwa und der Burganlage im russischen Iwangorod, die nur durch einen Fluss getrennt waren, der in wasserarmen Zeiten kaum den Namen verdiente.

Narwa, der sich im Schutz des Sonnenuntergangs an das Ufer getraut hatte, ließ seinen Blick schweifen. Die Szene schien ihm wie ein mittelalterlicher *Checkpoint Charlie*, der Ort, an dem sich in Berlin die Truppen der Nato und des Warschauer Paktes unmittelbar gegenübergestanden hatten. Nur dass jener mittlerweile ein Ort des historischen Karnevals geworden war, während die Konfrontation der beiden Festungen von Narwa und Iwangorod dazu gemacht schien, auch noch die nächsten tausend Jahre zu überdauern. Pfeil gegen Riegel, so lagen die beiden Festungen sich lauernd gegenüber, das langgestreckte, gen Westen zielende Iwangorod, der erratische Block der Hermannsfeste archaisch, unbeweglich, in sich ruhend. Die Brücke, die die beiden Ufer miteinander verband, wirkte fragil, fast unwirklich.

Es war später Abend geworden, als Narwa endlich sein Ziel erreicht hatte. Er hatte einige Umwege benutzen und, nun ja, auch den Wagen mehrfach wechseln müssen. Nichts, worauf er hätte stolz sein können. Wie hatte Mike Tyson gesagt? »Everyone has a plan until they get punched in the face.«

Die Stadt, die seinen Namen trug, war eigentlich nicht viel mehr als eine Ansammlung von grauen Mietskasernen mit postsowjetischem Charme. Wenn da nicht der kleine Fluss gewesen wäre, der denselben Namen trug. Für nicht wenige markierte er die Grenze des Abendlandes. Und dann die mächtige Burg, hoch über ihrem Ufer, die Hermannsfeste, von Dänen um 1270 erbaut, keine 80 Jahre später dem Deutschen Orden mitsamt der Stadt und dem ganzen Osten Estlands verkauft. Sein Vorfahre Heinrich wurde der erste Burgvogt am nordöstlichen Ende des Herrschaftsgebietes des *ordo teutonicus*. Nur wenige Jahre später nahmen er und seine Familie den Namen der Stadt an, die sich um die Feste gebildet hatte. Es hatte viel Unruhe gegeben, dass Heinrich, der zum engsten Kreis um den Hochmeister gehörte, in diese Einöde geschickt wurde. Viele sprachen von Verbannung. Narwa erinnerte sich daran, dass sein Vater nie gerne darüber sprach.

Und es war wirklich eine heikle Aufgabe gewesen. Die Narwa bildete damals die Grenze zwischen den gerade erst christianisierten baltischen Stämmen der Esten und Woten. Standen die westlichen Esten unter der Herrschaft der Dänen, so waren die Woten von den Russen aus Nowgorod unterworfen worden. Wenige

Jahre zuvor hatten sich die Esten erhoben, dem Christentum wieder abgeschworen und über deutsche und dänische Siedler in der Gegend Tod und Verderben gebracht. Daraufhin rief Dänemarks König Waldemar den Deutsche Orden. Grausam und verlustreich waren die Schlachten, bis wieder Ruhe im Land war. Resigniert verkauften die Dänen das nun entvölkerte Land an den Orden.

Und der Herr von Narwa? Stand unter dem Befehl des Komturs, der weit im Westen in Reval residierte. Was demütigend war, denn aus seiner Familie stammten weit ranghöhere Ritter ... Und so blieb Heinrich nur der Dienst an der Grenze: viel Kampf und viel Ehre, aber ein Markgraf ohne Titel. Selbst den Fernhandel, für den Narwa so günstige Voraussetzungen hatte, mit seinem Hafen und der Nähe zur Handelsstadt Nowgorod, behielt sich der Komtur vor. Narwa versuchte mehrfach in den Bund der Hanse aufgenommen zu werden, doch die Ordenspolitik wusste das stets zu verhindern.

Narwa hatte viel daran gedacht, während er sich der Stadt genähert hatte. Dann allerdings hatte er sich auf die Frage konzentriert, wie er die Nachfahren des letzten Hausverwalters seiner Familie finden konnte und sich dabei für die naheliegendste Lösung entscheiden, er würde sich einfach an die Administration des Burgmuseums wenden. Und tatsächlich hatte er Glück, er konnte jemanden ausfindig machen, der ihm wortreich die wechselhafte Geschichte von Burg und Burgmuseum im letzten Jahrhundert schilderte – und ihm nebst gewünschten Namen auch eine Adresse liefern konnte.

Mittlerweile war es fast Nacht geworden, und es war Narwa ziemlich unangenehm, an dem kleinen, verwitterten Häuschen zu klingeln, das sich nicht weit von den gewaltigen Burgmauern der Hermannsfeste versteckt im Schatten mehrerer großer, dunkler Eichen und Linden befand. Ihm öffnete eine winzige, fast hutzelig zu nennende Alte.

Noch bevor Narwa einen Ton hervorbringen konnte, krähte es aus dem Innern: »Wer ist da, Mirtel?«

»Jetzt sei doch mal ruhig, Mati, ich schau ja schon.«

Narwa konnte gerade genug Estnisch, dass er begriff, wovon die beiden sprachen. Nun würde er aber versuchen, ob er ins Deutsche wechseln konnte.

»*Tere õhtust!* Ich suche die Familie Kalev, bin ich hier richtig?«

»*Tere tulemast!* Ja, das sind wir. Warum fragen Sie? Sind Sie ein Wanderer oder ein Tourist?«

Er musste lächeln, das fing ja gut an. Narwa blickte in ein Gesicht, das einmal sehr weich gewesen sein musste. Dem die Wechselfälle des Schicksals aber gleichwohl einige scharfe Züge verliehen hatten.

»Nein Mütterchen, kein Tourist, und ein Wanderer, ich weiß nicht ... Frau Kalev, ich würde Sie gerne etwas zu Ihren Eltern fragen, Jüri Kalev, das war doch Ihr Vater?«

»Mein Vater ... aber ja, kommen sie doch herein.«

*

Die Wohnstube, in die ihn die Alte führte, war das Gegenteil der Puppenstube, die er sich vorgestellt hatte. Sie war auf eigentümliche Weise karg und doch behaglich. Es war die Inneneinrichtung von Menschen, denen immer wieder andere alles geraubt hatten und die doch ihre Würde nicht aufgegeben hatten.

»Denk Dir, Mati, der Herr, will mit uns über meine Eltern sprechen.«

Ihr Mann, der auf einem purpurnen Sofa saß, nickte.

»Das war ein guter Mann, Dein Vater ...«

Die Frau nahm seine Hand in die ihre und streichelte sie liebevoll.

»Ja, das war er. Aber Mati, willst Du unserem Gast nicht etwas zu essen bringen, ich glaube, er ist hungrig.«

»Aber natürlich, Mirtel, verzeih.«

Während sich der alte Mann in die Küche bewegte, machte sich Narwa klar, dass er tatsächlich seit dem Flug nichts gegessen hatte.

»Sie müssen verzeihen, mein Mann ist mittlerweile sehr alt ... Aber es sind auch unruhige Tage, man weiß nie, wer an der Tür ist.«

»Aber ich bitte Sie, ich muss mich bei Ihnen entschuldigen! ... Sie ... sie sprechen gut Deutsch.«

»Nun, wissen Sie, das war so Tradition in meiner Familie. Wir haben einmal deutsche Herren gehabt ... sagt man so?«

Narwa wusste nicht, was er sagen sollte. Herren ... war das so? Das Wort »Deutsch« nahm hier einen Klang an, den er bisher nicht gekannt hatte. Es war die Geschichte seiner Familie, und er wusste so wenig darüber.

»Frau Kalev, hat Ihr Vater mit ihnen einmal über den Krieg gesprochen, über die Zeit, als die deutschen Bewohner der Hermannsfeste, die Familie von Narwa, Estland verlassen musste, und die Verwaltung der Burg in die Hände Ihres Vaters gelegt wurde?«

»Aber mein Herr, warum wollen Sie das wissen?«

»Weil ich der Enkelsohn des letzten Burgherren bin!«

Die alte Frau verstummte. Langsam drehte sie ihren Kopf zur Seite und fasste sich mit der linken Hand über den Mund. In ihren Augen standen die Tränen.

»Wir haben so lange gewartet ...«

Narwa schwieg eine Weile. Was hätte er sagen sollen? Er war froh, als Mirtels Ehemann sie unterbrach, um etwas zu essen zu bringen: »*Jätku leiba.*«

Möge Ihr Brot reichen ... Aber ja, er hatte Hunger, und mit großer Dankbarkeit verschlang er, was Mati ihnen brachte, Sauerkraut und Schweinefleisch, eingemachte Pilze und herbe, dunkle Beeren. Und natürlich das einheimische Bier.

Aber während der ganzen Zeit, in der er aß, spürte Narwa, dass die wachen, traurigen Augen von Mirtel unentwegt auf ihn gerichtet waren.

»Wir haben Narwa nie vergessen ... auch wenn wir es für verloren hielten, es war immer in unserem Gedächtnis, es war unser ...«

Narwa musste schlucken. Keine Lüge jetzt, aber auch keine Sentimentalität. Er hatte »Traum« sagen wollen. Aber war es das? Wie sollte er ihnen das erklären? Die Nachkriegsjahre der Familie als Flüchtlinge erst in Österreich, dann in Westdeutschland. Als Aussiedler, nicht willkommen, nur geduldet. Und seine Kindheit und Jugend, ein einziger Versuch, der Familiengeschichte zu entkommen.

»Aber weswegen seid Ihr zurückgekehrt, jetzt, in diesen schrecklichen Tagen?«

»Damals, kurz vor der Flucht meiner Familie in den Westen, hat mein Großvater Eurem Vater das ganze Inventar der Burg vermacht.«

»Um es gleich darauf den Roten in den Rachen zu werfen ...«

»Ja, aber ich vermute, nicht alles. Mein Großvater muss doch über einige Gegenstände mit Ihrem Vater gesprochen haben, Gegenstände, die einen besonderen Wert hatten, nicht materiell, davon gab es sowieso nicht mehr viele, aber ideell ...«

»Wisst Ihr, mein Herr, ich war damals zehn Jahre alt. Um mich herum brach die Welt, wie ich sie kannte, zusammen. Wir verloren damals fast alles, es war das Ende der Welt, unserer Welt ... die Welt, wie wir sie kannten. Und das, was danach kam ...«

Mirtels Blick wurde hart. Narwa hätte so viel darum gegeben, mit ihr darüber zu sprechen. Aber das war nicht der richtige Zeitpunkt.

»Dann ist alles verloren?«

»Ja, das ist es wohl ... Wenn Ihr doch nur früher gekommen wäret ...«

»Was meint Ihr?«

»Es gab ein paar Dinge, über die hat mein Vater nie gesprochen. Aber ich wusste, dass sie ihn beschäftigten ... Eines Tages, es war kurz vor seinem Tod, kamen ein paar Wandermönche vorbei. Mein Vater war nie sonderlich religiös, aber ihn faszinierten diese Männer. Sie waren orthodox, aber anders, sie waren irgendwie ... ursprünglicher.«

»Sie waren Altgläubige?«

»Ja, so nennt man das, *Raskolniki,* so nannten sie sich selbst. Die waren wohl so eine Art Gegenbewegung innerhalb der orthodoxen

Kirche. Und das hieß damals: doppelt oppositionell in der Sowjetunion. Sie hielten sich hier einen Sommer lang auf, und mein Vater verbrachte viele Stunden mit ihnen. Eines Tages habe ich gesehen, wie er sie zu unserer kleinen Datscha am Fluss mitgenommen hat, und dort hat er ihnen einige Dinge übergeben, von denen ich wusste, dass er sie aus der Burg hatte. Reliquiare, eine altertümliche Kiste, viele Pergamente ... Ich war wochenlang wütend auf meinen Vater, weil ich immer an die Wiederkehr des Burgherren geglaubt hatte. Aber er hatte diesen Glauben wohl aufgegeben, wenige Wochen später starb er ... Ich denke, ich habe es ihm nie verziehen.«

»Und diese Mönche, wisst Ihr, woher sie kamen?«

»Ja, sie sagten, sie kämen aus den Klöstern des Nordens, dem Kloster des Heiligen Kyrill von Weißensee in Wologda und dem Kloster der Solowetzki-Inseln, und dass sie in den Norden zurück wollten, an den Rande des Polarkreises, ans Weiße Meer.«

Das passte ... Narwa wusste, dass man in den entlegenen Klöstern des russischen Nordens gerne apokryphe, am Rande der Häresie angesiedelte Überlieferungen und Erzählungen sammelte. Aber er wusste auch, dass das Solowetzki-Kloster in der Sowjetzeit zu einem furchtbaren Straflager umfunktioniert worden war, Zehntausende starben hier. Aber nur hier konnte er eine Antwort finden.

»Ich muss dorthin«, hörte sich Narwa murmeln.

»Aber doch erst morgen, Ihr seid müde ... Wisst Ihr denn schon, wo Ihr schlafen werdet? Wenn Ihr kein Zimmer in der Stadt habt, können wir Euch eine Matratze auslegen, es soll Euch an nichts fehlen.«

Narwa nickte. Eigentlich hatte er Mati und Mirtel noch so viel fragen wollen ... Innerhalb weniger Minuten war er eingeschlafen.

24. Confessions of a dangerous mind

»Stan, was machst Du hier?«

»Ich sollte Dich besser fragen, was Du hier machst ...«

Beide sahen sich in die Augen. Alexander war sich nicht sicher, aber er meinte, in den Augen des alten Mannes ein leicht amüsiertes Grinsen auszumachen. Er wollte schon beginnen zu erzählen, als er innehielt und sich daran erinnerte, was Wolfgang über ihn erzählt hatte. Sicher, er war Julias Großvater. Aber hier, in diesem Verließ im Keller der Lubjanka, war er doch vermutlich in erster Linie der CIA-Agent, der er einmal gewesen war.

»Ich gehe einmal davon aus, dass Du das weißt. Sonst hätten wir uns jetzt nicht hier getroffen ... denn ich nehme einmal an, Du bist kein Häftling?«

»Nein, so wenig wie Du einer bist ... Aber sag mir, wie ist das mit Julia passiert?«

»Nein Stan, so läuft das nicht. Quid pro quo. Du gibst mir etwas, und ich gebe Dir etwas ... Narwa hat Julia und mir von Eurem Gespräch erzählt. Ich muss wissen, warum Du in Moskau bist. Ich muss wissen, warum Du jetzt *hier* bist! Hast Du einen Auftrag zu erledigen? Sag mir vor allem: Haben wir etwas damit zu tun?«

»Ja, das habt Ihr, mein Junge ... Und das macht alles noch viel komplizierter.«

»Wie meinst Du das?«

»Weißt Du, ich denke, Sie haben Julia meinetwegen entführt.«

»Weil Du ... weil Du beim CIA warst?«

»Nein, Alexander, dann müssten sie jeden Tag eine Menge Leute entführen. Moskau ist rappelvoll mit Nachrichtendiensten, gerade in diesen Tagen. Nein, das ist es nicht, oder besser, das ist es nicht ganz.«

»Nun sag schon ...«

»Um das zu begreifen, müsstest Du wissen, um was es hier geht. Ich meine, was das für ein Konflikt ist. Wie alles angefangen hat, und welche Motive die Menschen haben, die in ihn verwickelt sind. Und wozu das alles geführt hat ...«

»Na ja, ich denke, in den groben Zügen ...«

»Ja, denkst Du? Weil Du das auf der Schule gelernt hast oder in der Uni? Weil Du den *Spiegel* liest und linksliberale Hollywood-Filme siehst? Du hast keine Ahnung ... Soll ich Dir sagen, wie unsere Geschichte beginnt? Sie beginnt in der Nacht vom 16. auf den 17. Juli 1918. In dieser Nacht hat die *Tscheka* in Jekaterinburg die Zarenfamilie hingerichtet. Die Hinrichtung des Erschießungskommandos dauerte zwanzig Minuten, weil die Kammerfrau in die Mieder der Zarenkinder alten Familienschmuck eingenäht hatte. Und da die Kugeln, die auf sie abgefeuert wurden, abzuprallen schienen, waren die Schützen dazu übergegangen, die Opfer mit dem Bajonett zu erstechen. Allerdings blieben die Bajonette zum Teil in den Miedern der Mädchen stecken und so dauerte es ziemlich lange, bis alle wirklich tot waren ... Eine schlimme Geschichte, nicht wahr? Russland war damals im Bürgerkrieg und Lenin und seine Bolschewisten wollten nicht, dass die ›Weißen‹, die Gegner ihrer Revolution, eine Symbolfigur für ihren Widerstand gehabt hätten. Nun ja, die Geschichte kennt heute fast jeder, aber was kaum einer weiß ist, dass in diesem Bürgerkrieg fast zehn Millionen Menschen gestorben sind. Aber diese *eine* Geschichte von toten Zar und den ermordeten Mädchen, die lief wie eine gewaltige Schockwelle um die ganze Welt. Und was sie den Politikern in Washington, den Kabinetten in Paris und London und den Stahlbaronen im Ruhrgebiet sagte, war: Wir meinen es ernst mit dieser Revolution! Wir werden kommen und Euch den Hals abschneiden.

Und ein paar Leute begriffen, dass etwas völlig Neues in der Welt vorgefallen war. Dass Russland nicht mehr einfach nur die Großmacht war, mit der man seit Jahrhunderten das ›Große Spiel‹ um den Einfluss in Zentralasien spielte, oder dessen Einfluss man gegen die Macht Deutschlands in Osteuropa oder des osmanischen Reiches im Nahen Osten ausbalancieren musste. Es war der Beginn von Politik im Dienst des Terrors.«

»Entschuldige, Stan, aber das habe ich schon ... Und man kann da auch einiges ...«

»Ja, sicher, bestimmt kannst Du ... Aber warte erst einmal ab ... 1919, England hatte gerade den ersten Weltkrieg gewonnen, wurde Winston Churchill Kriegsminister. Jetzt kann man sagen, leichter Job nach einem gewonnenen Krieg. Pustekuchen, nach dem Frieden von Versailles tobten zwischen Finnland und der Türkei fast überall Grenz- und Bürgerkriege. Nun hatte das koloniale England traditionell ein hohes Interesse an Auslandsinformationen, und so hatte es bereits 1909 den SIS, den späteren MI6, als Auslandsgeheimdienst gegründet. Churchill aber sah rasch, dass das nicht mehr ausreiche. Je nachdem, wie man es betrachtete, war ein Geheimdienst dazu da, um Informationen zu beschaffen oder um verdeckte Aktionen durchzuführen. Churchill war entschieden der letzteren Ansicht. Als klar wurde, dass die kriegsmüde englische Öffentlichkeit eine Intervention in Russland oder auch nur die offene militärische Unterstützung der ›Weißen‹ ablehnte, gründete er eine spezielle *Section V* zur Konterrevolution gegen die Bolschewisten, um deren Staat, wie er sich ausdrückte, ›bereits in der Wiege zu erwürgen.‹ Und die Jungs machten einen verdammt guten Job. Das waren keine Bürohengste wie der MI5, der militärische Inlandsgeheimdienst. Die Agenten ließen sich mit kleinen Motorbooten in der Bucht vor Sankt Petersburg absetzen, um von dort in das riesige Land einzusickern. Einmal griffen sie sogar getarnt die russische Flotte in Kronstadt an. Leute wie Paul Dukes, Augustus Agar oder Sidney Reilley begründeten damals den Mythos des britischen Geheimdienstes. Aber die Regeln dieses Spiels waren andere als in der Politik. Und vor allem, es war ein Spiel an Parlament und Öffentlichkeit vorbei. Im Baltikum gab es noch andere Gegner der Bolschewisten. Da waren zum einen die noch jungen, aber schwachen unabhängigen Staaten Litauen, Lettland und Estland. Und dann tauchten plötzlich sogenannte Freikorps auf, irreguläre deutsche Truppen, Strandgut des verlorenen Krieges, die gegen die Bolschewisten kämpfen und altdeutsche Siedlungsgebiete verteidigen wollten. Die nannten sich ›Eiserne Division‹ oder ›Deutsche Legion‹. Manche waren aufrechte Soldaten, manche Abenteurer, die meisten stramm rechts, altpreußisch bis ultra-national. Für die britische Regierung war das natürlich ein Alptraum. Man hatte Deutschland im Versailler Vertrag gerade nahezu entmilitarisiert und plötzlich stehen da 50.000 Mann in Waffen im Baltikum. Also schickt man eine Alliierte Militärmission, die sich die Sache anschauen soll. Offiziell klopft man den Deutschen laufend auf die Finger, schließlich ist das der Kriegsgegner der letzten Jahre, aber man lässt sie insgeheim doch erst einmal gewähren, zumal sie Riga aus kommunistischer Hand befreien. Es kommt sogar zu gemeinsamen Aktionen. Aber Teile der deutschen Freikorps erweisen sich als üble Landsknechte, es gelangen Meldungen über massenweise standrechtliche Erschießungen nach Europa. Also bleibt England nichts anderes übrig, als von der Reichsregierung zu verlangen, die Truppen abzuziehen und zu entwaffnen. Aber unter dem Namen ›Baltische Landwehr‹ kämpft dann ein Verband von Deutschbalten unter dem Kommando von Sir Harold Alexander, dem späteren 1st. Earl of Tunis, weiter gegen die Bolschewisten. Ein erstes Netz ist gesponnen, ein der Öffentlichkeit verborgenes Bündnis gegen den gemeinsamen Feind.«

»Aber dann kamen die Nazis ... und der Krieg.«

»Du hast es erfasst. Das Dritte Reich erobert das Baltikum, aber die deutschen Truppen können es nicht halten. 25 Jahre später, gleicher Schauplatz, gleiche Kombattanten. 1944 marschieren die Sowjets in die von der Wehrmacht besetzten baltischen Länder ein und gliedern sie nach Kriegsende in die Sowjetunion ein. Dagegen gibt es massiven Widerstand im Baltikum, und die Alliierten beschließen, ihn zu unterstützen. Aber diesmal sind die Sowjets offiziell Waffenbrüder im Kampf gegen Hitler-Deutschland gewesen. Also ist das wieder eine Geheimdienstoperation. Da die Amerikaner nach dem Krieg ihren einzigen funktionierenden Geheimdienst OSS erst einmal begraben haben, sind schon wieder die Briten dran. Kurz nach dem Krieg gründet die *Royal Navy* den Britischen Ostsee-Fischereischutzdienst, offiziell, um die Seegrenzen der britischen Besatzungszone in der Ostsee zu überwachen. Tatsächlich eine Tarnorganisation des MI6, um den baltischen

Widerstand gegen die Sowjets zu unterstützen. Und wer glaubst Du, bildet den Kern dieser Truppe? Die Schnellbootgruppe Klose, eine Marineeinheit mit deutschen Besatzungen und Schnellbooten aus dem Zweiten Weltkrieg. Das ganze passiert zur gleichen Zeit, während die Nürnberger Kriegsverbrecherprozesse laufen und in der ganzen Welt verkündet wird, dass nie wieder von deutschem Boden deutsche Soldaten, na ja und so weiter. Kloses Truppe jedenfalls setzte unter dem Decknamen *Operation Jungle* baltische Emigranten als britische Agenten an der baltischen und polnischen Küste ab und versuchte vergeblich, mit baltischen Partisanen, die unter dem Namen ›Waldbrüder‹ einen heroischen Kampf gegen die Sowjetunion führten, einen Brückenkopf in Kurland zu errichten. Nun ja, Hans-Helmut Klose ist fraglos im Dritten Reich kein Widerstandskämpfer gewesen, ganz im Gegenteil. Aber er war Teil eines unsichtbaren Netzwerks und in dieser Situation genau der Mann, den der MI6 gebrauchen konnte.

Um diese Zeit haben die Amerikaner mit Leuten von der ehemaligen nationalsozialistischen Abwehr die ›Organisation Gehlen‹ gegründet. Reinhard Gehlen war während des Dritten Reichs Generalmajor der Wehrmacht und Leiter der Abteilung Fremde Heere Ost des deutschen Generalstabs. Er verfügte über all das, was die Amerikaner nicht hatten, die Organisationserfahrung eines echten Nachrichtendienstes und eine Menge Informationen aus erster Hand. ›Wild Bill‹ Donovan, der Chef des amerikanischen OSS während des Krieges, hatte gesagt, dass in einem totalitären Krieg Nachrichtenbeschaffung totalitär agieren muss. Darin war Gehlen ein Meister, und deshalb brauchten ihn die Amerikaner. Denn als die 1947 endlich die CIA gegründet hatten, wussten sie fast nichts über den Kommunismus. In der Wahl ihrer Mittel und der Verbündeten waren sie daher noch weniger zimperlich als der MI6, der eigentlich ihr großes Vorbild war. Kurze Zeit später wurde die ›Organisation Gehlen‹ in den Bundesnachrichtendienst überführt. Aber das war nicht die einzige nachrichtendienstliche Organisation, die sich aus den trüben Gewässern der Nazi-Nachfolgeorganisationen rekrutierte und die mit Billigung der Alliierten im Verborgenen weiter agierte.

Ach Alexander, wenn Du eine Ahnung hättest, wer damals zum Beispiel alles für die Amerikaner gearbeitet hat. Narwa hat Dir möglicherweise gesagt, dass ich aus der Ukraine stamme. Auch die Ukraine war kurz nach dem Ersten Weltkrieg ein eigenständiger Staat geworden, zumindest der Westteil, und auch wir kämpften gegen die Bolschewisten. Ich will Dir die Vorgeschichte ersparen, die ist noch viel komplizierter als im Baltikum. Nur so viel im schnellen Vorlauf: Polen annektiert die erste ukrainische Republik nach nur fünf Monaten, verliert sie aber auch wieder nach dem Hitler-Stalin-Pakt an die Russen; der Osten war schon vorher eine Sowjetrepublik. Der ukrainische Widerstand radikalisiert sich. Ihr charismatischster Führer, aber auch einer der radikalsten, Stepan Bandera, sitzt 1939 wegen des Mordes am polnischen Innenminister im Gefängnis, dann befreien ihn Agenten des Chefs der deutschen Abwehr, Admiral Canaris. Für ihn baut Bandera unter dem Namen ›Konsul II‹ eine ukrainische Partisanengruppe auf, die für den Fall des Krieges mit der Sowjetunion hinter den feindlichen Linien eingesetzt werden sollte, um deren Truppen in ihrem unmittelbaren Hinterland zu schwächen. Als die Wehrmacht dann zwei Jahre später in der Ukraine einmarschiert, marschieren zwei ukrainische Bataillone mit ihnen. Und während sich die Deutschen in Kiew einzurichten beginnen, ruft Bandera plötzlich die ukrainische Unabhängigkeit aus. So haben sich die Deutschen das natürlich nicht vorgestellt, die ukrainischen Verbände werden aufgelöst, Bandera ins KZ Sachsenhausen gesteckt und mehrere seiner Anhänger exekutiert. Der verbliebene Widerstand kämpft jetzt gegen viele Fronten: die Sowjets, die Deutschen, die Polen. Es kommt zu schwersten Massakern, nicht zuletzt an Polen und Juden. Viele Juden hatten in der West-Ukraine als Verwalter für die polnischen Gutsherren gearbeitet, und waren daher besonders verhasst. Das war natürlich trotzdem völlig unentschuldbar, vielen ging es ganz einfach nur um ›ethnisch reine Regionen‹. Auf jeden Fall entscheiden sich manche, auf Seiten der Deutschen weiterzukämpfen und bilden die 1. galizische Division der Waffen-SS.

Als das Kriegsglück sich wendet und die Deutschen jeden Mann brauchen können, erinnern sie sich an Bandera und schicken ihn wieder in die Ukraine, um wieder Truppen zu mobilisieren und in deutschen Uniformen gegen die Russen zu schicken. Ich war damals 16 und gehörte zu den Männern der ›Ukrainischen Insurgenten-Armee‹, die er befehligte. Wir versteckten uns in den Karpaten und wurden ein Geisterheer zwischen den Fronten. Wir kämpften mit deutschen Waffen gegen die Rote Armee, dann mit den sowjetischen Partisanen gegen die Deutschen oder mit polnischen Antikommunisten gegen Warschaus rotes Regime.

Und dann war der Krieg zu Ende. Und von all den regulären und irregulären Einheiten, die für ihre Heimat, aber damit mal mehr, mal weniger notgedrungen auf Seiten der Deutschen gekämpft hatten, gab es welche, die Glück hatten und welche, die kein Glück hatten. Die, die Pech hatten, waren im Einflussgebiet der Roten Armee geblieben. Aber auch für diejenigen, die dachten, sie hätten Glück gehabt und würden jetzt auf der richtigen Seite stehen, nämlich im Westen, hatte für viele das Drama erst begonnen. Denn Amerikaner und Briten lieferten gemäß der Verträge von Jalta die meisten von ihnen völkerrechtswidrig an die alliierten Sowjets aus: General Wlassow und seine Russische Befreiungsarmee, die slowenischen Domobranzen oder, besonders tragisch, die 1. Kosakendivision. Viele wurden sofort exekutiert, die höheren Offiziere zu Schauprozessen nach Moskau transportiert und dann hingerichtet, die Mannschaften zu Hunderttausenden in die Gulags nach Sibirien gesteckt. Selbst die, die bleiben durften, hatten Grund sich zu fürchten. Denn mit dem Sieg der Roten Armee gelangten SMERSCH-Einheiten nach Mitteleuropa, die in den Internierungslagern nach Verrätern und Kollaborateuren suchten, um sie zu liquidieren. Nur wenige hatten tatsächlich Glück, das ›Russische Korps‹ aus Serben und Weißrussen wurde als nicht-sowjetisch anerkannt und durfte im Westen bleiben. Auch die galizische SS-Division, oder besser das, was von ihr übriggeblieben war, und die die Briten in Rimini interniert hatten, kam davon, weil man ›galizisch‹ als ›polnisch‹ deutete, und weil sich der Papst für sie eingesetzt hatte. Wir dagegen hatten Pech. Wir standen eindeutig auf der falschen Seite der Geschichte. Aber Bandera stellte zwei Kommandos zusammen, und, was soll ich sagen, ich gehörte auch dazu. Gemeinsam haben wir uns dann durch Polen und die Tschechoslowakei nach München durchgeschlagen. Ich kann Dir sagen, das war … In München haben wir dann mit einem großen Plakat für Aufmerksamkeit gesorgt: ›Die

UPA kämpft um die Befreiung der Ukraine von fremder Herrschaft. Von 1942 bis 1944 gegen Deutschland, seitdem gegen die Union der Sozialistischen Sowjet-Republiken.‹ Und damit hat Bandera gleich die richtigen Leute erreicht. Kurze Zeit später soll er bereits im Auftrag westlicher Nachrichtendienste die Internierungslager nach möglichen Agenten durchsucht haben.

So paradox war das damals. Da liefert die Politik die Leute an die Roten aus – und der Geheimdienst rekrutiert die, die dann noch übrig geblieben waren. Denen war schon früh klar, dass die Sowjetunion bald wieder ihr Feind sein würde. Und so unterstützen sie die Partisanenkriege im Baltikum und in der Ukraine. Denn die gingen nach 1945 noch unvermindert weiter. Anfangs wollten sie noch Befreiungsarmeen aufstellen. Aus osteuropäischen Flüchtlingen wurde ein 30.000 Mann starker paramilitärischer *Labour Service* gebildet, 5.000 Freiwillige wurden für den post-atomaren Guerilakrieg ausgebildet. CIA und Briten flogen Ende der 40er-Jahre zahllose dieser Männer als Fallschirmjäger auf die andere Seite des Eisernen Vorhangs. Aber die Landeplätze wurden fast alle verraten. Von Leuten aus der Organisation Gehlen, von denen die wichtigsten längst für das KGB arbeiteten. Und von Kim Philby, der ewigen Schande des MI6.

Zunächst merkten die Dienste nichts davon, dass keiner ihrer Agenten überlebte. Denn die Sowjets fälschten Erfolgsnachrichten, in denen um Unterstützung gebeten wurde. So wurde ein Team nach dem anderen in den Tod geschickt. Als CIA und MI6 das endlich merkten, gingen sie über zur rein logistischen Unterstützung der Untergrundarmeen. Und tatsächlich ging in der Ukraine der Kampf noch bis 1956, der Widerstand der »Waldbrüder« im

Baltikum sogar noch länger weiter. Der letzte Kämpfer in Estland wurde erst 1978 erschossen.

Und auch ich wollte weiter für mein Land kämpfen, aber ich machte einen Umweg. Ich befreundete mich mit einem jungen amerikanischen Sergeant, und der setzte mir den Floh ›Amerika‹ ins Ohr. Vor allem machte er klar, was eine gute militärische Ausbildung wert war. Und ich wollte nie mehr mit einem Haufen Desperados ziellos durch die Wälder streifen. Dann kam der Korea-Krieg, und auch der letzte Politiker in Washington hatte begriffen, dass es ernst wurde. 1951 wurde der *Lodge Act* verabschiedet, eine Sonderregelung des amerikanischen Einwanderungsgesetzes. Danach konnten Soldaten, die in ihren Heimatländern politischer Verfolgung ausgesetzt waren, sofort die amerikanische Staatsbürgerschaft verliehen werden, wenn sie bereit waren, in den US-Streitkräften zu dienen. Die Amerikaner mochten das Gesetz nicht, bei aller Angst vor den Sowjets. Sie befürchteten, dass aus Europa nun auch eine Menge alter Nazis kommen würden. Eisenhower sagte sinngemäß, dass Rom untergegangen sei, nachdem es begonnen hatte, die Welt zu erobern und ausländische Söldner anzuwerben. Das Militär hatte also kein großes Interesse, aber umso mehr die *Special Forces*. In Fort Bragg wurde damals Colonel Aaron Banks beauftragt, eine Sondereinsatzkräfte-Brigade zusammenzustellen, die auf Guerilla- und Sabotageaktionen hinter den feindlichen Linien spezialisiert war und über geeignete Sprachkenntnisse verfügen sollte. Und da kam dann eine ganz schöne Truppe zusammen: polnische Sprengstoffspezialisten, tschechische Fluchthelfer, ein ehemaliger finnischer Bataillons-Kommandeur, sogar ein österreichischer Skilehrer war dabei.

Natürlich auch ein paar reguläre Army-Leute, vor allem Fallschirmspringer ... und meine Person, ein ukrainischer Ex-Partisan. Eine Art Fremdenlegion, die sich wegen ihrer grünen Barette *Green Berets* nannte.

Kurz darauf gab es den Volksaufstand in Ost-Berlin, und die Hälfte unserer Einheit ist nach Bad Tölz verlegt worden, weil wir dachten, dass es jetzt gleich losgeht. Aber nix war's ... Ich war sauer, schmiss die Army hin und wechselte dann kurz darauf zur CIA. Das war eine komplett andere Truppe geworden, nachdem Allen Dulles Chef der *agency* geworden war. Er hatte schon vor dem Krieg den Kommunismus als den Hauptfeind der USA ausgemacht, und vor allem: Er liebte verdeckte Operationen. Unter ihm wuchs die OPC, die Abteilung für Geheimoperationen, gewaltig an. Der OPC war damals das größte Geheimnis der USA nach der Atombombe ... Aber damals hatte die CIA nicht nur die Aktionen hinter dem Eisernen Vorhang im Blick. Sie wollten auch die Länder der sogenannten freien Welt vor einer Invasion schützen. In fast allen Ländern Europas wurden einheimische Agentennetze für Stay-behind-Aktionen aufgebaut und umfangreiche Waffenverstecke gebildet. Im Falle eines Einmarsches des Warschauer Paktes sollten die dann als Partisanen hinter der Frontlinie zum Einsatz kommen. Und auch hier war der CIA in der Wahl seiner Partner nicht wählerisch. In Deutschland etwa gründete man mit Ex-Nazis den ›Technischen Dienst‹ des ›Bundes Deutscher Jugend‹. Das flog auf und gab einen riesen Skandal, vor allem, weil die Todes- und Verhaftungslisten mit den Namen von Gewerkschaftlern und SPD-Politiker führten, sogar mit dem des hessischen Ministerpräsidenten Zinn.

Aber der geheime Krieg im eigenen Land wurde noch verschärft, als Nixon 1968 amerikanischer Präsident wurde und Kissinger sein Außenminister. Er räumte auf mit den vermeintlichen Ostküstenschwätzern und elitären Liberalen in der *agency*. Die Verbindung mit Rechtsextremen wurde noch enger. Damals drohten in mehreren Ländern Westeuropas stark linke, ja sogar sozialistische Regierungen. Italien stand kurz vor einem Bündnis der Regierungspartei *Democratia Christiana* mit der Kommunistischen Partei. So wurde die NATO-Unterabteilung GLADIO von CIA und den befreundeten Dienste dazu benutzt, eine ›Strategie der Spannung‹ in einzelnen Ländern West- und Südeuropas zu inszenieren. Dazu dienten fingierte Attentate von terroristischen Gruppen wie den *Brigate Rosse* oder der RAF, die die Wähler wieder zu den konservativen Parteien treiben und eine antiliberale Gesetzgebung ermöglichen sollten.

Das ging so bis in die 80er-Jahre. Oktoberfestattentat, die Wehrsportgruppen, die Aktionen der sogenannten dritten Generation der RAF. Überall hatten die Nachrichtendienste ihre Finger drin. Und als dann der Ostblock erste Risse zeigt, geschieht etwas Merkwürdiges. Die Dienste verlieren ihre Führung über den militanten Rechtsextremismus. Das interessiert sie auch nicht weiter, da sie in ihren Augen ihre Rolle ausgespielt haben. Aber noch war die *agency* gespalten. 1988 ändern sich die Dinge dann dramatisch. Im Februar erklärt Gorbatschow in Moskau, dass jeder sozialistische Staat sein gesellschaftliches System frei wählen könne. Wieder das alte Dilemma: Wollen wir nur erkennen, was überhaupt geschieht, oder wollen wir aktiv eingreifen und die Dinge beschleunigen?

Einer meiner Kollegen war Führungsoffizier mehrerer rechtsextremer Zellen, die ihm von starken neonazistischen Strukturen in Ost-Deutschland berichtet hatten. Als Berliner Stationschef habe ich offiziell nichts davon mitbekommen, aber ich weiß, dass die Kollegen Szenarien entworfen hatten, in denen diese Leute mit unserer Hilfe Kommando-Aktionen in der DDR ausführen sollten, um die SED zu destabilisieren. Aber im Herbst gab es eine strikte Anweisung aus Washington, sich zurückzuhalten, weil man Gorbatschows nächste Schritte abwarten wollte. Aber dann, einen Monat später, ereignete sich das Massaker im Treptower Park. So ein Massaker war selbstverständlich nicht das, was wir unter einer Kommando-Aktion verstanden, und von unseren Kollegen wusste natürlich niemand etwas. Aber wir hatten das dumpfe Gefühl, dass der Pitbull, den wir herangezüchtet hatten, seine Kette durchgebissen hatte und jetzt frei herumlief. Aber dann ... nichts. Die Aktion blieb singulär. 25 Jahre Schweigen ... bis dann die Attentate von letzter Woche passierten. Und da musste ich doch unbedingt auch einen Blick in die Untersuchungsakten werfen, die der KGB damals angefertigt hatte. Du kennst sie ja ...«

»Aber das ist nicht der Grund, warum Julia verschwunden ist, oder?«

»Nein, ich denke nicht ... Weißt Du, die Attentate ... Einmal dieser Schoschew. In dem Bekennerschreiben heißt es, dass er verantwortlich war für die Umsiedlung von Volksdeutschen. Das mag sein. Aber er war nach dem Krieg Mitglied der SMERSCH-Einheiten, die im Nachkriegseuropa nach Kollaborateuren fahndeten, und Schoschew war für die Ukraine zuständig. Ich habe Dir von Bandera erzählt. Bandera lebte nach seiner Flucht in München und leitete, von der CIA unterstützt, den ›Hohen Rat zur Befreiung der Ukraine‹. Damit stand er natürlich im Fadenkreuz der Sowjets, und 1959 haben sie ihn dann nach zwei fehlgeschlagenen Attentaten mit einer Blausäurepistole liquidiert. Das war damals ein beispielloses Verbrechen. Nun, Schoschew war der Führungsoffizier des Attentäters. Später arbeitete er in der Abteilung 5 des 1. Direktorats des KGB, zuständig für Mordanschläge, Personenentführung und Attentate. Er war der Kontaktmann Moskaus zur Stasi, zur RAF, zum palästinensischen Terror ... Und dieser Bernstein ... er war mitverantwortlich für die sogenannte Repatriierung der Wlassow-Armee. Also die Auslieferung der antikommunistischen russischen Verbände an die Sowjets.

Ich habe nun mit Bekannten im FSB Kontakt aufgenommen und mit ihnen über diese Sache gesprochen. Die haben Informationen, dass der militärische Auslandsgeheimdienst GRU seine Finger mit drin haben könnte. Du musst wissen, dass sich, seit der KGB aufgelöst worden wurde, dessen Nachfolgeorganisationen spinnefeind sind. Tatsächlich hat der FSB im Neuen Russland schlechte Karten, in ihm sei noch zu viel 20. Jahrhundert, die Ideale einer vergangenen Zeit. Nun schmückt sich auch das Neue Russland mit sowjetischer Schminke, aber das ist nur Fassade. Im Grunde ist es viel eher ein realisiertes ›Weißes Russland‹, ein ultraorthodoxer, mittelalterlicher Ständestaat. Russlands Traum vom Imperium. Und so ranken sich auch um den GRU seltsame Gerüchte. Da sollen im Hintergrund Leute sitzen, die einmal vor TSCHEKA und SMERSCH in den Westen geflohen sind und dort in den Nachrichtendiensten und Stay-behind-Einheiten Karriere gemacht haben. Leute hinter denen wieder andere Leute stehen, nicht aus Russland. Wenn man so will, die nächste Bestie, die wir großgezogen haben.«

»Und Du willst diesen Köter wieder an die Leine legen? Ganz alleine?«

»Weißt Du, die Amerikaner haben derzeit andere Sorgen. Seit die Chinesen die Senkaku-Inseln besetzt und die japanische Südwest-Flotte vernichtet haben, ist Asien zurzeit spannender als das, was in Moskau geschieht. Und weißt Du, wir haben so viel Mist gemacht, einer muss ja mal anfangen ... Aber jetzt genug geplaudert. Wir sehen uns morgen.«

»Warte, eine Sache muss ich unbedingt noch wissen! Warum schützt uns ausgerechnet der FSB?«

»Rivalitäten. Der Feind meines Feindes ist mein Freund ... Die Bewegung, die heute in Russland hinter den Kulissen die Strippen zieht, diese Eurasier, die gab es nicht nur bei den Exilanten nach dem Krieg, die hatten immer auch in der Sowjetunion überdauert. In den 70er-Jahren wurden sie immer einflussreicher. Vor allem im Militär, im militärischen Sicherheitsdienst GRU und in den Auslandsabteilungen des KGB, dem heutigen SWR. Rusin selbst, den Du ja heute kennengelernt hast, ist ja der Sohn eines KGB-Offiziers, und Rusins rechte Hand Pjotr Paslov ist ein ehemaliger Hauptmann des SWR, der eng mit dem GRU zusammenarbeitet. Rusin selbst hat übrigens vor Jahren das Gerücht in Umlauf gebracht, dass sich in den Reihen des militärischen Sicherheitsdienstes GRU der Kern eines geheimen Ordens der Eurasier mit Namen ›Agartha‹ befunden habe, der die kommunistische Zeit überdauert habe.

Wie auch immer, diese Sache passte den Konservativen in den Reihen des KGB, die vor allem im Inlandsgeheimdienst saßen und den kommunistischen Zeiten nachtrauerten, gar nicht. Und seit die in FSB und SWR getrennt sind, gibt es da offene Feindschaft. Und die droht jetzt mit der faktischen Machtübernahme von Rusin und seinen Leuten zu eskalieren.«

Winter klopfte zweimal in schnellem und zweimal in langsamen Abstand gegen die Zellentür. Nach wenigen Augenblicken öffnete die Tür und er trat in den Gang.

»Aber was ist mit Julia? Du wolltest mir noch erklären ...«

»Jetzt nicht ... Ich wünsch Dir einen guten Schlaf, die erste Nacht ist nicht ganz einfach.«

Dann war er verschwunden und Alexander blieb alleine zurück.

*

Am nächsten Morgen wurde er durch ein heftiges Klopfen geweckt. Es war Jurij in Begleitung eines weiteren Mannes. Alexander bemerkte sofort, dass etwas nicht stimmte. An Jurijs Stirn lief der Schweiß herab, Angstschweiß.

»Du hast jetzt einen Zimmergenossen, mein Junge«

Der zweite Mann entsicherte eine Waffe und führte sie an Jurijs Hinterkopf.

»Aber leider einen toten ...« Dann drückte er ab.

Nur wenige Augenblicke darauf hob er Jurijs blutüberströmten Körper, der nach vornüber gefallen war, vom Boden auf und warf ihn grob auf die zweite Pritsche. Dann drehte er sich wortlos um und verriegelte von außen wieder die Tür.

Alexander blieb betäubt zurück. Erst nach einigen Minuten näherte er sich dem Toten. Dessen rechte Hand hielt die Brusttasche umklammert. Alexander schloss Jurijs Augen und nahm dann die

Hand und wollte sie neben den Körper legen. Da bemerkte er, dass in der Brusttasche ein zusammengefalteter Plan steckte. Vorsichtig holte er ihn heraus und faltete ihn auseinander. Es war der Grundriss einer weitverzweigten Kelleranlage, der »Milyutinsky-System« überschrieben war. An einer Stelle konnte er das Wort *pereschod* lesen: »Übergang«. Mehr konnte er nicht erkennen.

25. Familiengeschichte

Narwa wurde vom Klappern des Frühstücksgeschirrs geweckt. Wann hatte er das zuletzt gehört? Er hatte lange geschlafen, bis in den Vormittag hinein. Sachte klopfte es an der Tür, und Mirtel brachte starken Kaffee, Kartoffelpuffer und Rührei.

»Frühstücken Sie erst einmal. Und dann muss ich Ihnen etwas zeigen.«

Er stärkte sich, dann wusch er sich und zog sich an. Noch war er nicht recht da, er hatte schlecht geträumt. Zum ersten Mal in seinem Leben hatte er Menschen töten müssen. Er war noch wie betäubt, als er in die Wohnstube der beiden Alten ging und »*Tere hommikust!*«, einen Guten Morgen wünschte.

»*Tere hommikust*, auch Ihnen ... Aber kommen Sie, Herr Narwa, ich war heute Morgen schon in unserem Häuschen und habe Ihnen etwas mitgebracht. Mein Vater hat den Mönchen nicht alles überlassen. Es gab ein paar Dinge, die für sie wertlos waren.«

Mirtel zeigte auf den Tisch, wo eine mit Stoff umwickelte Stange lag. Daneben stand ein kleines schmuckloses Kästchen. Narwa brauchte ein paar Augenblicke, um zu begreifen, dass das eine Fahne war. Er löste die Schleife eines Fadens, der den Stoff an die Stange fixierte, und rollte dann die Fahne auseinander. Es war ein Regiments-Banner, ganz in schwarz und in der Mitte ein weißes Schild mit einem durchlaufenden schwarzen Kreuz. Kein Zweifel, das war ein Schild des Deutschen Ordens. In der unteren äußeren Ecke gab es ein kleines Wappen, das er nicht kannte.

Wortlos öffnete er die kleine Kiste. Sie enthielt einige alte Fotos sowie mehrere Militärabzeichen und einen Orden. Die Abzeichen, die wohl auf den Krägen der Mäntel und dem linken Oberarm getragen wurden, zeigten ebenfalls das Deutschritterschild. Dazwischen lag ein Orden, ein schwarz-emailliertes Steckkreuz mit silberfarbenem, schmalem Rand. Auf den Bildern waren Soldaten zu sehen. Manchmal ganze Mannschaften, gut gelaunt, vor Maschinengewehren posierend, Bilder von Offizieren, die hoch zu Pferde eine Parade abnahmen. Aber auch bunt gemischte Einheiten, die sich Totenköpfe auf ihre Felduniformen gepinselt hatten. Kein Zweifel, das waren keine regulären Einheiten, das waren Freikorps.

Narwa drehte die Bilder um, nahezu alle waren beschriftet und datiert, aber in einem fast unleserlichen Sütterlin, der dünne Bleistiftstrich war fast verblichen. Die meisten Fotografien stammten von Februar und März 1919, aus Orten wie Radwilischken oder Schaulen, das, wie Narwa sich dunkel erinnerte, in Litauen lag. Mit Mühe konnte er einen Begriff entziffern, der sich auf fast allen Bildern fand: »Detachement von Randow«. Und auf einem Bild war einer der Offiziere mit einem Kreuz markiert. Auf der Rückseite fand sich der Eintrag: »Meine Wenigkeit. Leutnant Alfred von Narwa, 3. Kompanie, in Ponewiesch, 2|4|19«. Der Mann auf dem Foto lachte, und die Männer um ihn herum lachten auch. Einer der Soldaten hielt ein Wolfsfell im Arm.

Narwa musste lange Zeit schweigend dagesessen haben. Mirtel, die den Raum verlassen hatte, nachdem er die Kiste geöffnet hatte, kam nach einer Weile wieder in das Zimmer, setzte sich neben ihn und strich mit ihrer Hand über seinen Arm.

»Manchmal ist die Vergangenheit ein Bote, den wir nicht gerufen haben. Sind es gute oder schlechte Nachrichten, die er bringt?«

»Wissen Sie, es gibt ein russisches Sprichwort: ›Wer an der Vergangenheit rührt, verliert ein Auge – wer sie vergisst, verliert beide.‹« Narwa schüttelte den Kopf. »Ich kann es nicht sagen. Das sind Dinge, von denen ich nichts wusste, vielleicht auch nichts wissen wollte.«

Niemand in der Familie hatte viel über seinen Großvater gesprochen. Man erzählte sich nur, dass er heftige Konflikte mit der NSDAP hatte, als die Nazis im Oktober 1939 die Umsiedlung der Deutschbalten beschlossen hatten, ihre Heimholung ins Deutsche Reich. Wegen Verträgen mit dem Todfeind! Er war, wie so viele seiner Landsleute, fassungslos darüber, dass ausgerechnet Adolf Hitlers neues Deutschland in ein Land, in dem Deutsche seit 700 Jahre gesiedelt hatten, die Rote Armee holte. So blieb er zunächst standhaft und harrte mit der Familie auf Narwa aus. Aber der Russe war bald überall, und selbst, wenn sie sich den Deutschbalten gegenüber zunächst einigermaßen anständig zeigten, waren die Verhältnisse bald untragbar geworden. Im Frühjahr `41 verließen sie dann im Rahmen eines zweiten Kontingents der Nachumsiedlung, die Deutschland mit Russland ausverhandelt hatte, ihre

Heimat und gelangten über ein Übergangslager in Stettin in einen Bauernhof im besetzten Polen, deren Bewohner seinerseits vertrieben worden waren. Hier sollten sie dann das »deutsche Volkstum festigen«.

Als das Deutsche Reich im Juni die Sowjetunion angriff, gab es für die Familie noch einmal Hoffnung, wieder irgendwann einmal zurückzukehren. Aber über den Zynismus der Nazis machte sich keiner mehr Illusionen. Alfred von Narwa meldete sich trotzdem noch einmal zum Militärdienst, aber zwei Jahre später wurde er an der Ostfront als vermisst gemeldet. Die Familie gelangte schließlich als Flüchtlinge über viele Umwege zu Freunden in die Nähe von Wien. Aber Alfreds Frau, Wolfgangs Großmutter, die jahrelang auf ihn gewartet hatte, starb schließlich aus Kummer, als ihr Mann 1956 nicht bei den letzten Heimkehrern aus den sowjetischen Kriegsgefangenenlagern dabei war. Seitdem waren diese Jahre in der Familie wie mit einem Tabu belegt.

Was Narwa so nachdenklich gemacht hatte, war aber nur zum einen die Begegnung mit seiner eigenen Familiengeschichte. Es war auch nicht unbedingt die Tatsache, dass er nun wusste, dass sein Großvater als Offizier bei den Freikorps gekämpft hatte und damit möglicherweise für Verbrechen gegen die Zivilbevölkerung verantwortlich war. Viel eher die Tatsache, dass dieses Freikorps die Tradition des Deutschen Ordens für sich beansprucht hatten. Nur ein Jahr nach dem Fall der Habsburger und unmittelbar bevor der Hochmeister in Wien das Rittertum niederlegte. Am meisten aber beschäftigte ihn das Wolfsfell.

»Mirtel, ich muss einmal kurz in die Stadt, ich muss telefonieren.«

»*Ma saan aru.* Ja, sicher. Aber bitte passen Sie auf sich auf. Auf den Straßen treiben sich so schlimme Leute herum.«

Narwa lächelte, und er küsste die Frau auf die Stirn. Mirtel sah ihn an und in ihren eisgrauen Augen schien etwas auf, das er nie gekannt hatte: Heimat.

»Bis nachher.«

*

Als er sich eine halbe Stunde später wieder auf den Rückweg zu Matis und Mirtels Haus machen wollte, war er in tiefen Gedanken. Seine Vorahnung hatte sich bewahrheitet. Er hatte in einem Kiosk ein Prepaid-Handy erstanden und dann Belinsky angerufen. Viel war es nicht, was der für ihn hatte. Aber zumindest hatte die Nachforschung nach den »Berserkern« beim österreichischen Abwehramt ergeben, dass der Begriff nach dem Krieg gelegentlich im Zusammenhang mit Männern genannt wurde, deren Familienname auf eine deutschbaltische Herkunft verwies. Das Detachement Randow, Himmlers Rede vom neuen Orden, die Berserker-Gruppen im Wiener Jägerregiment. Alles verdichtete sich zu der Gewissheit, dass es einen geheimen militärischen Nachfolger des Deutschen Ordens gab. Geboren vor hundert Jahren in den Kämpfen um diese Grenze zwischen Baltikum und Russland. Lange Zeit verborgen. Und auf einmal wieder im Kampf. Aber wofür?

Die beiden Vans sah er schon von weitem. Nicht, dass sie besonders auffällig gewesen wären. Gerade das irritierte ihn, in einer deutschen Kleinstadt hätte er sie völlig übersehen. Aber in dieser Stadt unter Kriegsrecht, wo nur noch zerbeulte Ladas, Militärjeeps oder bullige SUVs auf den Straßen zu sehen waren, stachen die beiden Wagen sofort heraus. Sie mussten unter besonderem Schutz des lokalen *Warlords* stehen. Nur einige Augenblicke später nahm er den Brandgeruch wahr. Und schon sah er Rauch aus der Richtung aufsteigen, die er eingeschlagen hatte. Seine Schritte wurden schneller, und nachdem er um die letzte Straßenecke vor dem Haus der Familie Kalev gebogen war, sah er, dass die Eichen und Linden um das Haus in Flammen standen. Scherben bedeckten die Straße. Die Luft war voller Aschepartikel. Und in dem gleichen Augenblick, in dem er sah, wie das Feuer auch auf das Haus übergriff, sprang er wieder zurück in die Straße, aus der er gekommen war. Denn er bemerkte drei bewaffnete Zwei-Mann-Trupps, die auf der Straße patrouillierten. Dann näherten sich drei weitere aus verschiedenen Richtungen. Zwölf Mann insgesamt. Sie riefen sich knappe Kommandos zu. Narwa traute seinen Ohren kaum: Sie sprachen deutsch.

Das Feuer hatte den gesamten Dachstuhl in Brand gesetzt. Aber Narwa hatte keine andere Möglichkeit, als sich zurückzuziehen. Für Mirtel und Mati konnte er nichts mehr tun. Ihm blieb nur ein einziger Weg, vorwärts, über die Grenze, so schnell wie möglich. Das große Müllfahrzeug auf der Hauptstraße, die über die Brücke über die Narwa direkt auf die Grenzanlagen in Iwangorod, auf der russischen Seite des Flusses führte, sah er sofort. Der Fahrer war ausgestiegen, um sich noch mit billigen Zigaretten zu versorgen. Aber jetzt begannen die Sirenen wegen des Feuers zu heulen, und alle schauten in die Richtung, aus der der Rauch kam, und unterhielten sich aufgeregt über den Brand. Narwa nutzte den Moment und schlich um den Laster herum. Es war ein Hecklader zur Altkleidersammlung. Er sprang in die Sammelwanne und grub sich durch einen Berg schmutziger Kleidung in den Laderaum vor. Nach gut zehn Minuten, die für Narwa wie Stunden vergingen, setzte der Wagen seine Fahrt vor. Wegen des Kriegszustands gab es nur wenig Verkehr Richtung Osten. Der Fahrer und die Grenzbeamten schienen sich zu kennen. Keine Probleme. Narwa war auf russischem Boden.

III.

26. Übergang

Die Tür sprang mit einem dumpfen Krachen auf, ohne dass jemand zuvor geklopft hätte. Wortlos traten drei Männer in die Zelle, die aussahen, als kämen sie von einer privaten Reinigungsfirma. Zwei von ihnen packten den toten Agenten auf eine Bahre, während ein dritter mit einem Lappen und viel Chemie die Blutflecke aufwischte. Nach nur wenigen Augenblicken waren sie verschwunden. Die Tür blieb geöffnet, aber Brandt wagte nicht, nach draußen zu treten. Es dauerte etwa zwei Minuten, als dann drei weitere Männer kamen. Brandt erkannte den Mann wieder, der Jurij erschossen hatte.

»*Nemetzki*, diese Zelle wird gebraucht, von heute an keine Sonderbehandlung. *Davai!*«

Die beiden anderen Wärter nahmen Brandt in ihre Mitte und führten ihn in den Gang. Der dritte, offensichtlich ihr Vorgesetzter, verabschiedete sich mit einer höhnischen Geste. Dann ging es weiter, tiefer hinein in den Bauch der Lubjanka, wieder endlose, allmählich schmaler werdende Gänge entlang. Die Luft wurde stickiger, selbst die grelle Beleuchtung wurde allmählich fahler. Brandt fühlte sich, als befände er sich in einem schmutzigen See und jemand würde ihn langsam unter die Wasseroberfläche drücken.

Nach endlos scheinenden Minuten hielten sie vor einer massiven Zellentür an. Vor ihr warteten bereits zwei weitere Wächter, die bei seinem Anblick damit begannen, den Zugang zu entriegeln. Brandt wurde bedeutet, hineinzugehen, aber als er an der Schwelle stand, kam ihm eine solche Wolke aus Gestank entgegen, dass er wie gegen eine Wand prallte.

Er hörte kaum die derben russischen Anweisungen, die ihn hineintreiben sollten, er musste die Augen schließen. Sein Blutdruck sank rapide, und er hatte Mühe, sich darauf zu konzentrieren, seinen Kreislauf zu stabilisieren. Unbewusst machte er ein paar Schritte nach vorne. Hinter ihm fiel bereits mit einem dumpfen Schlag die Tür zu. Da berührte ihn auch schon etwas, am Oberarm und an der Schulter. Instinktiv taumelte er rückwärts, bis er eine Wand im Rücken fühlte. Dann öffnete er die Augen.

Und schloss sie sofort wieder. Darauf war er nicht vorbereitet gewesen. Brandt kannte natürlich die Bilder von Lagern, von misshandelten und hungernden Häftlingen. Aber in diesem Augenblick war er mitten unter ihnen, in einem Raum von nicht einmal dreißig Quadratmetern. Sein Herz raste. Um ihn standen etwa hundert Männer, ausgemergelt, mit geschorenen Köpfen und zerrissenen Häftlingsuniformen. Und sie alle stierten ihn mit weit aufgerissenen Augen an.

»*Vy govorite po-russki?*«

Aus der Menge hatte sich ein alter Mann gelöst und war auf ihn zugekommen.

Er verneinte. Nein, er sprach kein Russisch.

»*Na kakom yazyke vy govorite?*«

Brandt zuckte die Schultern. Er verstand den Mann nicht.

»*Do you speak Englisch?*« Neben den älteren Mann war ein jüngerer getreten.

»*Yes, English and ... nemetzki.*«

Das Gemurmel wurde lauter. Brandt fühlte die Blicke noch intensiver werden.

»*Nazad* ...« Mit einer energischen Handbewegung wies der Mann die übrigen an, ein paar Schritte zurückzugehen. Einige setzten sich bereits wieder zu Boden. Er bedeutete auch Brandt, sich zu setzen und kniete sich neben ihn.

»Mein Name ist David«, sagte er in Englisch mit heftigem Akzent. »Du musst verstehen, es kommt sehr selten vor, dass uns hier einer aus dem Westen besucht. Weshalb bist Du hier?«

»Ich heiße Alexander, Alexander Brandt, und komme aus Berlin. Ich habe keine Ahnung, warum ich hier bin. Ich war in Moskau zu Besuch ... Das ist alles ein furchtbarer Alptraum.«

David machte einen guten Eindruck auf ihn. Dennoch wollte er ihm nichts erzählen. Nicht von Jurij, von Andreij und schon gar nicht von Wolfgangs Auftrag. Brandt blickte sich um. Das Licht in dieser Gemeinschaftszelle war sehr trübe. Kaum mehr als eine defekte, nervös flackernde Halogenröhre. Außer einen Eimer in einer der Ecken sah er keine Einrichtungsgegenstände. Auf dem Boden lagen zahlreiche völlig durchgelegene Matten. Es stank unerträglich nach Schweiß und Exkrementen.

Er musste an Berlin denken und hatte Tränen in den Augen. Was tat er hier? Er wollte doch nur Wolfgang einen Gefallen tun. Vielleicht Andreij wiedersehen ... Der Gedanke an Julia und Arevik schoss ihm in den Kopf, die Sorge ließ seinen Magen krampfhaft zusammenziehen. Was konnte er nur tun? Er fühlte sich unendlich hilflos. Sein ganzes Leben hatte sich alles irgendwie einfach ereignet. Meistens angenehme Dinge, gelegentlich auch ein paar unschöne. Und nun war er hier gelandet. Keiner seiner

Mitgefangenen sah so aus, als wäre er erst ein paar Tage oder Wochen hier. Das hier war keine Durchgangsstation.

»Wie lange bist Du schon hier«, fragte er David.

»Zwei Jahre. Ohne Verhandlung ... An diesen Ort kommen die, die vergessen werden sollen. Für die draußen sind wir einfach verschwunden.«

»Aber warum, was hast Du, was haben die anderen ...«

»Was wir verbrochen haben? Nichts. Denn dann könnten Sie uns ja vor Gericht stellen und nach Sibirien deportieren. Wir hier sind alle ein Staatsrisiko. Nur potentiell gefährlich. Weil wir aus den falschen Familien stammen. Die meisten stammen aus dem Kaukasus, aus Tschetschenien oder Dagestan. Ich bin Armenier. Mein Vater hat in der Sowjetunion für die armenische Unabhängigkeit gekämpft. 1977 war er in einen Anschlag auf die Moskauer Metro verwickelt. Er wurde kurz darauf mit mehreren seiner Freunde hingerichtet ... Nun ist Armenien längst unabhängig, aber das ist es nur auf dem Papier. De facto ist es längst wieder Teil von Neu-Russland. Ich habe eine Reihe von Artikeln in einer oppositionellen Zeitung veröffentlicht, und eines Tages haben sie mich abgeholt ... Aber ich habe Glück gehabt, einen Bekannten von mir haben Sie einfach vor seinem Haus in der Armenischen Straße erschossen.«

David lächelte gequält. Durch Alexanders Kopf schossen die Gedanken. Wenn ihn der FSB auf ihn angesetzt hätte? Seine Geschichte klang glaubhaft. Auch wenn es ein verrückter Zufall war, dass David Armenier war. Aber er musste etwas riskieren. Was hätte er sonst tun können?

»Ich kenne die Armenische Straße, ich habe dort Bekannte, die Familie Sarkassian.«

Die Verblüffung, die sich in Davids Gesicht spiegelte, schien echt zu sein.

»Ihr kennt Aram Sarkassian?«

»Ja, und Arevik, seine Tochter, ich war gestern noch mit ihnen zusammen. Auch sie sind verschwunden. Aber ein paar Stunden vor mir. Ich konnte zunächst noch entkommen.«

Als Brandt den Namen Arevik nannte, war es ihm, als könnte er in Davids Augen einen Zug wehmütiger Sehnsucht ausmachen. Doch sobald er vom Verschwinden der Familie erzählt hatte, wurden dessen Züge wieder hart.

»Das können Sie nicht wagen ... Das würde einen Aufstand nach sich ziehen. Warte ...«

David ging in eine andere Ecke des Raumes zu dem alten Mann, der Brandt zuerst angesprochen hatte. Dort sprachen sie eine Weile. Schließlich machte sich David an einem der Heizungsrohre zu schaffen, die in Deckenhöhe rund um die Zelle liefen. Dabei kam ein kurzer Eisenstab zum Vorschein. Dann entfernte er an einer Stelle die Isolierung von den Röhren, bis das Metall zum Vorschein kam. Vorsichtig, aber bestimmt klopfte David nun in unregelmäßigem Abstand auf die Röhre. Das ging so fast zehn Minuten lang. Danach verstaute er den Stab wieder an seinem Versteck und setzte sich erneut neben Alexander.

»Waren das Morsezeichen?«

»Nicht ganz, aber im Prinzip hast Du Recht, es war eine verschlüsselte Nachricht.«

»An wen?«

»Das wirst Du vielleicht später einmal erfahren ...«

Brandt verstand. Auch David war misstrauisch. Jetzt musste er den nächsten Schritt tun.

»David, ich bin hier wegen eines gefährlichen Mannes. Er nennt sich Bruder Andreij, und es sieht so aus, als schmiede er gerade mit einigen führenden Politiker Russlands eine mächtige Allianz aus orthodoxer Kirche und rechtsradikalen Parteien. Die Familie Sarkassian half uns dabei, hinter das Geheimnis dieses Mannes zu kommen. Wir wissen nicht genau, was er vorhat, aber etwas ziemlich Bedeutendes ist in Gange, etwas, was Russland noch weiter verändern wird, und wir müssen unbedingt erfahren, um was es geht!«

»Nun, aber dann bist Du hier jedenfalls am falschen Ort.«

»David, was sagst Du hierzu?«

Brandt zog den Plan hervor, den er aus Jurijs Brusttasche genommen hatte.

»Das ... das ist ein Plan des Zellentrakts auf dieser Ebene. Jeder Oberaufseher hat einen solchen. Aber jeweils nur für einen bestimmten Gebäudeteil, aus Sicherheitsgründen. Aber warte ...«

Brandt spürte, dass David aufgeregt wurde.

»Da ist noch mehr drauf. Siehst Du hier, wo ›pereschod‹ steht. Das ist eine Verbindung zu ... es sieht aus wie ein altes Kellersystem. Weißt Du, ganz Moskau ist von einem gewaltigen Kellersystem durchzogen, riesige künstliche Höhlen. Die ersten haben die Klöster angelegt, aus Furcht vor den Tataren. Dann die Zaren im Kreml, schließlich Adlige und Kaufleute in der ganzen Stadt. Auch verschiedene Flüsse sind in Tunnel gelegt worden, schon vor Hunderten von Jahren. In keiner Stadt der Welt gibt es so viele unterirdische Anlagen. Am schlimmsten war das unter Stalin.

Ganze Kommandoanlagen, Straßen, auf denen LKW und Panzer fahren konnten, sogar eine geheime U-Bahn. Hier unter der Lubjanka soll es eine Haltestelle der sogenannten Linie 3 geben, die vom Kreml zum zentralen Stab der Luftabwehr führt. Und siehst Du, der Plan ist ›Milyutinsky-System‹ überschrieben. Das ist der Name eines großen Kellersystems, das zum Teil noch aus dem 18. Jahrhundert stammt, und zu dem es einen Zugang in der Milyutinsky-Gasse gibt, die parallel von den beiden Straßen Große und Kleine Lubjanka nach Norden geht. Und an dieser Stelle scheint es tatsächlich eine Verbindung zu geben. Aber wo um alles in der Welt hast Du das her?«

»Auch etwas für später ... Siehst Du eine Chance, dass wir da rauskommen?«

»Weißt Du, als ich hier in diese Zelle kam, da hörte ich recht bald von dem Gerücht, dass es Verbindungen aus dem Gefängniskeller der Lubjanka zu den Kellersystemen der Stadt geben soll. Jeder, der als Gefangener hierher kommt, träumt davon. Aber man hat noch nie von einem gehört, der er geschafft hat ... Aber lass uns den Plan genau anschauen. Hast Du Dir den Weg gemerkt, auf dem Du gekommen bist. Kannst Du ihn auf dem Plan rekonstruieren?«

»Warte ...«

Brandt starrte auf das Papier. Das war alles so plötzlich geschehen, mit so unerhörter Wucht. Doch ganz allmählich konnte er die Bruchstücke seiner Erinnerung wieder zusammenfügen.

»Ja, sieht Du, hier, so muss es gewesen sein.« Brandt fuhr mit dem Finger einige Linien entlang. »Dieses Symbol steht für Tür, dieses für Treppe ... und dieses für diese riesigen Ventilatoren der

Klimaanlagen, die ich an manchen Stellen gesehen habe. Und genau hier, an einem solchen Ventilator, muss die Verbindung sein.«

»Alexander ... Das ist unglaublich«.

David schien eine Träne im Auge zu haben.

»Der Ventilator befindet sich auf dem Weg, den wir täglich machen, um zu unserem halbstündigen Hofgang zu gelangen.«

*

Lange hatten David und Alexander sowie der Älteste und drei weitere Vertraute gemeinsam zusammengesessen und einen Fluchtplan ausgearbeitet. Ihnen war schnell klar geworden, dass zunächst nur einer, Alexander, den Weg nehmen durfte. Er sollte dann sich dann draußen für die Freilassung der anderen einsetzen. Die Flucht selbst und vor allen Dingen auch der Fluchtweg mussten so lange wie möglich unbemerkt bleiben. Falls Alexanders Flucht fehlschlug, war dieser möglicherweise, mit einem gewissen zeitlichen Abstand, noch mehrfach zu gebrauchen. Die übrigen sollten im geeigneten Moment des Austritts für Ablenkung sorgen und als Finte andere Fluchtwege einschlagen.

Es war schon früher Nachmittag, als endlich das Zeichen für den Hofgang kam. Die Tür öffnete sich, und eine Reihe bewaffneter Aufseher postierte sich um den Ausgang. In einer bizarren Prozession reihten sich die Gefangenen in eine lange Schlange, um den minutenlangen Weg nach oben, in einen der Gefängnishöfe der Lubjanka, anzutreten. Brandt hielt sich ziemlich genau an der Mitte, David kurz dahinter. Nach etwa fünfzig Meter hatten sie den gewaltigen Ventilator zu ihrer Linken. In diesem Moment pfiff Davis kurz und schrill, und unmittelbar darauf begann sowohl an der Spitze als auch an dem Ende des Zuges eine wüste Schlägerei unter den Häftlingen. An beiden Stellen wollten die Wachmannschaften dazwischen gehen, aber dann lösten sich an beiden Stellen zwei der Männer und rannten mit all ihrer Kraft verschiedene Flure entlang. Sofort entstand ein riesiges Durcheinander. Trillerpfeifen machten einen Höllenlärm, wilde Kommandos der Wachen hallten ungehört durch den Keller. David und Alexander hatten sich sofort an der Wand hinter dem Ventilator zu schaffen gemacht und untersuchten sie genau. Sie konnten nichts Unauffälliges ausmachen. Beiden stand der Schweiß auf der Stirn, sie hatten nur noch wenige Augenblicke. Da bemerkte Alexander, dass nicht die Wand hinter dem Ventilator, sondern der Ventilator selbst der Durchgang war. Der Boden der Verkleidung ließ sich bei etwas Druck öffnen. Alexander nahm das Bodenstück beiseite und schlüpfte in die Vertiefung.

»Ich schulde Dir mein Leben«, konnte er noch hervorbringen.

»Grüße Arevik von mir«, war das letzte, was er von David hörte. Dann nahm dieser die Platte und verschloss den Ausgang.

Als es um Alexander schwarz wurde, hörte er hinter der Verkleidung den ersten Schuss.

*

So musste sich eine Kakerlake fühlen. Brandt hatte daran gedacht, dass es dunkel werden würde. Aber nicht stockfinster. Und nicht so eng. Mit aller Kraft robbte er sich in der Röhre, in der er sich befand, von der Stelle weg, von der er gekommen war. Glücklicherweise spürte er nach etwa zwanzig Meter eine Vertiefung im Untergrund. Mit zwei festen Schlägen mit der Handfläche fiel diese scheppernd nach unten und öffnete einen weiteren Durchgang. Dem Scheppern konnte er entnehmen, dass es nicht tief hinabging, also ließ er sich fallen. Er landete auf einem Boden, der sich nach ... Teppich anfühlte. Der Ort, an dem er war, wurde durch eine Notbeleuchtung schwach erhellt. Er konnte nicht viel sehen, nur, dass an der einen Wand eine Leuchte angebracht war. Mit den Armen wild rudernd, damit er nirgends anstieße, bewegte sich Brandt in Richtung der Wand. Dann ertastete er einen Türrahmen und danach einen Lichtschalter.

Ihm bot sich ein Bild wie in einem historischen Museum. Es war ein kleiner, niedriger Büroraum, aber komplett im Stil der Fünfzigerjahre eingerichtet. Es war furchtbar eng, denn gegenüber einem gewaltigen Schreibtisch stand ein riesiges schwarzes Sofa mit gesteppten Poltern und hohen, runden Armlehnen. Die Wände waren etwa hüfthoch mit einer Holzverschalung verkleidet, darüber gab es eine dezente Blümchentapete. An der Wand stand eine Bücherkommode, die von einer Stalin-Büste gekrönt wurde. Ein Bild an der Wand zeigte Tänzerinnen des Bolschoi. Und er stand tatsächlich auf einem echten Perserteppich.

Brandt durchstöberte den Raum nach etwas Nützlichem. Viel war es nicht, eine Taschenlampe, immerhin. Er blickte noch einen Moment auf das riesige Telefon aus schwarzem Bakelit, das auf dem Schreibtisch thronte. Aber er konnte es sich doch verkneifen. Vielleicht gab es jemanden, dessen Aufmerksamkeit erregt wurde, wenn er diesen Hörer abnahm. Er machte das Licht aus und war mit einem raschen Schritt draußen im Gang. Dort war es nicht mehr so anheimelnd. Mit der Taschenlampe konnte er einen langen Gang ausmachen, an den Decken mächtige Heizungs- und Lüftungsröhre, die Wände waren grob weiß und grün getüncht. Er blickte kurz auf seinen Plan, aber auch der konnte ihm die Entscheidung nicht abnehmen, in welcher Richtung er einen Ausgang zu suchen hatte. Er spürte von rechts einen feinen Luftzug, ihm wollte er folgen.

Immer wieder unterbrach er den geraden Weg, weil er die angrenzenden Räume nach Brauchbarem durchsuchte. Doch das gab er bald auf. Lediglich ein Skalpell hatte er aus einem gespenstischen Krankenzimmer entwenden können. Mit einem Mal hörte er wieder die feinen Klopfgeräusche von der Art, wie sie David gemacht hatte. Aber sie kamen aus der anderen Richtung. Alexander beschleunigte seine Flucht ... bis er an das Ende der Anlage kam. Aber immer noch hörte er aus Richtung der Röhren, die an dieser Stelle in der Wand verschwanden, das Klopfen. Aber wie weiter? Er ging ein paar Schritte zurück und untersuchte die Nebenräume. Im zweiten Raum fiel ihm eine grüne Metallblende etwa in Augenhöhe auf. Alexander nahm das Rückteil eines großen Besens, der in der Ecke stand, und hieb wiederholt auf die Blende ein, bis sie herunterfiel. Dahinter sah er eine Ziegelsteinwand, die viel älter sein musste, als die Anlage, in der er sich befand. An den Fugen sah er aber auch, dass die Wand an dieser Stelle ausgebessert worden sein musste. Er klopfte dagegen. Zweifellos war die Wand an dieser Stelle sehr dünn. Er nahm noch einmal das Besenrückteil und stieß mit aller Kraft gegen die Ziegel. Geschafft! Die Wand brach durch. Alexander hämmerte einen kleinen Ausgang frei und kletterte hindurch.

Das erste, was er auf der anderen Seite hörte, war das Geräusch fließenden Wassers. Zunächst dachte er an die Kanalisation, aber dafür lief das Wasser zu schnell und war zu sauber. Dies hier war einer der unterirdischen Flüsse Moskaus, von denen David erzählt hatte. Er ging ans Ufer und hielt seine Hand hinein. Da bemerkte er, dass jemand am anderen Ufer stand. Die Lampe konnte kaum hinüberscheinen ... und doch konnte er eine Frau ausmachen. Es schien beinahe so, als trüge sie einen Schleier. Und dann sah er doch ihr Gesicht. Es war Arevik.

27. Heiliger Narr

Nach etwas über zwei Stunden hielt der Laster. Nach dem, was er von außen hörte, musste er sich auf einem Rastplatz befinden, vermutlich kurz vor Sankt Petersburg. Er musste hier raus, er musste die Stadt umgehen und weiter nach Norden, Richtung Murmansk. Dann hörte er, wie der Fahrer sich mit einem anderen Mann unterhielt. Er hatte Glück. Dem Gespräch konnte er entnehmen, dass der Laster noch weiter bis nach Wyborg fuhr. Dann ging es erst einmal ein Stück durch das immer noch ein wenig finnisch geprägte West-Karelien. Er musste dann irgendwie durch den Korridor zwischen Ladogasee und finnischer Grenze hindurch nordwärts. Das war zwar etwas umständlicher, aber auch sicherer. Auf der Hauptstraße zwischen Petersburg und der karelischen Hauptstadt Petrosawodsk war viel Militär unterwegs Richtung Murmansk, dem Hauptstützpunkt der russischen Nordflotte jenseits des Polarkreises. Aber ganz so weit musste er nicht, er musste nur den halben Weg bis zum Hafenstädtchen Kem am Weißen Meer. Von dort würde er mit dem Schiff auf die Solowezki-Inseln kommen.

Die Fahrt ging recht schnell, Narwa wusste, dass der Wagen nicht durch Petersburg durchfahren musste, sondern die Abkürzung über den Petersburger Damm nehmen würde. So nannten sich die beiden Teile des gewaltigen Hochwasserdamms in diesem Ostzipfel des Finnischen Meerbusens, der die Insel Kotlin und ihre berühmte Festung Kronstadt mit der Nord- und Südseite der Kronstädter Bucht verband: Hochwasserschutz für Sankt Petersburg und Autobahn zugleich. In Oranienbaum, wo die russischen Zaren einmal Tausende Deutsche angesiedelt hatten, ging es los und in dem kleinen Ferienort Alexandrowskaya oder Alexanderhafen kam man wieder an Land. Und dann noch etwa hundert Kilometer durch die seenreiche karelische Landenge, um nach Wyborg zu kommen.

Wyborg ... hier war einst ein wichtiger Stützpunkt der Schweden, mit denen der Deutsche Orden gemeinsam gegen Nowgorod unter Alexander Newski gekämpft hatte. Nach der finnischen Unabhängigkeit war es die zweitgrößte Stadt Finnlands. Jetzt lebten zu neunzig Prozent Russen hier, angesiedelt zu Sowjetzeiten, nachdem Finnland den größten Teil Kareliens im Zweiten Weltkrieg verloren hatte.

Als der Wagen langsamer wurde und wiederholt stoppte, bereitete sich Narwa auf seinen Ausstieg vor. Während der Fahrt hatte er versucht, einige passende Kleidungsstücke zusammenzusuchen, um sich umzuziehen. Nicht gerade einfach im stockdunklen Laderaum des Lasters. Dann war es endlich so weit, der Wagen schien an einer Ampel zu stehen. Durch eine spaltbreite Öffnung kletterte

Narwa in die Schüttwanne zurück, schaute sich um und sprang dann heraus. Niemand hatte auf ihn geachtet. Auch der LKW fuhr einfach weiter. Das war geschafft.

Narwa lief ein wenig den Bürgersteig entlang, um Verkehrsschilder zu finden und sich zu orientieren. Als er an einem Schaufenster vorbeikam, betrachtete er seinen neuen Aufzug. Das war ja noch besser als erwartet ... Er musste grinsen. Noch ein wenig die Haare zerzausen, dazu noch der ungepflegte Dreitagebart. Und jetzt noch etwas, um den Ausdünstungen seiner neuen »Kleidung« die passende Kopfnote zu geben. An einem Kiosk kaufte er sich eine kleine Flasche Wodka. Er nahm zwei tiefe Schlucke und rieb sich dann sorgfältig damit ein. Und dann machte er sich entlang des historischen Stadtrings auf den Weg zur Ausfallstraße nach Norden.

Auch dort hatte er Glück. Nicht sofort, aber doch nach etwas mehr als einer Stunde. Narwa hatte an einer Tankstelle Autofahrer angesprochen, die in den Norden wollten. Dabei hatte er sich als Pilger ausgegeben, der zu den Solowezki-inseln wolle, was ja so falsch nun auch nicht war. Dabei hatte er ein wenig den heiligen Trinker gemimt, der als *Jurodiwy* tief im Bewusstsein des russischen Volkes verankert ist. Ein religiöser Narr gewiss, exzentrisch, etwas verrückt, aber doch inspiriert. Er hatte Glück bei einem Mann, der für IKEA arbeitete und für das Unternehmen auf der Suche nach geeigneten Holzvorkommen war. Dabei schimpfte der wie ein Rohrspatz auf die geizigen, kapitalistischen Schweden und schien nun seine eigene schnöde Tätigkeit durch die Mitnahme eines frommen Mannes spirituell aufwerten zu wollen. Aber Narwa, der sich nun Katyom nannte, erstickte das sich anbahnende

Gespräch recht bald durch allzu groteske Antworten und ein ständiges unmotiviertes Glucksen. So hatte er bald seine Ruhe.

Narwa erkannte bald den zweiten Grund, warum der Mann einen Beifahrer mitgenommen hatte. Die Fahrt ging stundenlang durch unbewohnte Birkenwälder. Die einzige Abwechslung waren kleinere Seen, an denen sie ab und an vorbeikamen. Nach drei Stunden erreichten sie die M18, die große Nord-Süd-Fernstraße. Sie war in gutem Zustand, allerdings nur einspurig. Hätte es Narwa nicht so eilig gehabt und wäre sein Fahrer etwas ruhiger gewesen, es hätte eine entspannte Fahrt sein können. Aber der Mann neben ihm schien das Überholen der zahlreichen Lkws nach Art eines Computerspiels zu betreiben. Nur dass er vermutlich leider keine drei Leben hatte. Und dennoch war Narwa froh, dass sie schneller vorankamen, als er befürchtet hatte. Zwischen Wyborg und Kem lagen achthundert Kilometer. Und er wollte sein Ziel vor Mitternacht erreichen.

Nach gefühlten zwanzig Dosen *Russian Bear*, dem russischen *Red Bull*, die sein Fahrer freigiebig verteilte, und die Ohren noch dröhnend vom ununterbrochenen Abspielen zweier CDs einer Band namens *Stigmata*, die, wie der Fahrer Narwa wortreich erläuterte, zum russischen Metalcore gerechnet wurden, überquerten sie einen schmalen Fluss. Gleich danach kam bereits die Abzweigung nach Kem. Der Wagen hielt an. Narwa legte seine Hand auf die Stirn des Fahrers und murmelte etwas, das sich wie ein russischer Segen anhören sollte.

Kem lag nur wenig unterhalb des Polarkreises, daher war im Juli zwar um zehn Uhr die Sonne untergegangen, aber es herrschte noch kurz vor Mitternacht die eigenartige Dämmerung des Nordens. Das Straßenschild verwies auf 15 Kilometer, die noch zwischen ihm und der Hafenstadt am Weißen Meer lagen. Nachdem der Wagen, der ihn hierher gebracht hatte, am Horizont verschwunden war, atmete Narwa tief durch. Das hier war wirklich das Ende der Welt. Er konnte sich nicht erinnern, sich jemals so mutterseelenallein gefühlt zu haben. Er hatte gehört, dass es hier eine Menge Tiere geben sollte. Er hatte nichts gegen den Anblick eines Rentieres, aber auf die Begegnung mit Wölfen oder einem Bären konnte er verzichten. Aber das waren vermutlich nur die Ängste eines Großstädters. Womit er sich aber konkret rumschlagen musste, waren die unzähligen aggressiven Mücken. Es half nichts, er machte sich zu Fuß auf den Weg.

Nach einer Viertelstunde stoppte ein alter Lada neben ihn.

»*V gorod?*«

Ja, er wollte in die Stadt ... Es war ein Jäger, der ein paar Hasen geschossen hatte. Diesmal blieb der Fahrer stumm. Kein Problem.

Sie kamen an vielen verlassenen Gebäuden vorbei, eigenartig ... der Stacheldraht war frisch verlegt ... Dann passierten sie die Überreste einer Kaserne. Narwa musste sich umdrehen, hatte er da gerade ein Flugzeug gesehen? Tatsächlich. Auf einem verwitterten Podest konnte er deutlich einen Abfangjäger erkennen, wenn er sich nicht irrte eine Suchoi Su-15 *Flagon*. Er schüttelte nur den Kopf – er war zu müde, um weiter darüber nachzudenken. Nach zwanzig Minuten erreichten sie Kem. Er schüttelte seinem Chauffeur die Hand und verabschiedete sich. Nach ein paar Minuten hatte er eine kleine Pension gefunden. Das Zimmer war karg, aber sauber. Er hatte den ganzen Tag von einer Dusche geträumt, aber er schlief sofort ein.

28. Die Digger

»Sag, mir, wie komme ich hinüber?«

Arevik lachte. »Vielleicht musst Du eine Münze werfen?«

Alexander war nicht nach Scherzen zumute. Der Fluss schien tief zu sein, die Strömung war schnell. Unschlüssig stand er am Uferrand des unterirdischen Stromes. Er fühlte, dass Arevik ihn genau betrachtete. Aber was konnte er tun? Er sah sich um, es gab nirgendwo einen Übergang, eine Furt oder eine Brücke.

»Versuch es damit ...«

Neben ihm landete ein verschnürtes Paket, ein Seil mit einem kleinen Metallanker daran. Er öffnete es hektisch und leuchtete mit seiner Taschenlampe das Gewölbe aus. Tatsächlich gab es metallene Eisensprossen auf beiden Seiten der Ziegelsteinwände. Er versuchte mehrmals, den Anker so zu werfen, dass er in einem der Haken auf der anderen Seite des Ufers verfing. Schließlich klappte es. Er steckte die Taschenlampe in den Hosenbund, zog das Seil straff und schritt in den Fluss. Es war nicht so tief, wie er gedacht hatte, das Wasser war etwa brusthoch, aber die Strömung war mörderisch. Energisch wickelte er das Ende des Seils mehrmals um seine Hände, bis das Hanf tief in sein Fleisch schnitt, und zog sich mit aller Kraft weiter. Mehrmals wurde er von den Beinen gerissen und ging in den Fluten unter, aber zuletzt schaffte er es. Mit letzter Kraft schleppte er sich ans andere Ufer und fiel dort zu Boden.

Arevik hatte kniend auf ihn gewartet. Sie zog ihn noch das letzte Stück und hielt dann mit ihrer Hand seinen Kopf.

»Mein Held.«

Alexander wollte schon etwas sagen, weil er sich wieder verspottet glaubte, aber diesmal waren ihre Worte ganz sanft.

»Aber Du stinkst wie ein Ochse!«

Beide mussten lachen.

»Du scheinst Dich hier gut auszukennen, Arevik.«

»Ja, Alexander, das ist mein Reich ... Ich erkläre Dir das später. Komm, wir müssen fort von hier.«

Er sah sie an. Das war nicht mehr das junge Ding, das ihm im Treppenhaus entgegengestürmt war. Ungläubig zeichnete Alexander mit seiner Taschenlampe die Konturen ihres Körpers nach. So viel Leben ...

»Was tust Du?« fragte sie leise.

»Du ... Du bist verletzt.«

Tatsächlich lief an ihrer Schulter eine dünne Blutspur entlang.

Er fasste ihren Oberarm. Und dann strich er mit dem Rücken seines Zeigefingers zärtlich über ihre Schulter, das Schlüsselbein und schließlich ihre Brust. Er wusste nicht, ob es die größte Dummheit oder das erste wirklich Vollkommene war, was er in seinem Leben getan hatte.

»Mein Mädchen.«

Er küsste sie. Und sie küsste ihn, wieder und immer wieder.

*

Aber dann rannten sie. Durch Keller voller Unrat, feucht und modrig, durch Berge alten Papiers, verweste Vorratskeller, müffelnde Kleiderberge und verrostete Werkzeugstuben. Aber auch durch gewaltige Hallen mit funktionierenden Klima- und Lichtanlagen. Ausgeweidete Autowracks lagen umgekippt neben Güterloren voller Braunkohle. Manche Anlagen waren sichtlich vor nicht allzu langer Zeit das Ziel von Clubfesten gewesen, andere schienen völlig unberührt seit ihrer Entstehung zu sein. Arevik wusste mit traumwandlerischer Sicherheit, wo die verborgenen Übergänge waren in diesem unterirdischen Labyrinth.

Schließlich blieb Alexander entkräftet zurück.

»Warte. Nur einen Augenblick.«

Das Mädchen drehte sich zu ihm um.

»Sag, wo ist Julia? Und Dein Vater? Was ist gestern Abend geschehen?«

»Das ging sehr schnell. Auf einmal erschien eine Art Sekretär, der uns nach draußen bat. Dort wartete schon die Miliz. Sie brachten uns ohne einen Kommentar in die Buryatka. Das ist ein Untersuchungsgefängnis, ein übles Loch. Die Zellen sind völlig überfüllt. Die meisten warten hier bloß auf ihre Verhandlung, bevor sie dann in die Lager kommen ... Zunächst war ich noch mit Julia in einer Zelle, dann, am nächsten Morgen haben sie uns getrennt. Ich kam dann in ein kleines Verhandlungszimmer, wo sie schon mit einem Verhör gegen meinen Vater begonnen hatten. Aber zu meiner Überraschung ließen sie uns frei. Vielleicht, weil mein Vater immer noch mächtige Freund hat ... Aber Sie haben uns gewarnt, Sie könnten auch anders ... Und ich weiß nicht, was aus Julia geworden ist.«

Alexander war blass geworden.

»Und Du, wie kommst Du hierher? Woher wusstest Du, wo ich bin?«

»Warte noch ein wenig, gleich wirst Du es verstehen.«

Mit diesen Worten drehte sie sich um und begann wieder mit ihrem leichten Trab. Es dauerte nicht lange und sie blieb vor einer schweren Tresortür stehen.

»Wir sind da ... Magst Du vorher etwas essen?«

Erst jetzt bemerkte Alexander, was für einen Hunger er hatte.

»Du musste mir versprechen, davon zu kosten!«

»Warum sollte ich nicht?«

»Es ist eine Spezialität aus Armenien, kandierter Granatapfel.«

Alexander nickte, und sie reichte ihm eine dunkelrote Kugel aus Frucht und schierem Zucker. Während er das Obst verschlang, lächelte sie. Dann strich sie ihm über das Haar und öffnete die Tür.

»Komm ...«

Die Tür gab den Weg frei zu einem Raum, den man am besten als eine unterirdische Lounge bezeichnen musste. Es gab einen kleinen Barbereich, und auf verschiedenen übergroßen Sofas lümmelten einige jugendlich wirkende Erwachsene. In einer Ecke saßen drei sehr bleiche Männer an mehreren Laptops. Sie alle schauten auf, waren aber nicht sonderlich überrascht. Sie schienen auf die beiden zu warten.

»Was zur Hölle ist das?« entfuhr es Alexander.

Einer der jungen Männer erhob sich.

»*Swoboda*, alter Mann, hier ist der Freie Russische Untergrund!«

»Komm lass gut sein, Valerij ... nein, Alexander, das sind Digger.«

»Was meinst Du mit ... Digger?«

»Das ist eine Szene, die nach der Perestroika entstand. Alle wussten, dass Moskaus Untergrund porös wie ein Schwamm war. Aber keiner hat sich getraut, hinunterzusteigen. Der KGB hatte das fest im Griff. Aber dann, als der KGB aufgeteilt wurde und unter Jelzin die Clans übereinander herfielen, gab es die Ersten, die sich hier unten Freiräume schufen. Die ersten Clubs entstanden, es wurde mächtig gefeiert. Und dann gab es in Moskaus Stadtzentrum größere Bauarbeiten, in der Soljanka-Straße im *Kitaj Gorod* oder am Hotel ›Rossija‹ in der Nähe des Roten Platzes. Damals brach an manchen Orten die Asphaltdecke ein und für ein Tage lang konnten die Anwohner sehen, dass es an diesen Stellen gewaltige Schächte gab, die in die Tiefe reichten, richtig eingerichtet, mit Ausgängen für geheime U-Bahnen, Straßen, die breit genug für Panzer waren und solche Sachen. Der FSB hat dann sofort die Baustellen weiträumig gesperrt, aber die ersten Fotos gingen in der Szene herum und wurden auf Blogs publiziert. Ein paar Leute haben dann angefangen, das Ganze systematisch zu erforschen, sie nannten sich ›Digger‹, und was sie herausfanden war atemberaubend. Aber dann wurden die Jungs kriminalisiert, der FSB verfolgte sie, die Blogs wurden geschlossen. Die Digger mussten in den Untergrund. Und das hier, das ist unser Hauptquartier.«

»Du gehörst zu Ihnen?«

»Ja, wenn Du so willst. Wenn sich Armenier nicht mehr überall in der Stadt am helllichten Tage aufhalten können, dann müssen sie sehen, dass es in der Unterwelt ein freies Plätzchen für sie gibt. Viele Digger stammen aus dem Kaukasus ... Manche leben nur noch hier unten, sie haben kein Leben in der richtigen

Welt mehr. Ich wechsele die Welten, manchmal vermittele ich zwischen ihnen. Und irgendwann wurde ich zu ihrer Anführerin bestimmt.«

Alexander sah sie an. Die surreale Club-Atmosphäre dieses Raumes, Areviks unglaubliches Geständnis. Er wäre überzeugt zu träumen, wenn da nicht zwischen der Süße des Granatapfels das Salz ihrer Haut auf seiner Zunge wäre und der Geruch ihres Geschlechts an seinen Händen.

»Aber wie habt ihr mich gefunden?«

»Weißt Du, in den Jahren, die wir hier unten zugebracht haben, haben wir versucht, das System von Moskaus Untergrund zu ergründen. Das ist nicht so einfach. Denn es gibt viele Systeme. Das System der Klöster, das System der mittelalterlichen Zaren, die Wirtschaftskontore des 18. Jahrhunderts und dann, und das ist das wichtigste, der sowjetische Untergrund. Aber das ist eben auch das einfachste, denn der ist weitgehend intakt. Wir haben es dokumentiert, das Netz aus Regierung, Verwaltung, Militär, und dann haben wir an einigen zentralen Punkten ein Kommunikationssystem installiert. Du hast es erlebt, als Du in der Lubjanka warst.«

»Du meinst, diese Klopfzeichen?«

»Ja, genau. Wir haben das entwickelt, als einige Freunde von uns in Haft waren und wir die Verbindung mit ihnen aufrechterhalten wollten.«

»Du meinst David ... ward Ihr einmal ...?«

Arevik dreht sich zur Seite.

»Nicht wirklich, er war ein Jugendfreund ... Alexander, er ist tot, die Nachricht hat uns vorhin erreicht.«

»Oh, das tut mir leid, ich weiß nicht, was ich sagen soll. Er hat mir das Leben gerettet ... Aber entschuldige, wenn ich frage, wenn dieses Klopfsystem so vernetzt ist, kannst Du dann auch herausfinden, was mit Julia geschehen ist?«

»Ja, ich denke, meine Freunde wissen es bereits, Valerij, gibt es etwas Neues wegen Julia Winter?«

»Ja, Arevik, sie wurde heute Mittag in den Kreml gebracht. In Handschellen.«

»Oh Gott.« Alexander konnte nicht einschätzen, ob das eine schlechte Nachricht war. Hauptsache, sie war raus aus der Buryatka. Aber sie blieb eine Geisel.

»Gibt es eine Möglichkeit, zu ihr zu gelangen?«

Arevik und Valerij schauten einander an. Valerij schien unschlüssig. Beide blieben wortlos. Schließlich zuckte er die Schultern.

»Vielleicht.«

29. *Metamorphosis*

Narwa wachte früh auf. Er hatte miserabel geschlafen. Es war fast die ganze Nacht sehr hell geblieben, und das Fenster hatte keine Verdunkelungen. Und dann lief seit sechs Uhr der Fernseher über dem Empfang im Erdgeschoss, direkt unter seinem Zimmer.

Missmutig stolperte er die Treppe herunter. Einen Frühstücksraum konnte man die drei Essplätze im Flur kaum nennen. Und Frühstück das vertrocknete Stück Kuchen und die Tasse bitteren Tees eigentlich auch nicht. Im Fernseher liefen surreale Gewinnspiele, von denen vermutlich selbst ihre Produzenten nicht wussten, ob das nun Wiederholungen oder Livesendungen waren.

Sein Hauswirt hatte kaum Notiz von ihm genommen.

»Viel los zurzeit?«

»Hm, klar doch, dumme Frage.«

Ein schlechter Anfang ... Was meinte der Mann? Narwa blickte auf den Kalender neben der Rezeption. Heute war der 6. August ... Oh, dass er daran nicht gedacht hatte, *Metamorphosis*, die Verklärung des Herrn, einer der höchsten Feiertage der orthodoxen Kirche. Das würde die Sache nicht gerade einfacher machen.

Er blickte sich um. Der Wirt schien Sinn für Sarkasmus zu haben. An den Wänden gab es Tourismus-Wimpel mit Aufschriften wie »Kem – das Tor zum Gulag« oder »Solowezki – Alcatraz der Orthodoxie«. Das erinnerte ihn daran, dass das Solowezki-Kloster nicht nur eine ruhmreiche Stellung innerhalb der russischen Kirchengeschichte hatte. Hier hatten die Bolschewisten noch unter Lenin ihr erstes großes Häftlingslager errichtet, das zum Modell des sowjetischen Lagersystems wurde. Solschenizyn hatte an den Archipel Solowetzki gedacht, als er den Begriff Archipel Gulag prägte. Er nannte die Inselgruppe »Auschwitz am Polarkreis«. Und in Kem standen einstmals die Sammelunterkünfte für Zehntausende Häftlinge, die Durchgangsstation, bevor sie per Schiff in die Lager gebracht wurden.

Jetzt war es 7 Uhr, und glücklicherweise liefen jetzt Nachrichten. Unvermindert standen die Ereignisse um die orthodoxe Synode im Mittelpunkt. Nicht ganz überraschend war Patriarch Bartholomäus, der höchste Würdenträger der Ostkirche, zurückgetreten. Alle Kommentatoren gingen nun davon aus, dass ein Russe der Nachfolger werden würde, was grundsätzlich die tausendjährige Hierarchie innerhalb der Kirche verändern würde. Dann kam ein weiterer Bericht aus Moskau. Er zeigte eine Art Prozession, bei der gewaltige, religiös aufgeladene Menschenmassen um eine auf Stangen befestigte Kiste herum Lieder singend und Fahnen schwingend durch Moskau zogen. Er erkannte die Kiste wieder. Es war die Schatulle auf dem Foto, das ihm Alexander geschickt hatte, und nach deren Zwilling er hier am Ende der Welt auf der Suche war.

»Was singen die Menschen? Was ist in der Kiste?«, fragte er den Mann am Empfang.

»Sie singen von der Auferstehung Russlands und vom neuen Zaren, so ein Zeugs ... Und die Kiste, alter Plunder, den Inhalt hat außer ein paar Popen noch keiner gesehen. Eine weiße Mitra soll da drin sein. Keine Ahnung, was das sein soll. Die Leute rasten jedenfalls völlig deswegen aus. Aber heute Abend soll das Ding endlich geöffnet werden.«

Die weiße Mitra ... das war es also. Gab es sie also wirklich? Die ursprüngliche Krone der römischen Päpste ... Narwa konnte es kaum fassen. Es war doch so eine uralte Geschichte. Der Legende nach hatten die Apostel Peter und Paul sie Kaiser Konstantin übergeben, damit dieser sie dem Papst schenken solle. Dabei hätten sie verkündet, dass um so viel ehrwürdiger der himmlische Kaiser sei als der irdische, so viel ehrwürdiger sei auch die Mitra als die Kaiserkrone. Im Grunde war also die Mitra das Zeichen, dass der geistliche Hirte der Christenheit ranghöher sei als der weltliche, der Papst mächtiger als der Kaiser.

In diesem Moment klingelte das Telefon an der Rezeption. Narwa hörte, wie der Mann hinter dem Tresen aufgeregter wurde und zu schimpfen begann.

»*Net Narwa v dom. Net, net zdes*‹.«

Da wollte ihn jemand sprechen. Er griff nach dem Hörer und gab dabei dem Mann einen beruhigenden Klapps auf die Schulter. Es war sein Onkel Georg.

»Woher weißt Du wo ich bin? ... Bei Euch muss es doch 4 Uhr morgens sein?«

»Sagen wir, ich habe einen Tipp bekommen ... Wolfgang, ich war noch einmal im Archiv, wegen der Schatullen. Du, es gibt Hinweise, dass die einmal geöffnet worden sind.«

»Was meinst Du, wann war das?«

»Es war Albrecht von Brandenburg, 1525, Du weißt, das Jahr ...«

Natürlich wusste er. Hochmeister Albrecht. Er hatte den protestantischen Glauben angenommen und den Orden säkularisiert und damit faktisch aufgelöst. Nur unter völlig neuen Vorzeichen konnte er damals weiter existieren. Ein unglaublicher Vorgang, bis heute rätselhaft.

»Wolfgang, ich habe hier einen Brief an einen unserer Vorfahren, in dem es heißt, dass Albrecht konvertierte, nachdem er die Schatullen geöffnet hatte. Einige papsttreue Ritter konnten die Kisten dann in ihre Gewalt bekommen. Sie wurden neu versiegelt und unserer Familie übergeben. Ihnen wurde das Gelübde abgenommen, sie niemals zu öffnen. Wolfgang, Du musst verhindern, dass die Schatullen geöffnet werden. Diese Andreas-Erzählungen, sie müssen etwas enthalten, was gegen unseren Glauben steht, etwas, das selbst das Papsttum gefährden könnte.«

»Georg, dann müssen die Dokumente des Andreas in dem Zwillingskasten sein, nach der ich hier am Weißen Meer suche ... Denn eben ging durch die Nachrichten, dass heute Abend in Moskau die Schatulle geöffnet werden soll, und dass dann die weiße Mitra präsentiert werden soll.«

»Dann hat Rusin also wirklich die Mitra ...«

»Das scheint Dich nicht wirklich zu überraschen«

Narwa kam sich vor wie beim Hasen und dem Igel, nur machte ihn wütend, dass sein Onkel immer der Hase war.

»Du kennst die Geschichte der Mitra?«

»Ja, ich kenne sie, aber ist sie nicht im frühen Mittelalter verlorengegangen?«

»So hieß es in Rom, aber tatsächlich waren die Päpste zu schwach und hatten nie ein wirkliches Interesse an ihr. So kam es, dass die Mitra 1054 nach dem Schisma, der Spaltung zwischen West- und Ostkirche, von Rom nach Konstantinopel gekommen ist, weil die Hüter der Mitra dort den stärkeren Glauben vermuteten. Als aber auch in Byzanz der Glaube immer schwächer wurde und die Stadt im 13. Jahrhundert kurz vor der Einnahme durch die Osmanen stand, wurde sie zum mächtigsten Großfürsten der Rus und künftigen Zaren geschickt, als Ausdruck der vollen göttlichen Gnade, die ihm, dem neuen ersten Hüter der Christenheit, dem Kaiser des Dritten Roms, zuteilwerden sollte.

Tatsächlich aber gelangte sie nicht nach Moskau, sondern in die Republik Nowgorod, damals das bedeutendste Reich der alten Rus, in dem kein Großfürst, sondern eine auf altslawischen Traditionen beruhende Volksversammlung, die Wetsche, herrschte. 1478 aber unterwarf Moskau unter Iwan III. Nowgorod und verleibte es seinem Herrschaftsgebiet ein. Die ganze Oberschicht musste nach Moskau umsiedeln. Bevor aber auch der Erzbischof in ein Moskauer Kloster verbannt wurde, hat er im Gotenhof im Geheimen die Mitra an einen Abgesandten des Deutschen Ordens übergeben, einen Todfeind Iwans. Der Orden sollte die Mitra in treuhänderische Verwahrung nehmen. Für Russland und die Welt war die Mitra seit diesem Tag verschwunden.

Nun, den Moskauer Großfürsten, die sich nach der Niederwerfung der Tataren als Zaren Russlands etablieren konnten, war das bald gleichgültig, sie hatten eh eine andere Idee, was den Vorrang von weltlicher und geistlicher Herrschaft betraf. Unter Iwan dem Schrecklichen wurde die Kirche so tief gedemütigt wie kaum jemals zuvor. Unter Zar Alexej dem Ersten und dem Patriarchen Nikol wurde die Kirche dem Monarchen im Sinne eines modernen Absolutismus untergeordnet. Wer an den alten Ideen festhielt, wurde als ›altgläubig‹ verfolgt. Ein Moskauer Reform-Konzil von 1667 verdammte die Geschichte der Mitra als lügnerisch und schwor der Idee von Russland als dem Dritten Rom ab. Danach wanderten diese Gedanken in den spirituellen Untergrund Russlands und wurden apokryph.«

»Aber heute sind sie wieder überaus aktuell.«

»Du hast völlig Recht! Immerhin hatte sich die orthodoxe Kirche schon Anfang des 20. Jahrhunderts wieder an die Altgläubigen angenähert, 1971 hatte sie sogar ihren Bann aufgehoben. Aber jetzt, in dem Augenblick, wo die weltliche Macht ihre Legitimation verloren hat, ist die Stunde der Kirchenherrschaft gekommen. Und in der weißen Mitra hat die Orthodoxie das mächtigste Symbol für ihren Herrschaftsanspruch gefunden, das Zeichen die auferstandenen Dritten Roms, der von Gott gegebenen Kirchenherrschaft, die höher ist als alle weltliche Macht. Es ist nur ein Symbol, aber in der richtigen Situation und in der richtigen Hand kann es zu einer mächtigen Waffe werden!«

Und heute Abend schon sollte die Mitra enthüllt werden. Die Zeit, die Narwa blieb, wurde immer knapper.

»Georg, ich versuche, alles zu tun, was in meiner Macht steht, aber jetzt ... ich muss Schluss machen, ich muss dringend eine Fähre erreichen. «

Narwa zahlte, verließ seine Absteige und nahm ein Taxi. Die Anlegestelle für die Überfahrt zu den Solowezki-Inseln lag ein paar Kilometer im Osten, im Vorort Rabocheostrovsk, dem Hafen von Kem. An einem hölzernen Steg lagen auch schon die kleinen, weiß gestrichenen Boote für die Überfahrt. Alle trugen die Namen von Heiligen. Auf der »Sankt Nikolaus« machten sich ein paar Mönche, die offenkundig den Fährbetrieb in eigener Sache organisiert hatten, bereits daran, die Leinen zu lösen. Narwa sprang an Bord. Noch einmal blickte er zurück auf den Hafen und die Flussmündung. Und schon sah er sie, die beiden Wagen, die ihm auch in Narwa schon aufgefallen waren. Von der Berserker-Einheit keine Spur. Wie hatten sie ihm folgen können?

*

Trotz aller Beklemmung, die sich Narwa bemächtigt hatte: Es war ein unbeschreiblich schöner Sonnenaufgang, dem das Schiffchen entgegen tuckerte. Noch lag Nebel über der Onegabucht, aber im

Osten begann das Morgenlicht die Schwaden sanft aufzulösen. Sie fuhren an zahllosen kleinen Eilanden vorbei. Die wenigen warmen Tage des Sommers schienen das Weiße Meer in einen unbeschreiblichen Zustand der Euphorie zu versetzen. Kleine Gruppen von Belugas, arktischen Weißwalen, kreuzten immer wieder das Schiff, und zahlreiche Möwenschwärme bettelten mit halsbrecherischen Flugmanövern um Nahrung. Alle Passagiere starrten Richtung Nordosten, um als Erste die Silhouette der Hauptinsel des aus sechs einzelnen Inseln bestehenden Archipels auszumachen. Immer wieder narrten atmosphärische Spiegelungen die Wahrnehmung, bis schließlich nach gut zwei Stunden ein schmales grünes Band, Groß-Solowezki, am Horizont sichtbar wurde. Kurz darauf schon konnte man wie einen kleinen Kristall in der Mitte die Klosteranlage ausmachen, und links und rechts davon mehrere Erhebungen, auf denen sich ebenfalls Gebäude zu befinden schienen.

Das Boot legte schließlich in einer geschützten Bucht, dem Golf von Fortuna, an, direkt in Front des Klosters. Was er sah, hatte ihm noch vom Boot aus fast den Atem genommen. Es war, als seien die alten Illustrationen vom Heiligen Jerusalem aus den Manuskripten des Mittelalters zum Leben erweckt. Eine heilige Stadt mit zahlreichen zwiebelturmgekrönten, schneeweißen Kirchen, eingefasst von gewaltigen Zyklopenmauern aus übereinander geschichteten Granitblöcken – bis zu elf Meter dick, mächtiger als der Kreml in Moskau – und ihren fünf konisch sich verjüngenden Wehrtürmen mit ihren charakteristischen Spitzdächern.

Zugleich aber war Narwa überrascht von dem hektischen Treiben um ihn herum. Natürlich waren eine Menge Pilger mit dem

Boot gekommen, aber auch das kleine Dorf gegenüber dem Kloster war bereits geschäftig. Vielleicht war ein wenig enttäuscht. Er hätte sich den Ort etwas abgeschiedener gewünscht. Stattdessen holte ihn schnell die profane Wirklichkeit ein. Die Mole stank nach den Abwässern, die ungeklärt in die Bucht sickerten. Mönche mit Sonnenbrillen waren in großen Trucks unterwegs oder schienen ununterbrochen mit ihren Handys beschäftigt. Neben ein, zwei Holzhäusern, vor denen bereits am frühen Morgen ambulante Andenkenhändler ihre Tapeziertische mit Devotionalkitsch feilboten, standen mehrere *Karakatjas*, selbstproduzierte drei- oder vierrädrige Wagen mit gewaltigen Niederdruckreifen, mit denen man durch so manchen kleineren See schwimmen und im Winter über das Eis gleiten konnte. Scharen von alten Frauen umschwärmten ihn mit handgeschriebenen Schildern, auf denen Zimmer zur Unterkunft angeboten wurden, und die er kaum abschütteln konnte. Er befreite sich mit einer energischen Handbewegung und ging direkt Richtung Klosterpforte.

Er wusste, dass jetzt der schwierige Part kam. Er wollte umgehend den Archimandrit sprechen, den Vorsteher des Klosters. Das interessierte den alten Mönch am Eingang offenkundig herzlich wenig. Narwa inszenierte einen kleinen Tobsuchtsanfall, aber auch das beeindruckte den Alten nicht. Schließlich ging Narwa ein Licht auf. Natürlich, hier war es so wie überall. Der Mann wollte Geld. Tatsächlich zeigten die 100 Rubel auch gleich eine Wirkung. Der Mönch trollte sich – und kam mit einem jungen Novizen wieder.

»Der Hochwürdigste ist mit den Vorbereitungen zum Fest der heiligen *Metamorphosis* beschäftigt. Ich arbeite für ihn als eine Art Sekretär. Wie kann ich Ihnen helfen.«

»Ich bitte um Vergebung, aber ich habe ein sehr ernstes Anliegen. Ich muss sehr dringend seine Hochwürden sprechen!«

Der junge Mönch musterte Narwa abschätzig.

»Ich wüsste nicht, was Ihr ...«

»Sagt ihm, es geht um die Zukunft der Kirche. Sagt ihm, dass ich mit ihm über die weiße Mitra sprechen muss und über das, was in Moskau geschieht, über das Konzil und Bruder Andreij. Und ... gebt ihm dies hier ...«

Narwa nahm ein Blatt Papier und schrieb ein Wort und eine Zahl darauf: »*Mir* 1242«. Der Mönch blickte ihn fragend an, aber nahm das Blatt und verschwand. Nach einigen Minuten kam er wieder und verneigte sich vor Narwa.

»Der Hochwürdigste wird in einer halben Stunde erscheinen. Lassen Sie uns die Zeit nutzen, um zu beten.«

Narwa nickte, und so schritten sie gemeinsam über den Hof, an Galeriengängen und Mönchstrakten entlang zum Eingang der Christi-Verklärungs-Kathedrale. Da heute das Fest gefeiert wurde, das ihr den Namen gegeben hatte, stand sie im Mittelpunkt der feiertäglichen Liturgie des Klosters. Zahlreiche Pilger und Gläubige waren dabei, die Kirche mit Gaben zu schmücken, während gleichzeitig bereits ein Gottesdienst in Gang war. Narwa war etwas irritiert vom eigenartigen Verhalten der zahlreichen Mönche und der orthodoxen Besucher während der Andacht. Denn es war trotz des hohen Feiertages ein eigenartiges Kommen und Gehen, ein ständiges In-Bewegung-Bleiben und eigenartiger Wechsel von Zerstreutheit und Konzentration, dessen Sinn sich ihm nicht erschließen sollte.

Aber etwas registrierte er sofort. Es war das Kreuzzeichen des jungen Novizen. Während er sich bekreuzigte, hielt er zwei Finger gerade und drei gekrümmt. Das Erkennungszeichen der Altgläubigen.

Der junge Mann bemerkte Narwas aufmerksamen Blick: »Ja, ich bin ein *Raskolniki*, wie die meisten hier. Aber Solowezki ist ja so etwas wie ein Wallfahrtsort der Altgläubigen, wusstet Ihr das nicht?«

»Nein, ich wusste, dass es in den Klöstern im Norden verschiedene Strömungen der Kirche gab, aber ...«

»Von dieser Insel stammt das böse Schisma unserer Kirche, aber auch der heroische Kampf gegen den Antichrist. Vielleicht wisst Ihr, dass der Kirchenspalter Nikon, der schwarze Patriarch unserer Kirche, hier als Mönch lebte, bevor er Metropolit in Nowgorod und dann Patriarch in Moskau wurde und griechische Irrlehren verbreitete. Die Obersten des Klosters flehten monatelang vergeblich, die Reformen zurückzunehmen. Vergeblich. Schließlich weigerten sich die Brüder, die neue Lehre anzunehmen. So gab es Krieg. Fast neun Jahre lang zog Moskau gegen uns, bis Solowezki schließlich durch Verrat fiel. Der wahre Glauben wurde mit einem Bann belegt, die Rechtgläubigen gnadenlos verfolgt. Viele Brüder und Schwestern flohen noch weiter in den Norden, sie gründeten an den Küsten des Weißen Meeres utopische Gemeinschaften oder flohen in die Eishöhlen. Wenn Sie so wollen waren wir die Katharer des Nordens ... Noch heute finden Jäger gelegentlich jahrhundertealte Überreste von Eremiten neben einem Holzkreuz, wenn sie die Höhlen der Polarregionen erforschen.

Hier im Norden gab es schon seit jeher eine ausgeprägt freiheitliche Tradition, das ist wohl das Erbe von Nowgorod. Bei vielen Mönchen gab es ein stark egalitäres und anarchistisches Moment. Damit rieb man sich zwangsläufig mit Moskau und später Sankt Petersburg. Viele Brüder schlossen sich immer wieder Aufständen an ... Und doch, trotz des Banns und der Verfolgung. Noch zu Beginn des 20. Jahrhunderts gab es fast 20 Millionen Altgläubige in Russland.«

»Und doch waren es die Altgläubigen, die auf der Lehre von Russland als dem Dritten Reich beharrten und für die die weiße Mitra das Symbol wahrer Kirchenherrschaft war.«

»Gewiss, aber das war die Vision vom wahren christlichen Königreich auf Erden, besitzlos, gottunmittelbar, ohne Hierarchien von Priestern oder des Adels ...«

Narwa spürte die Bitterkeit in der Stimme seines Gegenübers. Er wollte nicht tiefer in ihn drängen. Aber eine Anmerkung konnte er sich nicht verkneifen.

»Ein wenig wie im Kommunismus ...«

»Aber der Kommunismus war gottlos ... eine erneute Prüfung des Antichristen!«

Narwa war froh, dass sie unterbrochen wurden. Endlich kam Igor, der Archimandrit des Klosters. Narwa verbeugte sich vor ihm und küsste dessen Siegelring.

»Wir haben schon lange keine Nachricht aus dem Westen mehr erhalten. Wir gingen davon aus, dass der Orden erloschen ist.«

»Das ist eine lange Geschichte ... Ich bin glücklich, dass die Botschaft verstanden wurde.«

»Ja, fürwahr. Die Überlieferung war in diesen Mauern für siebzig Jahren unterbrochen, das ist nicht zu verschmerzen. Wir können die alte Tradition nicht bruchlos fortsetzen Was wir nun vor fünfundzwanzig Jahren begonnen haben, ist nicht mehr das gleiche. Aber wir tun, was wir können, um den Faden wieder aufzunehmen ... Aber sagt, was führt Euch zu mir?«

»Gibt es einen Ort, wo wir ungestört sind?«

Der Vorsteher ging mit Narwa und dem Novizen durch einige Gänge in einen gewaltigen Saal, der durch eine einzige meterdicke Säule getragen wurde: das legendäre Refektorium von Solowezki.

Nach einem kurzen Wink entfernte sich der Sekretär, und die beiden nahmen an einem der Tische Platz, die schon für das gemeinsame Mittagessen eingedeckt war. Narwa sondierte erst einmal die Fronten, indem er das Thema zunächst auf das Konzil in Moskau brachte. Schnell war ihm klar, dass er in dem Mönch einen Verbündeten hatte. Igor schimpfte auf den pseudoreligiösen Nationalismus, wie er in Moskau seit einigen Jahren in Mode gekommen sei. Auf das Machtkirchentum der Hauptstadt, in denen sich die Kirchenoberhäupter im Glanz der Besitzenden sonnen würden. Auf einer vom Staat abhängigen oder mit ihr verbündeten Kirche, auf der auf ewig die Sünden der Geschichte lasten würden.

»Narwa, glaubt mir, was sich das ›erwählte‹ Russland nennt, ist unfromm und ungläubig. Es erweist sich seiner Wahl nicht als würdig. Seine Geschichte ist ein Chaos aus Schmutz und Blut, in dem es nichts Gutes und Edles gibt, nichts was nachzuahmen wäre. Und so wird es auch in Zukunft sein, selbst wenn ein Bruder zum Zaren gekrönt würde.«

»Aber, Hocherwürdigster, und wenn morgen wirklich die weiße Mitra enthüllt wird?«

»Ihr habt Recht, das beunruhigt uns zutiefst. Die Brüder sind gespalten, auch unter uns gibt es einige Zeloten, die den Weg Kyrills und Andreijs gehen wollen, und die geradezu in ekstatischer Vorfreude über die Dinge sind, die sich in den nächsten Tagen ereignen werden. Andere sind verwirrt. Warum bemächtigt sich die Orthodoxie in Moskau der vornehmsten Symbole der alten Rus, nachdem sie sie jahrhundertelang verleugnet hatte?«

»Vielleicht wollen Sie dem Volk etwas geben, an das es glauben kann. Etwas, was ihre Herrschaft besiegelt.«

»Ja, das ist wohl ein Teil der Wahrheit. Über Jahrhunderte waren wir Altgläubigen die einzigen, die an unsere Sendung als Drittes Rom erinnerten. Die Legende von der Mitra wurde als Irrlehre bezeichnet. Dabei ist es unsere heilige Aufgabe, der Menschheit das Erbe von Byzanz zu erhalten. Viele unserer geistigen Führer meinten, das Russland zerfallen werde, wenn wir diese Sendung nicht erfüllen würden. Aber das war kein weltlicher Machtanspruch, es war die Überzeugung, dass das Geistige immer von höherer Würde sei als das Weltliche ... Aber sagt, warum ist das so wichtig für Euch?«

Narwa berichtete, was er über die Geschichte Andreijs wusste, über die Kiste aus Kiew und über das Gegenstück, das über Narwa vor einigen Jahren nach Solowezki gelangt sei.

»Und nun hofft Ihr, dass Ihr in der Kiste etwas findet, was Ihr gegen die Ansprüche Andreijs verwenden könnt.«

Der Mönch sah Narwa an und dachte lange nach.

»Ich kann diese Frage nicht entscheiden. Sie müssen das verstehen, Sie sind kein Mann unseres Glaubens. Aber ich werde Sie zu Bruder Fjodor bringen lassen. Vor vielen Jahren zog er als Starez durch das Land, bis er vor einigen Jahren hier auftauchte. Er ist ein Mann großer Weisheit ... Wissen Sie, er war der Lehrer von Andreij. Er wird mit Ihnen sprechen, und dann wird er eine Entscheidung fällen.«

»Hochwürdigster Vater, ich danke Euch ... Aber da ist noch etwas. Ihr müsst wissen, ich werde verfolgt. Diese Leute sind sehr gefährlich, nicht nur für mich, vielleicht auch für das Kloster.«

»Hm« ... Der Mönch nickte, er schien nicht sonderlich überrascht. »Besprecht das mit Bruder Jakow, meinem Sekretär.«

*

»Herr Narwa ...«

Der Novize barst schier vor Neugier. Nachdem sich der Archimandrit von Narwa verabschiedet und dem jungen Mann einige Instruktionen gegeben hatte, verließen die beiden die Klosteranlage und machten sich auf den Weg zu Bruder Fjodor.

»Ja, was ist?«

»Der Zettel, den Ihr mich batet, zum Archimandrit zu bringen. Was bedeutet er?«

»Er erinnerte an den Friedensvertrag von Nowgorod mit dem Deutschen Orden nach der Schlacht auf dem Eise im Jahr 1242.«

»Und was ist damit?«

»Damals hatten die russischen Truppen unter Alexander Newski auf dem Peipussee den Orden besiegt. Danach einigte man sich darauf, dass der Einflussbereich des Ordens nur bis Narwa reichen sollte, der Nordosten dagegen zu Nowgorod gehören sollte. Die Unterhändler des Friedensvertrages aber waren sich auch einig, dass der Krieg unnötig war, und dass man in Zukunft enge diplomatische Beziehungen pflegen sollte. So wurde dieses Schlüsselwort, *Mir* 1242, das sich auf den Friedensschluss aus diesem Jahr bezog, geschaffen. Die Vorsteher der wichtigsten Städte, Festungen und Klöster sollten in Situationen, in denen der Frieden bedroht war, ohne weitere Umstände direkt miteinander in Verbindung treten und sich gegenseitig um Rat oder Unterstützung bitten. Ihr müsst wissen, damals gab es auch noch gemeinsame Feinde wie die Mongolenheere im Osten oder die Litauer, damals die letzten Heiden in Europa.«

»Dann seid Ihr ein Ritter des Deutschen Ordens?«

Der junge Mönch bekreuzigte sich. Narwa musste schmunzeln. Er konnte sich vorstellen, was in dem jungen Mann vorging. Der Deutsche Orden war in Osteuropa nicht gerade ein Sympathieträger.

»Hat Euch Euer Vorsteher gesagt, dass uns Gefahr droht? Und dass ich von einer paramilitärischen Einheit verfolgt werde?«

»Keine Sorge, das Kloster war immer schon wehrhaft. Habt Ihr in den Wehrgängen unsere ›holländischen Mütterchen‹ gesehen? 90 Kanonen haben wir hier.«

»Bruder Jakow, ich fürchte, dass das ...«

»Keine Sorge, das war nur ein Spaß. Oder zumindest ein halber. Wir sind zwar Mönche, aber wir wissen um die Notwendigkeit der Verteidigung. Einige der ersten Brüder, die nach 1991 wieder hierherkamen, waren Afghanistan-Veteranen. Später stießen immer wieder ehemalige Armee-Angehörige zu uns ...«

»Na gut, wir werden sehen ... Aber wenn meine Mission hier beendet sein wird, werde ich unbemerkt von der Insel verschwinden und dann möglichst rasch nach Moskau gelangen müssen. Wie stelle ich das am besten an?«

»Ich werde darüber nachdenken.«

Die beiden Männer waren um das Kloster herumgegangen und hatten den Nikolaiturm an der Südspitze passiert. Von hier aus sah man die grandiose Lage des Klosters auf der engen Landzunge zwischen dem Golf von Fortuna und dem Heiligen See. Aber Jakow schlug den Weg zur Ostküste des Eilands ein.

»Ah, Jakow, wer ist denn der schmucke Mann neben Dir. Stell ihn mir doch vor!«

Sie hatten eine ungepflegte Holzbaracke passiert und ein spindeldürres Mädchen war herausgesprungen. Neben ihr schliefen in verrosteten Campingstühlen zwei Halbstarke ihren Rausch aus.

»Beachtet sie nicht, mein Herr. Hier wohnen die *Alkaschen*, jugendliche Säufer, und das Mädchen ist eine *Bijad*, eine von den Dorfhuren.«

»Sie scheint Euch gut zu kennen.«

Jakow errötete leicht.

»Nun ja, auch Sie ist eine von Gottes Kindern ...«

»Jakow, komm doch zu uns. Trinkt mit uns. Weiß Du noch ...?«

»Mach, dass Du fort kommst, Sonja. Besuche lieber nachher die Messe, die Kirche ist der einzige Ort, an dem ich Dich gerne sehe!«

Nach einigen Minuten waren sie am Ostufer angekommen. Dort erstreckte sich ein künstlicher, aus Steinen errichteter Damm von 500 Meter Länge zur nahe gelegenen Muksalma-Insel.

»Diesen Damm haben Mönche im 19. Jahrhundert errichtet, eine gewaltige Arbeit ...«

»Sagt Jakow, wohin bringst Du mich?«

»Wisst Ihr, die Anlage von Solowezki besteht nicht nur aus dem großen Kloster. Auf den sechs Inseln gab und gibt es noch unzählige weitere Orte, auf denen Mönche leben, einzeln als Eremiten oder gemeinsam in kleinen *Skiti*. Manche glauben, dass die Bequemlichkeit des Großklosters sie verderben würde und Sie so näher an Gott wären. Aber es gibt auch noch einen anderen Grund. Die Erbauer des Klosters waren davon überzeugt, auf den Inseln ein neues Heiliges Land gefunden zu haben. So entspricht etwa der Längengrad von Solowezki dem von Palästina. Unser Kloster wurde als ein Abbild von Jerusalem geschaffen. Die Mönche waren glücklich, als sie auf den Inseln drei Anhöhen fanden, die in ihrer Lage zum Kloster dem der drei zentralen Anhöhen zu Jerusalem aus der Passion Christi entsprachen. Auf Solowezki selbst der Berg Sekira, auf dem wir an die Auferstehung erinnern, auf der nördlichen Insel Anser der Golgatha-Berg, der an die Kreuzigung gemahnt. Und hier, auf Muksalma, steht der Berg Tabor, der Ort der Verklärung unseres Herrn. Dies ist für uns ein sehr heiliger Ort, nicht nur heute, wenn wir das *Metamorphosis*-Fest begehen. Wir feiern den Tag über mit den Gläubigen in der Verklärungskathedrale im Kloster, aber in der Nacht wandern die Mönche zur Weißen Kapelle auf den Berg Tabor, um hier den Aufgang der Sonne zu erleben und im Gebet des ›unerschaffenen Lichtes‹ ansichtig zu werden.«

»Und Bruder Fjodor, er lebt dort?«

»Ja, er lebt dort als Eremit. Er ist der Hüter des Lichts.«

*

Bald hatten sie auch diese Insel durchquert. Sie war kaum bewohnt. Einst waren hier Rinder gehalten worden, aber außer saftigen Weiden und einigen verfallenen Ställen erinnerte nichts mehr daran. Die Anhöhe, auf der die Kapelle stand, mochte gerade einmal fünfzig Meter hoch sein. Durch einen kleinen Wald, dessen Wege durch dichtes Heidelbeergestrüpp nahezu zugewachsen waren, erreichten sie eine kleine Holztreppe. An deren Ende fanden sie ein Glockenspiel. Etwas beklommen schüttelte Narwa leicht daran.

»Fester, fester«, ermunterte ihn Bruder Jakow, »wie soll er uns sonst hören?«

Nachdem sie ein paarmal feste geläutet hatten, löste sich aus einem Gehölz zur rechten Seite der Kapelle eine Gestalt. Es war ein kleiner, sehr alter Mann mit mächtigem Bart. Im Gegensatz zum schwarzen Talar des Novizen war das Gewand des Alten ganz in Weiß gehalten.

»Ich weiß, Jakow, ich sollte nicht mein weißes Gewand tragen, wenn ich in den Wald gehe, aber ich hatte solchen Hunger nach ein paar Pilzen.«

Die Ankömmlinge schmunzelten.

»Fedja, ich habe Dir jemanden mitgebracht. Vater Igor schickt ihn.«

Der Novize trat nahe an den alten Mann heran und flüsterte ihm einige Sätze ins Ohr. Dann trat er zurück und verabschiedete sich.

»In zwei Stunden hole ich Sie wieder ab. Bis dahin habe ich etwas zu unserer Sicherheit vorzubereiten, wenn ich das richtig verstanden habe ...«

Bruder Fjodor sah Narwa an, nickte und nahm ihn an der Hand.

»Dann kommen Sie einmal mit.«

Er führte Narwa im Halbkreis um die Kapelle herum. Die Baumkronen lichteten sich, und zu Narwas Verblüffung öffnete sich eine kleine Terrasse über einem Abhang, der steil ins Meer abfiel. Die Terrasse bot Platz für zwei überdachte Holzbänke, von denen sich ein traumhafter Blick über das Weiße Meer bot. Der Mönch registrierte Narwas Verwunderung.

»Sind Sie überrascht? Glauben Sie, dass Eremiten das Gespräch mit Gott nur in feuchten, dunklen Höhlen suchen?«

»Ja, ich wusste nicht, dass Sie an einem solchen traumhaft schönen Ort leben.«

»Traumhaft schön ... gewiss. Bruder Jakow hat Ihnen von unseren drei Türmen berichtet, nehme ich an. Wissen Sie, hier auf Muksalma befand sich zur Zeit des Großen Terrors das Lager der Kanibalinnen, Frauen aus der Ukraine, von denen es hieß, dass sie während der unvorstellbaren Hungersnöte der Dreißigerjahre ihre Kinder aufgegessen hätten. Auf dem Sekirnaja Gora, wo unsere Himmelfahrtskirche steht, wurden die Erschießungen auf Solowezki ausgeführt. Dort starben fast 30.000 Menschen. Und auf Anser, an dem Ort, wo unser Golgatha steht, sind Dinge geschehen, über die wir immer noch nicht sprechen können. Kein Besucher darf aus diesem Grund die Insel betreten ... In Ihrem Land hat ein Dichter einmal geschrieben: ›Das Schöne ist nichts als des Schrecklichen Anfang‹. Das ist sehr deutsch, aber an diesem Ort muss ich oft daran denken.«

»Liegt es an dieser Nähe zu Tod und Offenbarung, dass Sie sich hier niedergelassen haben?«

»Wissen Sie, ich bin als Starez durch ganz Russland gezogen. Ich habe furchtbare Dinge gesehen, ich weiß, welcher Abgrund der Mensch ist – und ich habe ihn doch nie wirklich verstanden. Und so ist es mit diesem ganzen wunderbaren, furchterregenden Land. Aber diese Inseln, Solowezki, sie sind die Essenz Russlands ... Ihr Name ist Wolfgang Narwa, nicht wahr?«

Narwa nickte.

»Ein Junge, dem ich für eine Zeit lang ein Lehrer sein durfte, hat Ihren Namen oft genannt, in Fieberträumen und im Delirium hat er ihn geschrien und gestammelt, nicht nur diesen Namen, auch andere, auch den Namen einer Frau ... aber je mehr ich mich um ihn kümmerte, desto weniger hat er geträumt. Ich dachte, dass ich ihm einen Weg zu Gott aufgezeigt hätte. Aber dann hörte ich nach einigen Jahren, dass er in Moskau angekommen sei, und es gab sonderliche Gerüchte über ihn. Zunächst dachte ich nur, dass er sich mit den falschen Menschen umgeben hatte, aber bald begriff ich. Ich hatte ihn gelehrt, dass der Weg zu Gott, der Weg hinauf auf der Himmelsleiter, in dieser Welt einen Weg ›hinab‹ bedeutet, in Besitzlosigkeit und Demut. Er ist stattdessen den Weg ›hinauf‹ in dieser Welt gegangen, zum Schaden unserer Kirche, zum Schaden seiner Seele ... Und nun, nun sind Sie hier.«

Narwa begann zu erzählen, von Friedberg, vom Orden, von der Schatulle aus Kiew, vom Pakt der Moskauer Orthodoxie mit der extremen Rechten und den Ankündigungen des Moskauer Konzils. Bruder Fjodor hörte aufmerksam zu. Als Narwa an sein Ende gekommen war, nickte er bloß.

»Sie wissen, dass wir heute das Fest der Verklärung unseres Herrn feiern? Ich vermute, dass Sie nicht die Zeit haben, es mit uns gemeinsam zu begehen. Aber ich möchte Ihnen doch die Gelegenheit geben, sich mit mir darauf vorzubereiten.«

Er winkte Narwa aufzustehen und führte ihn an den Eingang der Kapelle. Er öffnete die Tür, betrat mit ihm einen nahezu dunklen, nur durch zahlreiche Kerzen erleuchteten Raum und bedeutete ihm, sich auf eine Holzbank vor die Altarschranke zu setzen.

»Kennen Sie den wichtigsten Unterschied zwischen West- und Ostkirche?« hörte Narwa ihn noch sagen. »Wir beten mit offenen Augen.«

Dann verschwand der Mönch. Es war vollkommen still geworden.

Narwa blickte sich um. Es war ein schmuckloser Raum, an vielen Stellen bröckelte die weiße Farbe von den ursprünglich dunkelroten Ziegeln. Es duftete intensiv nach Weihrauch. Auch die Wand vor ihm, die Ikonostase, war nüchtern, gerade einmal drei Ikonen konnte er in dem dunklen Holz ausmachen. Er trat näher. Zur Linken sah er eine Abbildung Marias mit dem Kind, zur Rechten einen Heiligen Georg und in der Mitte ein Bild von der Verklärung Christi. Er bemerkte sofort, dass er es mit künstlerisch sehr hochwertigen Darstellungen zu tun hatte. Er wusste, dass Solowezki für seine Ikonenschule berühmt war, und wie umgekehrt auch jahrhundertelang beste Exemplare aus Moskau immer wieder der Insel gespendet wurden.

Aber im gleichen Augenblick trat das künstlerische Wissen völlig hinter die Bedeutung dessen zurück, was er eigentlich sah. Er sah eine Mutter Gottes der Zärtlichkeit, umhüllt von unsäglicher Schwermut und verdecktem Schmerz. Kaum eine Spur von Stolz war in ihrem Gesicht, alles schien vielmehr ein Spiegel der Worte aus dem Lukas-Evangelium: »Es wird ein Zeichen sein, dem widersprochen wird ... Dir selbst aber wird ein Schwert durch die Seele dringen.« Und der Georg war nicht der kühne Reiter, der auf dem Pferd sitzend triumphierend den Drachen besiegt, sondern ein stoischer, einsamer Soldat, auf seinen mächtigen Schild gestützt, eine unergründlich asketische Melancholie in den Augen, beinahe eine leichte Bitternis. Und zwischen diesen beiden dennoch diese Verklärung, im goldenen Licht des Tabor: die Gottseligkeit innerer Ruhe des verwandelten Christus auf der einen und die markerschütternde Bestürzung seiner Begleiter, der Apostel Petrus, Johannes und Jakob auf der anderen Seite. Für den Moment eines Lidschlags ging Narwa etwas auf in dem, was er sah. Der schockartige Einbruch der Ewigkeit in die Zeit. Einen Spalt breit öffnete sich der Blick in eine verklärte Welt.

Es mochte etwa eine Stunde vergangen sein, als er wieder ins Freie trat. Bruder Fjodor wartete bereits auf ihn. Narwa setzte sich neben ihn auf die Bank und blickte aufs Meer. Mehrere Minuten schwieg er. Schließlich sprach er leise: »Ich habe Dich mit den Ohren gehört, aber nun hat Dich mein Auge gesehen.«

Der Mönch nickte und stand auf. Er reichte Narwa die Schatulle.

»Unsere Kirche, mein Bruder, ist nicht die Kirche Moskaus, sie ist eine Kirche des Friedens. Unser Licht strahlt über allen, wir reichen den Kelch an Orthodoxe wie für Heterodoxe. Auch für die, die abseits des Wegs geboren wurden, ja selbst für die Gläubigen ohne Kirche. Wir sind nicht die Kirche derer, die ins Verderben stürzen, wir sind die Kirche der nicht untergehenden Sonne. Bitte, halten Sie Bruder Andreij auf!«

30. Verrat

Areviks Freunde hatten den ganzen Abend und die ganze Nacht im Netz recherchiert und miteinander diskutiert. Alexander hatte nicht viel von ihren Gesprächen verstanden, und irgendwann war er einfach in einer Ecke eingeschlafen.

Am nächsten Morgen fühlte er eine Hand, die über sein Haar strich, und er schreckte auf. Es war Arevik.

»He, Du Langschläfer. Es wird Zeit.«

»Ja, natürlich, ich komme«, stotterte er schlaftrunken.

Er trat in die Mitte des Raumes. Dort war ein großer Monitor aufgebaut, und die Digger saßen im Halbkreis drum herum.

»Valerij wird für Dich zusammenfassen, was wir über den unterirdischen Kreml wissen, und welche Möglichkeiten wir haben.«

»Ja, gut, dann bin ich dran ...«

Valerij nahm einen Schemel und platzierte sich vor den Rechner. Mit ein paar Mausklicks hatte er eine 3D-Simulation des alten Stadtviertels *Kitaj Gorod* aufgerufen, an dessen westlichem Rand der Kreml lag. Alexander begriff, dass mit violetter Farbe die oberirdischen Gebäude gekennzeichnet waren, während gelb, grün und grau für den Untergrund verwendet wurde: Gelb für offizielle Anlagen wie die U-Bahn-Linien, öffentlich ausgewiesene Bunker und private Kelleranlagen. Mit Grün schienen die von den Diggern erforschten geheimen Anlagen markiert zu sein. Grau schraffiert waren fragliche Bereiche, die unbekannten und unzugänglichen Zonen des Untergrunds.

»Der Kreml ... er ist eines der am besten bewachten und doch unerforschtesten Regierungsgebäude der Welt. Die Tatsache, dass es einen gewaltigen unerforschten Komplex gibt, den man den unterirdischen Kreml nennt, und von dem, wenn überhaupt, nur sehr wenig Menschen Kenntnis haben, und dann auch nur von Teilen dieses Komplexes, liegt sowohl an geografischen als auch an historischen Gründen. Die alte Festung Moskaus, der Holzkreml, lag auf einem hohen und wasserlosen Plateau. Als im 14. Jahrhundert der steinerne Kreml gebaut wurde, gab es keine Nachrichten über unterirdische Anlagen, aber es gab gewiss schon in früher Zeit Wassertunnel zur Moskwa und ihrem Nebenfluss, der Neglinka.

Spannend wurde es aber erst unter Iwan III. Der baute aus Angst vor den Tataren den Kreml mit Hilfe von italienischen Baumeistern zur Festung aus. Und ein zentraler Punkt der Planung waren die unterirdischen Verteidigungsanlagen, denn die Stadt sollte auch monatelange Belagerungen überstehen. Das war total der Hammer: Iwan ließ neben der gewaltigen Steinmauer zwanzig Türme erbauen unter denen es jeweils große Keller gab, die während einer Belagerung zur Vorratsspeicherung verwendet werden konnten. Manche von ihnen hatten nach außen führende Tunnel, die die Verteidiger nutzen konnten, um Nachrichten, Munition oder Nahrung entgegenzunehmen, oder für Ausfälle gegen die Belagerer, sowie eigene Brunnen und Zisternen zur Trinkwasserversorgung. Noch wichtiger waren allerdings die Durchgänge unter den Mauern. Das waren Horchgänge, die man auch ›Ohren‹ nannte, weil sie benutzt wurden, um von innen eventuelle Grabungen des Feindes oder Vorbereitungen für Mauersprengungen aufzuspüren. Später dienten die dann als Kerker. Daneben gab es noch viele weitere Verbindungsgänge zwischen einzelnen Gebäuden des Kreml, Kammern für die Aufbewahrung des Staatsschatzes sowie Munitions- und Lebensmitteldepots.

Unter Iwan dem Schrecklichen wurden dann auch Gänge zum Moskauer Palast seiner Leibgarde, der *Oprischniki*, angelegt, ja sogar Gänge, die aus Moskau herausführten. Damals entstanden Gerüchte, dass die Gänge bis ins Kiewer Höhlenkloster reichen sollten, was natürlich Unsinn ist.

Wie auch immer. Fast in jedem Fall fehlen schriftliche Quellen. Die unterirdischen Geheimnisse der Moskauer Festung kannten nur wenige Menschen und wurden in besonderen Familien von Generation zu Generation weitergegeben. Wir wissen, dass die meisten dieser Anlagen noch existieren, denn Stalin ließ 1933 Archäologen nach dem Gold der Zaren graben, und sie stießen auf eine Unmenge alter unterirdischer Anlagen. Allerdings waren die meisten unterirdischen Gänge durch Erosion und Deckeneinbrüche entweder blockiert oder ganz zerstört, was die Suche äußerst langwierig gestaltete. Schließlich brach Stalin die Suche ab, da ihm die Freilegung immer neuer Gänge unter seiner Machtzentrale nicht geheuer war.

Dabei war er es, bei dem sich die Furcht der beiden Iwans vor äußeren Feinden zur Paranoia auswuchs. 1941, nachdem er bei den ersten Bombenangriffen auf Moskau in einem Schutzraum einer Metrostation ausharren musste, ließ er unter strengsten Sicherheitsmaßnahmen einen eigenen Kreml-Bunker anlegen. Das ist bis heute wohl das geheimste Objekt Russlands, über ihn existieren keinerlei schriftliche Quellen. Es heißt aber, dass der Bunker Stalins oberirdischem Arbeitszimmer im Kreml, dem sogenannten Kleinen Eck, nachempfunden worden sein. Es gab eine Menge Gerüchte. Der Bunker sollte an eine geheime U-Bahn-Linie angebunden sein, die den Kreml unter anderem mit der Lubjanka und

Stalins Datscha in Kunzewo verband, wo die Sitzungen des Verteidigungsrates abgehalten wurden.

Es gab immer wieder Hinweise, dass diese Linien nach Stalins Tod noch beträchtlich erweitert wurden. Wie auch immer, jedenfalls hatte das amerikanische Verteidigungsministerium 1991, nach dem gescheiterten Putsch gegen Gorbatschow, eine Studie mit dem Titel *Military Forces in Transition* in Auftrag gegeben. Befreundete Informatiker haben diese Studie hacken und uns zuspielen können. Für uns war das eine Offenbarung, denn sie enthielt einen Lageplan von drei Geheimlinien, die sternförmig von einer direkt unter dem Kreml liegenden Metrostation wegführen und die Machtzentrale mit zahlreichen strategischen Objekten außerhalb Moskaus verbinden, wie den Regierungsflughafen Moskau-Wnukowo, die Bunker des Generalstabs und die Kommandozentrale der russischen Luftabwehr. Für die Amerikaner gab es keinen Zweifel daran, dass die unterirdischen Anlagen für die UdSSR das letzte Verteidigungsbollwerk im atomaren Ernstfall darstellten, und es daher in Moskau mehrere bedeutende, tief unter der Erde liegende Kommandopunkte geben muss, deren wichtigster wiederum unter dem Kreml liegt, in einer geschätzten Tiefe von 200 bis 300 Metern.«

»Wow ... und jetzt? Ich meine, wie kommen wir da rein?«

»Nun ja, wir sind nicht die Ersten, die den Zugang zum unterirdischen Kreml suchen. Ich meine, wenn man ein echter Hardcore-Digger ist, will man da einfach rein. Das wäre der ultimative Kick ... Der Zugang zur geheimen Metro ist wohl, darüber ist sich die Szene einig, nicht irgendwo im öffentlichen Raum. Die Zugänge befinden sich mit Sicherheit in ausgesuchten Verwaltungsgebäuden. Und das sind Gebäude, da spazierst Du nicht einfach hinein, Bruder!«

»Aber es gibt zwei Punkte, wo wir im Vorteil sind. Wir kennen einen Übergang zur Lubjanka, die offenkundig an das Kreml-System angebunden ist ... Und dann sieht es so aus, als ob sich FSB und GRU im Krieg miteinander befänden. Das dürfte doch einige Auswirkungen auf die Sicherung der Zugänge haben.«

»Respekt, Alter, das ist genau der Punkt. Vermutlich sind die 24 oder 48 Stunden der Verwirrung, die der Konflikt zwischen den Diensten mit sich bringt, die einmalige Chance, das Sicherheitssystem der unterirdischen Anlagen zu überwinden. Aber selbst wenn wir uns in diesen Tunneln an den Kreml ein gutes Stück heranarbeiten können, das letzte Stück des Weges wird über die erschlossenen Wege zu gefährlich sein. Dann müssen wir einen Weg durch die unerforschten und verschütteten Gänge und Höhlen des mittelalterlichen Moskaus finden. Anders wird es nicht gehen ...«

»Na, dann los, aber vielleicht hat vorher jemand einen starken Kaffee für mich ...?«

*

Sie beschlossen, in einer Fünfer-Gruppe aufzubrechen. Zu Valerij und Arevik kamen noch die Iwan und Darja hinzu, beides fast noch Jugendliche. Brandt staunte über die professionelle Ausrüstung der Digger und wehrte sich nicht dagegen, dass Arevik ihn wie ein Kleinkind von der Neopren-Unterwäche bis zum Schlatz, dem robusten Overall der Höhlenforscher, neu einkleidete. Sie legte ihm Knie- und Ellbogenschoner an, setzte ihm einen Steinschlaghelm mit festmontierter LED-Stirnlampe auf und prüfte seinen wasserdichten Packsack mit der Notfallausrüstung auf guten Halt.

Die Übrigen ergänzten ihre Ausrüstung um allerlei Seile, Karabiner und Steigklemmen, um Hämmer, Klappspaten, einen massiven Schlagbohrer und eine Höhlenleiter. Valerij montierte neben seine LED-Lampe eine GoPro-Helmkamera. Schließlich winkte er Alexander zu sich und drückte ihm einen kleinen Kasten in die Hand.

»Das ist ein Cave-Link, damit werden wir untereinander Kontakt halten, falls wir uns trennen sollten. Damit kann man verschiedene Daten messen und Kurzmitteilungen schreiben. Das Ding nutzt kein Handynetz, sondern den Erdmagnetismus. Dazu muss man nur an zwei Stellen jeweils über eine Elektrode etwas Strom in den Fels einspeisen.«

»Du meinst, damit kann uns niemand orten?«

»Nein, das ist abhörsicher – und ein Netz gibt es hier unten sowieso nicht. Und dazu gehört noch das hier«, Valerij zeigte auf einen schwarzen Kasten, der an ein Kabel angeschlossen war, »das ist ein Horn. Falls mal einer verloren geht. Wird richtig laut!«

In nur wenigen Minuten war Brandt eingewiesen. Und schon ging es los. Diesmal aber nicht als Flucht, sondern als wohlgeordnete, überlegte Expedition. Das gab Alexander die Gelegenheit, über die bizarre Schönheit dieser unendlichen Fluchten unterirdischer Gänge, Höhlen und Treppen nachzudenken. Er konnte sich gut vorstellen, dass diese Unterwelt, in denen sich Mittelalter und Kalter Krieg unvermittelt abwechselten, ein Paradies der Archäologen war und das El Dorado einer Partyszene, denen der sowjetische Retro-Chic einen historisch-ästhetischen Kick bereitet. Er dagegen wähnte sich eher in die Fieberträume von Piranesis monumentalen Kerkerruinen versetzt oder in die dunkel-lockenden Bergwerke der Romantik.

Die Digger hatten sehr sorgfältig den Plan studiert, den Alexander von Jurij erhalten hatte. Es war nur ein kleiner Ausschnitt des Lubjanka- und Milyutinsky-Systems, aber er enthielt für sie einige zentrale Informationen. Natürlich wussten sie um das Risiko, dass die Geheimdienste den Bereich um den Übergang des Lubjanka-Gefängnisses und des Höhlensystems untersuchen würden. Zudem waren sie in Sorge, weil es seit Alexanders Flucht nur wenige Nachrichten von den Gefangenen der Lubjanka gegeben hatte. Aber sie hatten keine andere Wahl. Sie beschlossen, zunächst wieder zurück in Richtung des unterirdischen Flusses zu gehen, um diesen in Richtung Kreml zu folgen. Es war bekannt, dass der Lauf des Flusses in diese Richtung durch eine dichte Folge schwerer Gitteranlagen geschützt war, die nicht zu überwinden war. Aber der Plan verzeichnete an einer Stelle, die sie nicht kannten, eine markant hervorgehobene Abzweigung. Die wollten sie sich näher anschauen.

Der Weg war schwerer als erwartet. Zudem mussten alle Streckenabschnitte in diesem Areal zunächst erkundet und gesichert werden, bevor die ganze Gruppe folgen konnte. Dann kam das erste schwere Hindernis: Die Neglinka wurde für einen Abschnitt kurz vor der erwarteten Abzweigung durch eine enge Betonröhre geleitet. Die Gruppe musste sich anseilen, um gegen die brusthohe, heftige Strömung gesichert zu sein. Aber dann öffnete sich ein gewaltiges ziegelsteinernes Gewölbe. Die Fünf kletterten erschöpft auf ein breites Ufer, das sich von hier aus beidseitig des Flusses erstreckte. Und zur Linken sahen sie ihn auch schon, etwa einem Meter über dem Ufer-Niveau, einen mächtigen Gang, mit einem Gewölbe wie aus einer romanischen Kirche mit geraden, engen Wänden und hohen Rundbögen. Alexander spürte, dass eine große Erleichterung unter der Gruppe herrschte. Einige klatschten sich bereits ab. Was immer der Trip auch bringen würde, für die Digger hatte es sich bereits gelohnt.

An dieser Stelle brach aber auch der Plan ab, nun ging es durch unbekanntes Gelände. In Areviks Gesicht konnte Alexander vor allem Besorgnis lesen. Sie näherten sich der Kreml-Mauer jetzt zwischen Erlöser- und Zarenturm, also etwa auf der Höhe der Basiliuskathedrale. Das war ein Bereich, auf dem die Sicherheitseinrichtungen des FSB deutlich verstärkt waren. Zunächst kamen sie aber ein gutes Stück schnell voran. Bis sie auf einmal in einer mächtigen Halle standen, die auf einer Tiefe von drei Metern nahezu vollständig mit Wasser gefüllt war. Mächtige Säulen trugen in drei Reihen das gewaltige Gewölbe. Weiter ging es nicht. Sie steckten in einer Sackgasse.

Mutlos ließen sie sich am Rand des Wasserbeckens nieder.

»Machen wir erst einmal hier eine kurze Mittagspause.«

»Was ist das hier?«

»Das scheint eine Zisterne zu sein, ein jahrhundertealter Wasserspeicher.«

»Hm, zumindest scheinen wir hier sicher zu sein ... Aber trotzdem, es wäre besser, wenn Iwan und Darja noch einmal ausschwärmten und uns den Rücken decken würden.«

Brandt ging am Beckenrand der Zisterne auf und ab. Schließlich trat er an die Stelle, an der sie in die Halle hineingekommen waren und kniete nieder. Mit einem Taschenmesser schabte er an den Ziegelsteinen von Boden und Wand. Die anderen sahen ihm verständnislos zu.

Schließlich kam Arevik zu ihm.

»Was machst Du da?«

»Ich weiß nicht, aber diese Zisterne macht keinen Sinn. Die ist doch außerhalb der Kremlmauer. Warum sollte jemand einen Wasservorrat für seine möglichen Belagerer anlegen. Und siehst Du ...«, er deutete auf eine Stelle in etwa zehn Zentimeter Höhe an der Wand und eine weitere, die etwa einen halben Meter hoch war. »Hier unten war es einmal sehr feucht und hier oben deutlich trockener. Das Wasser muss hier entlang geflossen sein. Aber zu welchem Zweck?«

»Vielleicht eine Überschwemmung?«

»Vielleicht, vielleicht wurde das Wasser aber auch absichtlich abgelassen.«

»Du meinst, das Ganze ist Teil der Verteidigungsanlage?«

Bevor Alexander antworten konnte, kam Darja wieder zurück.

»Wir bekommen Besuch, mein Cave-Link hat regelmäßige Erschütterungen aufgezeichnet, die auf etwa fünf Leute hindeuten.«

»Und was jetzt?«

Alexander starrte in das Wasser. Viel war nicht zu sehen. Es schien alles ganz regelmäßig. Auch Arevik richtete ihre Stirnlampe auf das Becken. Aufgeschreckt zappelten ein paar kleine schlohweiße Fische in alle Richtungen.

»Wir müssen uns beeilen, die Männer haben uns bald erreicht!«

»Wartet!«

Arevik begann, sich bis auf ihre Unterwäsche auszuziehen.

»Wo es Fische gibt, gibt es einen Zufluss ...«

Ohne einen Laut zu produzieren, glitt sie in das kalte Wasser. Sie tauchte am Beckenrand entlang und kam nur mehrmals an die Oberfläche, um Luft zu schnappen. Auf einmal schien sie etwas gefunden zu haben. Es war an einer der Säulenbasen, die das zentrale Gewölbe trugen. Nach wenigen Augenblicken war sie wieder bei den Freunden.

»Dort ist der Zufluss, aber ist sehr schmal, da kommen wir nicht durch. Aber es gibt dort noch etwas, eine Art Mechanismus, einer von Euch muss mir helfen!«

Im Nu war auch Valerij im Wasser, und nach wenigen Sekunden hatten sie die Säule erreicht. Sie tauchten gemeinsam und schienen an etwas zu rütteln. Vergeblich.

Valerij tauchte mit hochrotem Kopf auf. »Einen Hammer, wir brauchen einen Hammer!«

Alexander warf ihm einen schweren Vorschlaghammer aus ihrer Ausrüstung zu. Gebannt verfolgte er gemeinsam mit Darja und Iwan die Arbeit der beiden Taucher. Das Wasser bremste deren Schlagbewegungen mächtig ab, und so schien es zunächst, als ob die Schläge keinerlei Wirkung hätten. Mit einem Mal aber ertönte tief unter ihnen ein Geräusch wie ein tiefes Seufzen. Es folgte eine kurze, aber schwere Erschütterung, die den Boden beben ließ.

»Kommt raus aus dem Wasser«, rief Alexander den beiden zu.

Tatsächlich begann sich aus dem Grund der Zisterne etwas zu lösen. Zunächst ging es wie in Zeitlupe, aber dann brach aus dem Untergrund etwas wie ein steinerner Turm senkrecht in die Höhe. An diesem Turm war ein hölzerner Mechanismus angebracht, der sich nach nur wenigen Augenblicken in Bewegung setzte. Über zahlreiche Schöpfräder wurde das Wasser der Zisterne ausgepumpt und über ein Röhrensystem in Richtung Ausgang gegossen.

»Das ist eine Wasserkunst«, schrie Alexander in den gewaltigen Lärm, den der Mechanismus verursachte. »Damit wurden früher Höhenunterschiede in der Wasserversorgung überbrückt. Ich kenne das aus dem Bergbau.«

»Und seht her«, rief Arevik, »da scheint ein Durchgang zu sein.«

Tatsächlich konnte man an einer Beckenseite nun den feinen Umriss einer Tür erkennen. Da das Wasser nun fast vollständig aus der Zisterne abgepumpt war, sammelten die Freunde ihr Material und die Vorräte ein und kletterten auf den Beckengrund. Durch zwei gezielte Stößen mit dem Schlagbohrer öffneten sie den Durchgang. Die Ziegelsteinmauer bestand an dieser Stelle nur aus einer dünnen Blende vor einer schweren, geöffneten Eisentür. Sie zwängten sich in Windeseile hindurch und standen auf einer etwa zwei Quadratmeter großen Galerie mit einem schmalen Geländer. Wieder war es stockfinster. Von innen war die Tür durch eine ganze Reihe schwerer Metallriegel zu sichern.

»Hier hat sich jemand eine Menge Gedanken gemacht«, murmelte Alexander, während Valerij und Iwan den Zugang verrammelten.

»Tja, und hoffentlich geht es jetzt in die richtige Richtung, denn zurück können wir nicht mehr.«

»Nun, die Richtung ist jedenfalls klar.« Arevik drehte sich einmal mit ihrer Stirnleuchte um sich selbst, schaute dann nach oben und schließlich hinab. »Es geht abwärts.« Ihre Lampe erleuchtete ein U-förmiges Treppensystem, das sich in einen unabsehbaren Abgrund erstreckte.

»Na dann mal los ...«

*

Ein Stockwerk nach dem anderen ging es in die Tiefe. Auf den ersten drei Ebenen war jeder Zugang verschüttet, beim vierten versuchten sie sich durch eine eingestürzte Decke hindurchzuarbeiten, mussten aber schließlich aufgeben. Erst im fünften und untersten Geschoss gab es einen schmalen Durchgang. Keiner von ihnen sah besonders glücklich aus, als sie sich durch einen etwa zwanzig Meter langen und circa einen halben Meter breiten, stark erodierten Abschnitt hindurchrobben mussten. Alexander versuchte mit aller Macht, seine Platzangst zu bekämpfen. Dicke Schweißperlen standen auf seiner Stirn, und er war kreidebleich geworden. Wann immer es ging, versuchte Arevik, die hinter ihm blieb, seinen Fußknöchel zu berühren, um ihn zu beruhigen. Schließlich gelangten sie in eine hohe Kasematte. Jetzt waren sie sicher, dass sie tatsächlich innerhalb des Kremls waren, denn dies waren Verteidigungsgewölbe im Innern einer Festung, nicht außerhalb. Erleichtert fielen sie sich um den Hals.

Valerij faltete ein Stück Papier auseinander. »Das hier ist ein Plan des Kreml. Nach meinen Berechnungen müssten wir etwa hier sein, unterhalb des Tainitzky-Gartens.« Er deutete auf das Stück Papier. »Dann müssen wir uns möglichst in nordwestlicher Richtung halten, um in die Nähe des Senats zu gelangen.«

Alexander nickte. Er wusste, dass der Kreml beinahe 30 Hektar umfasste. Schloss man die touristisch zugänglichen Gebäude aus, blieben das Arsenal, die Präsidialverwaltung und der Senatspalast. Letztere war vermutlich der wahrscheinlichste Ort, wo sie Julia festhielten. Hier befand sich unter anderem der Amtssitz des russischen Präsidenten, schon Stalin hatte hier sein Arbeitszimmer. Es gab Anzeichen dafür, dass sich der Kremlbunker direkt unterhalb des Senats befinden musste. Die Nadel im Heuhaufen, aber was blieb ihnen übrig?

»Unsere Überlegung ist«, wandte sich Valerij an Alexander, »dass wir über alte Versorgungsgänge des ehemaligen Tschudow-Klosters zu einem Übergang in den Kreml-Bunker kommen. Das Tschudow-Kloster war eines der ältesten Moskauer Männerklöster gewesen, aber es wurde 1929 für die Präsidialverwaltung zerstört. Die Wirtschaftsgebäude des Klosters mussten sogar schon im 18. Jahrhundert Platz für den Senatspalast machen. Aber gerade hier, vermuten wir, wird es am leichtesten sein, hineinzukommen. Denn in den Dreißigerjahren wird man den Zugang zu den Kelleranlagen systematisch zerstört haben. Im 18. Jahrhundert vielleicht etwas nachlässiger.«

Das klang plausibel, und Alexander fasste wieder etwas Mut. Tatsächlich aber mündeten die Kasematten nach nur 50 Metern erneut wieder in einem winzigen Durchgang. Doch dieser ging diesmal nach nur wenigen Metern in eine Art unterirdischen Silo über. Auf dem Boden waren Spuren mumifizierten Mäusekots auszumachen. Weiße Markierungen an der Wand sollten vermutlich unterschiedliche Füllhöhen anzeigen. Verschiedene Gegenstände, eine zerstörte Holzleiter sowie hölzerne Schieber und

Schütten lehnten an einer Wand. Alexander blickte nach oben, wo sich ein zylindrischer, mannsbreiter Schacht nach oben öffnete.

Valerij grinste. »Tja, da geht's jetzt hoch.«

Alexander schüttelte den Kopf. Klettern war nicht so sein Ding. Aber von dem, was er in den letzten Tagen erlebt hatte, war eigentlich fast gar nichts »sein Ding« gewesen.

Tatsächlich begann es einfacher als gedacht. Innerhalb des Schachts waren eiserne Trethaken eingebaut. Iwan brauchte nur wenige Versuche, um ein Seil mit einem schweren Karabiner so hinaufzuwerfen, dass es sich im untersten dieser Haken verfing, und sie mit wenigen Handgriffen ihre Höhlenleiter anbringen konnten. Von der konnten sie sich bis zum Beginn des Schachts hocharbeiten. Im Schacht selbst war das Hochklettern dann kein großes Problem mehr. Valerij begann als erster hinaufzusteigen.

»Siehst Du etwas?«

»Nein, ich sehe kein Ende. Kommt einfach nach.«

Alexander stieg als Vorletzter die baumelnde Leiter hoch, Arevik sicherte das Ende der Gruppe. Keiner sprach ein Wort, als sie einer nach dem anderen in der senkrechten Höhle an der Silodecke verschwanden. Alexander versuchte, nicht nach oben zu blicken und sich nur auf die Haken direkt über ihm zu konzentrieren. Doch er hatte den Eindruck, dass der Tritt immer weicher wurde, je höher sie kamen. Zudem brach immer mehr Schutt und Geröll aus den Fugen. Von oben prasselte es immer stärker auf seinen Kopf. Der Staub mischte sich mit dem Schweiß in seinen Augen zu einer beißenden Brühe.

»Valerij, nicht so schnell, die Haken halten nicht mehr lange.«

»Ja, Du hast Recht, wir sollten uns einseilen.«

Valerij hieb nun in bestimmten Abständen Felshaken als Zwischensicherungen in den Schacht, während sich die ganze Gruppe über Karabiner anseilte. Alexander fühlte sich wieder sicherer. Bei jeder Sprosse, die er sicher erklommen hatte, schweiften seine Gedanken zu den Umarmungen von Arevik. Schließlich hörte er von oben den erlösenden Ausruf: »Hier ist so etwas wie ein Ausgang! Da ist eine Tür aus Holz. Soll ich versuchen, da reinzukommen? Oder wollen wir weiter nach oben?«

Sie einigten sich, es hier zu versuchen. Der Zustand der Wand war immer bedrohlicher geworden. Der Weg nach oben blieb ihnen ja möglicherweise immer noch als Option. Alexander hörte Valerij mit aller Kraft gegen das Holz hämmern, bis es schließlich nachgab.

»Wow, das müsst Ihr Euch ansehen ...«

*

Wenig später standen, oder besser bückten sie sich in einer Puppenstubenausgabe einer großen Saalbibliothek des 16. Jahrhunderts. Eigenartig mischten sich in der Architektur italienische Renaissance mit archaischen russischen Stilelementen. Dabei war der Raum gleichsam nur *en miniature* angelegt. Die fein ziselierten Bücherschränke gingen den Männern nur bis zur Schulter. Die Stuck- und Freskenarbeiten des Deckengewölbes waren wie für ein Puppenhaus gemacht. Nur die Bücher selbst, etwa achthundert mächtige alte Folianten und in Pergament eingebundene Manuskripte, wiesen ein normales Maß auf.

Alexander fühlte, wie ihm der Mund offenstand. »Was, was ist das?« stammelte er.

»Das«, Valerijs Augen leuchteten, »das ist die Bibliothek Iwans des Schrecklichen. Er hatte die Kostbarkeiten vor möglichen Feinden in Sicherheit bringen lassen, und da er selbst in diesem Verließ nicht auf eine repräsentative Umgebung verzichten wollte, hat er anscheinend diese Miniaturausgabe einer Bibliothek anfertigen lassen ... Tja, danach haben sie alle gesucht, seit vielen Hundert Jahren, Rasputin, Stalin, die Akademie der Wissenschaften ... Viele haben vermutet, dass die Bibliothek aufgelöst sei, dass ihre Bestände auf verschiedene Klöster verteilt worden wären. Die Moskauer Digger waren natürlich immer davon überzeugt, dass sie noch in Moskau ist, unentdeckt ... Schau hier.«

Valerij trat an einen Schrank heran und öffnete einen Band, dessen Einband mit zahlreichen Edelsteinen verziert war.

»Dies hier sind Bände, die Sophia Palaiologos, die Ehefrau von Großfürst Iwan III. und Nichte des letzten byzantinischen Kaisers, aus Konstantinopel als Mitgift mitgebracht hatte. Kostbarste Übersetzungen aus dem antiken Rom, hebräische und ägyptische Papyri, geheime Schrifttafeln aus Assyrien. Die Philosophie des Westens und die Magie des Ostens, das ganze Wissen einer untergegangenen Welt.«

»Valerij, es tut mir leid, aber wir haben keine Zeit ... Mach ein paar Aufnahmen und halte die GPS-Daten fest.«

Die Digger fanden den eigentlichen Ausgang verschüttet, und so bereiteten sie sich vor, den letzten Abschnitt des Schachts zu bewältigen. Als sie aus der Bibliothek traten, blickte Alexander sich nach Valerij um. Er sah in das Gesicht eines Mannes, der wusste, dass er das, was er eben gesehen hatte, nie wiedersehen würde.

*

Das letzte Stück des Weges war bald geschafft. Bald öffnete sich ein Übergang zu einem ehemaligen Lagerraum. Dieser war in schlechtem Zustand. Mehrere Wasserschäden hatten den Schimmel wuchern lassen, der Putz bröckelte und selbst die Mauern wiesen starke Erosionsschäden auf. An mehreren Stellen war die Färbung der Wand auffallend blass. Alexander trat einen Schritt näher und rieb seinen Ellbogen dagegen.

»Sehr mal her. Hier hinter ist Beton.«

»Tatsächlich. Wir müssen den Bunker erreicht haben.«

Ihnen allen war klar, dass das an sich noch kein Grund zum Jubeln war. Aber immerhin hatten sie Recht behalten. Die mittelalterliche Befestigung Iwans und der Bunker Stalins hatten ihre unterirdischen Berührungspunkte. Mit ihrem Werkzeug machten sich die Digger daran, die Wand freizulegen. Nach etwa einer Stunde wussten sie, dass sie so nicht weiterkamen. Alexander versuchte, sich an die Anlagen unter der Lubjanka zu erinnern.

»Wenn dieser Bunker den gleichen Aufbau hat, wie der, den ich in der Lubjanka gesehen habe, dann müssen oberhalb der Wände die Lüftungsrohre entlanglaufen. Wenn wir also hier graben«, er wies auf die Kante zwischen Decke und Wand, »müssten wir an diese Rohre rankommen. Vielleicht schaffen wir es dann.«

Der Hinweis elektrisierte die Gruppe. Mit neuer Energie machten sie sich an der Decke zu schaffen – und tatsächlich, nach wenigen Minuten kam das helle Metall des Belüftungssystems zum Vorschein. Mit einer schweren Zange gelang es ihnen, eine Öffnung in das Rohr zu schneiden, durch die sie hindurchpassten.

Zunächst schlüpfte Arevik in die Leitung. Sie sollte mit dem Cave-Link den CO_2-Gehalt ermitteln und mit einem kleinen Bohrer ein Guckloch ins Innere des Bunkers bohren.

»Wir müssen nach links, dort wird der Sauerstoffgehalt größer. Aber es sollte nur einer gehen ... Der Bunker ist in Betrieb, es ist Licht im Gang. Mehrere Leute würde man hören, wenn sie durch die Lüftungsrohre stiegen ... Wartet ein wenig, ich schaue mich mal um.«

Kaum hatte sie geendet, war sie auch schon verschwunden. Meter um Meter schlängelte sie sich durch das Leitungssystem, bemüht, bloß keine Geräusche und Erschütterungen zu erzeugen. Selbst die Stirnlampe hatte sie ausgeschaltet. Mit einiger Mühe prägte sie sich die verschiedenen Abzweigungen ein, die sie genommen hatte. Und als sie vor Müdigkeit kaum mehr weiter konnte, hörte sie mit einem Male Stimmen.

»Meinst Du, das wird noch lange dauern?«

»Nein, kann es eigentlich nicht. Die Zeremonie geht doch in wenigen Stunden los.«

»Na hoffentlich werden wir vorher noch einmal abgelöst!«

Kein Zweifel, das waren Wachsoldaten. Sie schienen vor einer Art Besprechungsraum zu stehen. Mit äußerster Vorsicht bewegte sie sich einige weitere Meter nach vorne und bog dann in eine abzweigende Leitung ein. Und dann hörte sie weitere Stimmen, erst ganz undeutlich, aber dann ganz klar.

»Dann sind wir uns also einig: Das Geschäft mit China geht wie vorgesehen über die Bühne. Der Verkauf von 9 Millionen Hektar Ackerlandflächen der KSG Agro an die Xinjiang Corporation wird dann morgen ratifiziert. Das wäre dann fast die Hälfte Neu-Russlands ...«

»Sollen sich die Chinesen mit den Ukrainern rumschlagen. Leichter kommen wir jedenfalls kaum an so viel Geld ...«

Arevik hörte etwa fünf bis sechs Männer lachen.

»Für heute Abend ist ja wohl alles vorbereitet. Wir müssen nur sehen, dass unser Mönchlein brav seine Rolle spielt und auf keine dummen Gedanken kommt ... Aber nun zum letzten Punkt: der Stand unserer eurasischen Kooperation. Da scheint es ja aus Deutschland ein wenig Störfeuer zu geben. Von Ferdinand von Lodron haben wir leider nichts gehört. Aber glücklicherweise ist ja Genossin Zima in Moskau, und ich habe sie gebeten, dass sie uns einen kurzen Bericht gibt.«

Arevik hörte, wie eine Tür geöffnet und Hacken zusammengeschlagen wurde. Dann hörte sie das Klicken von hohen Absätzen. Und eine markante Frauenstimme. Sie erstarrte. Es war die Stimme von Julia.

31. Camouflage

»Ziehen Sie das an.«

Jakow deutete auf ein paar Kleidungsstücke, die er mitgebracht hatte. Eine abgetragene Mönchskutte, zerschlissene Sandalen, ein schlichtes Holzkreuz an einer Kette.

»Diese Einheit, von der Sie gesprochen haben, ich fürchte, sie ist angekommen ... Wir haben das nicht sogleich bemerkt. Sie hatten sich verteilt und sind zivil auf verschiedenen Schiffen auf der Insel angekommen. Aber einige von ihnen haben angefangen, im Kloster nach Ihnen zu fragen.«

»Und was ist Ihr Plan?«

»Es gibt einen Flughafen auf Solowezki, nur wenige Hundert Meter nordöstlich des Klosters. Von dort gibt es regelmäßige Flüge nach Archangelsk. Wir werden es so aussehen lassen, als würden Sie die nächste Maschine nehmen.«

»Und wie komme *ich* von der Insel?«

»Keine Sorge, es gibt noch einen anderen Weg.«

Narwa blickte Jakow skeptisch an, aber dieser wollte sein kleines Geheimnis sichtlich noch eine Weile für sich behalten. Ebenso wenig aber befragte Jakow Narwa nach der antiken Schatulle, die dieser nun mit sich trug. So schritten sie wortlos den Weg zurück durch die menschenleeren Weiden Muksalmas.

Als sie den Damm erreicht hatten, der das Eiland mit Groß-Solowezki verband, bemerkte Narwa, dass sein Führer zunehmend unruhiger wurde. Und jetzt sah er es auch, die feine, graue Brandwolke aus Richtung Westen.

»Wir müssen uns hier trennen, Narwa. Sie gehen bitte den Weg zurück, den Sie gekommen sind. Nicht weit von hier liegt ein Boot am Ufer. Das ist zu klein, um aufs Weiße Meer rauszufahren, aber ich werde das nehmen und von Norden her versuchen, zum Flughafen zu gelangen. Dort warten einige Brüder auf mich. Sie müssen versuchen, zur Anlegestelle zu kommen. Dort wartet ein Schiff auf Sie, die ›Heiliger Basilius‹, das wird Sie nach Kem bringen. Wenn alles gut geht, werden wir uns am Boot treffen, notfalls in der Stadt. Da gibt es einen Dixie-Supermarkt, am Proletarsky Prospekt. Fragen Sie nach dem Inhaber, der weiß Bescheid. Warten Sie dort noch etwa eine Stunde auf mich. Wenn ich bis dann nicht gekommen bin, müssen Sie versuchen, sich alleine durchschlagen.«

Sie verabschiedeten sich voneinander, und Narwa blickte ihm noch einige Augenblicke nach, bis der Novize hinter einem Schuppen verschwunden war. Beklommen überquerte Narwa den Damm. Mittlerweile lag ein stechender Brandgeruch in der Luft, und je näher er sich dem Kloster näherte, desto dichter wurde die Brandwolke. Es fiel ihm schwer, seinen Gang nicht zu beschleunigen. Der Weg ging an vielen kleinen Seen vorbei, durch waldreiches, gelegentlich hügeliges Gebiet. Der Blick öffnete sich erst, als er das Südufer des Heiligen Sees erreicht hatte.

Von dort aus sah er es sofort. Drei große Andreaskreuze waren vor dem Festungsturm des Klosters errichtet worden. Etwas schien an ihnen festgebunden, denn gelegentlich sah es so aus, als würde dort etwas zucken. Narwa konnte es nicht gut erkennen, denn alle drei Kreuze standen in Flammen. Um sie herum stand eine Gruppe, die Uniform und Waffen trug, ihnen gegenüber, eng aneinander gedrängt, mehrere Mönche. Narwa war zu weit entfernt, um etwas zu hören, aber er sah die hektischen Bewegungen der Uniformierten, das Gefuchtel mit den Waffen. Er versuchte abzuschätzen, ob er es zur Anlegestelle schaffen konnte. Schnell war ihm klar, dass er sich vom Kloster entfernt halten musste. Aber er konnte versuchen, in einem großen südlichen Bogen die Anlage zu umgehen.

Er war nur einige Meter weit gekommen, als er in seinem Rücken Stimmen hörte. Rasch warf er sich gegen die Mauer einer Baracke am Wegesrand. Die Männer hatten ihn nicht gesehen. Unmittelbar vor ihm öffnete sich ein Türspalt. Zwei Mädchenarme zogen ihn ins Innere. Es war Sonja, die kleine Hure von vorhin.

Im Innern stank es nach Alkohol, Schweiß und Sperma. Fliegen klebten an alten Essensresten. Auf einer zerfetzten Schaumstoffmatratze schlief ein Mann seinen Rausch aus. Durch das Fenster konnte Narwa sehen, dass sich zwei Männer der Hütte näherten.

»Hilf mir! Sie suchen mich.«

Sonja nickte. Sie zeigte auf den Boden und bedeutete Narwa, sich hinzulegen. Dann legte sie mehrere Kopfkissen um ihn herum und warf ein zerschlissenes Bettlaken über ihn. Narwa sah noch, wie sie sich den Finger in den Hals steckte. Er schloss die Augen und regte sich nicht mehr. Über ihm würgte sich das Mädchen, bis es sich erbrach. Narwa spürte die Wärme ihres Mageninhaltes auf seinem Rücken. Dann legte sie sich über ihn, so dass sie ihn ganz bedeckte.

In diesem Moment schon hörte er ein raues »*Otkroyte*! Aufmachen!«, und die beiden Männer drangen in den Raum. Sonja gab ein Wimmern von sich.

»Scheiße, was ist denn das hier? Hier ist ja alles voll Kotze.«

»Die Kleine sieht gar nicht so schlecht aus ...«

»Bist Du pervers? Hier holst Du Dir doch alle Krankheiten der Welt! Machen wir das wir hier fortkommen.«

Aus ihrem Funkgerät gab es ein Signal.

»Ja, hier Squad-1 ...nein, negativ ... Okay, wir kommen zum Flughafen!«

Die Männer verschwanden. Narwa und das Mädchen rührten sich noch eine Weile nicht. Gelegentlich kam von der Matratze, auf der der Mann lag, ein Grunzen. Schließlich stand Sonja auf, zog das Laken ab und ihr dünnes Kleid aus. Beides warf sie achtlos in eine Ecke. Auch Narwa rappelte sich auf. Als er sah, dass Sonja nackt war, senkte er seinen Blick.

»Na, Du bist vielleicht ein komischer Heiliger. Aber ein Mönch bist Du sicher nicht. Und ein Mädchen hast Du bestimmt auch schon gesehen.«

Narwa schaute sie an. So jung, so zerstört. Und doch hatte sie ihn gerettet.

»Ich ... ich habe nichts, was ich Dir geben kann«, stammelte er.

»Nimm mich mit Dir mit ...«

»Wasch Dich, *Dewuschka* ... Das geht nicht. An mir hättest Du keine Freude.«

»Pffff ... glaub bloß nicht, dass Du im Westen eine Bessere bekommst.«

Narwa ging auf sie zu und küsste sie auf die Stirn.

»Vermutlich hast Du Recht ... Aber ich muss fort von hier, jetzt gleich.«

Er trat vor die Baracke. Draußen war alles ruhig. Auch vor dem Kloster war es menschenleer. Nur noch drei verkohlte Kreuze erinnerten an den Terror der letzten Stunde. *Zum Flughafen* ... Narwa spekulierte, dass Jakows Ablenkung funktioniert haben musste. Trotzdem nahm er nicht den direkten Weg zum Schiff. Vorsichtig schlich er durch die kleine Siedlung von Holzhäusern, die einmal als Häftlingsunterkünfte des sowjetischen Lagers gedient hatten. Auch hier war es gespenstisch ruhig. Selbst am Hafen kein Mensch, weder Pilger noch Touristen ließen sich blicken. Sogar die Möwen waren verstummt. Narwa sprang an Bord der »Heiligen Basilius« und suchte einen blickgeschützten Ort. Kaum hatte er sich in seine Ecke gekauert, löste sich eine maskierte Gestalt aus der Dunkelheit des Bootsinnern. Sie machte eine beruhigende Geste.

»Ich bringe Sie ans Festland.«

Die Geste. Der Akzent. Irgendetwas war falsch. Narwa warf sich in einer Rolle gegen die Beine seines Gegenübers. Der kippte vornüber und stieß mit dem Kinn gegen die Bordwand. In Sekundenschnelle aber war er wieder auf den Beinen und schlug mit einer Machete in Richtung seines Gegners. Narwa hatte kniend eines der Ruder ergriffen und schlug es dem Angreifer in den Rücken. Als dieser taumelte, gab ihm Narwa mit einer Links-Rechts-Kombination den Rest.

Bevor er ihn über Bord warf, zog Narwa dem Mann, der das Bewusstsein verloren hatte, die Sturmmaske ab. Er kannte ihn. Das war der angebliche Student, der bei seinem Onkel die Karteikarten ausgetauscht hatte. Nun, ein Berserker weniger. Jetzt aber nichts wie weg hier.

*

Narwa stand vor dem Dixie-Supermarkt in Kem. Man konnte ihn nicht verfehlen, er lag an der Hauptstraße der Stadt. Eigentlich bildete er das Erdgeschoss eines halbhohen Plattenbaus aus der Sowjetzeit, und einstmals war er wohl mit weißem Sandstein verkleidet gewesen. Mittlerweile aber hatte das Äußere die Farbe angenommen, die jetzt, wo es leicht nieselte, an die eines alten Urinals erinnerte. Manche Bewohner kämpften wacker dagegen an, mit Balkonen, die verglast und über mehrere Stockwerke verbunden waren und einen Eindruck von Wintergarten erzeugten. Und auch die Reklame des Supermarktes versuchte, mit hellem Grün und Orange den Eindruck von Frische zu erzeugen.

Es war Nachmittag geworden und der Kundenandrang war belebter, als Narwa erwartet hatte. Er fragte eine Kassiererin nach dem »Direktor«, und nach einer Weile stand ein Schrank von einem Mann vor ihm, der ihn fast konspirativ in Empfang nahm.

Narwa wollte keine großen Worte machen, und er spürte, dass es dem Geschäftsführer des Ladens unangenehm war, ihn vor aller Öffentlichkeit zu begrüßen. Beide waren bereits auf dem Weg ins Lager, wo, wie Narwa vermutete, wohl ein provisorisches Versteck auf ihn wartete, als von der Straße ein gewaltiger Lärm ertönte. Er drehte sich um und traute seinen Augen kaum: Jakow kam in einem monströsen, dreirädrigen *Karakat* direkt Richtung Supermarkt gerast.

»Los Narwa«, rief der ihm atemlos zu, nachdem er das abenteuerliche Gefährt zum Stehen gebracht hatte, »auf den Beifahrersitz. Wir haben es eilig!« Narwa wollte ihm sofort ein paar Fragen stellen, doch im ungedämpften Auspuffdonner erstarb jede menschliche Konversation. So blieb ihm nichts weiter übrig, als sich in sein Schicksal zu fügen und Spekulationen über den Ort anzustellen, zu dem ihn der Novize bringen würde.

Tatsächlich fuhren sie zunächst die Straße in Richtung der M 18, der Fernstraße Richtung Murmansk, von der Narwa gekommen war. Aber bevor sie diese fast erreicht hatten, kurz nachdem sie einen Mündungsarm des Flüsschens Kem überquert hatten, nahm Jakow abrupt eine Abzweigung nach rechts, raste ein Stück über eine staubige Schotterstrecke, und hielt unvermittelt vor einem niedrigen Gebäude. Wacklig und halb betäubt stieg

Narwa von seinem Sitz. Er traute seinen Augen kaum: Vor ihnen erstreckte sich ein Rollfeld.

Aber es war in furchtbarem Zustand. Der Belag bestand aus Platten, die aufgrund des Alters und häufigen Frosts an vielen Stellen zersplittert waren. Zwischen den breiten, schmutzigen Fugen wuchs kniehoch das Unkraut. Markierungen waren nur mit Mühe, Positionslichter überhaupt nicht zu erkennen. Narwa blickte Jakow fragend an. Doch der grinste nur und winkte ihn in das Gebäude.

Drinnen bestätigte alles nur den Eindruck von Verfall, den auch die Startbahn gemacht hatte. Jakow schritt auf eine blinde Glastür zu, hinter der sich der Beschilderung nach Toilettenbedarf befunden hatte. Mit einem geübten Handgriff aber öffnete er den Zugang zu einer Fahrstuhlkonsole. Jakow drückte einen Knopf und nach wenigen Augenblicken öffnete sich die Fahrstuhltür.

»Kem-Uzhmana Airbase. Darf ich bitten?«, fragte Jakow lächelnd.

»Aber der Flughafen ist doch stillgelegt?«

»Das sieht nur so aus. Draußen liegt ein großes Tarnnetz über der Rollbahn. Und die Abfangjäger stehen in einer Kaverne, einem unterirdischen Hangar.«

Die Fahrstuhltür öffnete sich, und Narwa blickte staunend in ein schlauchartiges Gewölbe aus Zement, das mit Metallplatten ausgelegt war. Flugzeug hinter Flugzeug stand hier, die meisten mit grünen Tarnüberzügen bedeckt. Einer der Jäger stand vor einem Lastenaufzug und wurde von zwei Mechanikern gewartet.

»Dies hier ist das 265. Jagdfliegerregiment, oder besser das, was von ihm übriggeblieben ist. Es existiert schon seit 1957 und wurde damals erst mit Suchoi Su 15 *Flagon* und später mit Su 27 *Flanker* Abfangjägern ausgerüstet. 1978 flogen von hier aus die Maschinen auf, die den Korean-Airline Flug 902 beschossen und zur Notlandung gezwungen haben, nachdem die Boeing 707 bei Murmansk sowjetischen Luftraum verletzt hatte. Die Luftwaffenbasis war dann Gegenstand von Abrüstungsverhandlungen in den Achtzigerjahren, und damals kam die Idee auf, eine getarnte Flugzeugkaverne zu bauen, die auch ABC-Angriffen standhalten sollte. Nebenan ist übrigens der Kommandostollen. 1994 wurde sie dann offiziell stillgelegt. Zunächst wurde sie dann auch tatsächlich beinahe vergessen und blieb eine Zeitlang auf sich selbst gestellt, wie viele Militäranlagen im Norden. Damals wurden die ersten Kontakte zu den Mönchen von Solowki geknüpft.«

»Und jetzt können Sie hier so einfach reinspazieren?«

»Na ja, nicht so einfach. In den Wirren nach Putins Tod, als alles zerfiel, hat sich das Kloster an sein altes Konzept der Selbstverteidigung erinnert. Es begann, ein Bündnis zu organisieren, nicht mehr aus Kanonen und Schiffen wie vor vierhundert Jahren, sondern mit Abfangjägern und Kampftauchern. Offiziell unterstehen diese Einheiten Moskau, aber wenn es darauf ankommt, hat der Vorsteher des Klosters die Kommandogewalt.«

Wir haben zu früh das Schwert aus der Hand genommen. Narwa musste an die Worte des Priors denken.

»Aber wie funktioniert das, Soldaten neben Mönchen?«

»Das fragt ausgerechnet Ihr? Seid Ihr nicht beides in einer Person? Ihr müsst doch wissen, dass Soldat-Sein zunächst einmal nur ein Handwerk ist. Ich habe Euch erzählt, dass sich unter den Mönchen in Solowezki viele ehemalige Militärs befinden. Viele haben nach den sinnlosen Einsätzen für eine korrupte und machtgierige Führung den Ruf nach einer Umkehr verspürt. Nach dem Wahnsinn des Krieges verspürten die Wertvollsten nichts tiefer als die Sehnsucht nach Frieden und Vergebung. Nach einem Leben, das Gott und der Schöpfung geweiht sein soll.«

Narwa musterte sein Gegenüber. Ihm war schon bei Ihrem Aufeinandertreffen das kernige Auftreten des jungen Mannes aufgefallen.

»Dann irre ich mich nicht, wenn ich annehme, dass auch Ihr ...?«

»Da liegt Ihr nicht falsch. Auch ich stamme aus einer Soldatenfamilie. Ich habe mehrere Jahre auf einem Luftwaffenstützpunkt gedient und wollte Offizier werden. Dann wurde unsere Einheit zur Bekämpfung der separatistischen Proteste in Sibirien eingesetzt. Wir haben damals Einsätze gegen unsere eigenen Landsleute geflogen. Es hieß immer nur ›Im Keim ersticken, im Keim ersticken ...‹ Während eines Heimaturlaubs habe ich mit meinem Vater gesprochen. Er hat mir sein Tagebuch in die Hand gedrückt aus der Zeit seiner Einsätze in Afghanistan und Tschetschenien. Es war ... einfach entsetzlich. Daraufhin habe ich beschlossen, dass ich mein Leben ändern muss.«

»Ihr wisst, dass ich so schnell wie möglich nach Moskau muss?«

Jakow lächelte. »Deswegen sind wir hier ... Schon mal Mach 2 geflogen?«

32. Rückzug

»Genossin Zima, wir wissen nicht so genau, ob wir Ihnen gratulieren sollen oder ob wir Sie tadeln sollen.«

»Herr Ministerpräsident, ich darf Sie daran erinnern, dass ich nur für die Koordination zuständig sind.«

»Gewiss ... Zunächst einmal entschuldigen Sie bitte, dass unsere Sicherheitsleute Sie bei unserer kleinen Aktion gestern ein wenig grob anpacken mussten, aber es sollte ja möglichst echt aussehen ... Und dann freuen wir uns über die Nachrichten aus Deutschland. Unsere Achse scheint immer mehr an Konturen zu gewinnen. Ich mag das: zwei knackige Aktionen, desorientierte Sicherheitsorgane, eine abgelenkte Öffentlichkeit. Es gab intern ein paar kritische Stimmen wegen Schoschew. Aber das hatten wir ja diskutiert ... Wir können dann ab morgen mit Phase 2 beginnen. Geben Sie bitte nach der Zeremonie sofort unser Okay an unseren Verbündeten weiter. Hatten Sie inzwischen mit ihnen Kontakt?«

»Nur telefonisch, ich bin über das Wichtigste informiert. Wenn alles klappt, wird Herr von Lodron heute Abend anwesend sein.«

»Ich höre immer wieder diesen eigentümlichen Namen ...«

Arevik hörte eine andere Stimme, sie klang grob und vulgär.

»Hat ihn eigentlich irgendjemand schon einmal gesehen?«

»Aber, Lumanow, Sie wissen doch, unsere Verbündete arbeiten unter strikter Geheimhaltung. Und nur so können sie für uns der geeignete Bündnispartner sein.«

»Ich weiß nicht, ich mag Leute lieber, die mit offenem Visier kämpfen. Auf meine Leute kann ich mich verlassen. Aber wer weiß, wer die eigentlich sind? Wir kennen keine Personen, keine

Organisation. Rusin, Sie haben den Kontakt doch hergestellt, geben Sie mal ein bisschen Butter bei die Fische! Ich möchte wissen, wer auf meiner Seite steht, wenn's hart auf hart kommt.«

Arevik schwitzte Blut und Wasser. Was hatte Lumanow, der Chef der faschistischen National-Bolschewisten hier mit dem Ministerpräsidenten im Kreml zu tun? Und dann auch noch Rusin, diese Ratte!

»Dafür ist es noch ein bisschen früh, Lumanow. Sie werden die schon noch kennenlernen. Aber ich darf Ihnen sagen, dass unsere Freunde in zahlreichen kleinen Zellen arbeiten. *Leaderless resistance* wenn ich ausnahmsweise einmal die Sprache unseres Erzfeindes in den Mund nehmen darf. Mit Ausnahme einer ganz besonderen Einheit, die sich ›Berserker‹ nennt, hat sich der revolutionäre Widerstand in Westeuropa seit ein paar Jahren in eigenständig agierenden Kleinstgruppen organisiert: nicht mehr als vier Kämpfer, absolut loyal, mit eigenen Geld- und Waffenquellen.«

»Führungsloser Widerstand ... Was für ein Schwachsinn!«

»Nun ja, es gibt eben Leute, die haben lieber Qualität statt Quantität. Denen ist nämlich aufgegangen, dass es zunächst einmal eine Illusion ist, im Westen fahnenschwingende Massen für die richtige Sache zu erwarten. Auch da machen wir Fortschritte, denken Sie an die Aufmärsche in Dresden und anderswo, aber da sind einfach noch viel zu viele irritierte Bürgerlein dabei. ... Nein, die weiße Revolution muss dort durch eine revolutionäre Elite vorbereitet werden. Das wird sicher anders werden, wenn Russland endgültig auf den richtigen Weg gebracht wurde und dem Westen als Beispiel dienen kann.«

»Aber wieso sind diese Zellen führungslos?«

»Das meint nur, dass es da keine Hierarchie oder Parteifunktionäre gibt. Das bedeutet im Ernstfall nämlich, Verzeihung Genosse Lumanow, entweder Dummheit oder Infiltration durch Geheimdienste oder beides. Diese Männer führen bereits Krieg, den größten aller Kriege, den Rassenkrieg. Und dafür muss man bereit sein, geheime Strukturen zu schaffen und sein Leben zu lassen.«

»Und das ist das Gegenteil von Anarchie, wenn Sie das befürchten sollten.«

Arevik hörte jetzt Julias schneidende Stimme.

»Die Gruppen sind miteinander nicht vernetzt, aber es gibt natürlich so etwas wie eine Mutterorganisation.«

»Und der verdanken wir Sie ...«

Julia wollte darauf antworten, aber eine andere Männerstimme fiel ihr ins Wort.

»Augenblick mal, diese ›Berserker‹ ... Waren das die, die 1988 für dieses Kommando in Berlin verantwortlich waren?«

»Ja, das war damals unsere erste gemeinsame Aktion. Wir bereiteten damals schon die Auflösung des KGB vor und wussten, dass wir uns von einigen, na ja, ›tragenden Elementen‹ trennen mussten ... Die Konferenz in Berlin-Karlshorst kam uns ganz gelegen, exterritoriales Gelände, und dann sollte alles nach jungen, ostdeutschen Nazis aussehen, ein perfektes Täterprofil. Diese Berserker-Truppe hat die Sache letztlich auch ganz gut durchgezogen, aber trotzdem gab es Ärger. Die Einheit bestand größtenteils aus Profis, kampferprobten Männern, aber aus logistischen Gründen hatten die tatsächlich ein paar junge Rechtsextreme aus Ostdeutschland rekrutiert. Dummerweise war der eine KGB-Mann wohl eine Zeitlang deren Militärausbilder gewesen, wie auch immer. Die hingen an dem. Jedenfalls weigerten sie sich, den Mann umzulegen. Von Lodron hat den Rest dann selbst durchgezogen. Aber er hat dann auch ein Exempel durchgezogen, die Einheit, die so versagt hatte, musste losen, und der, den es erwischt hatte, wurde von den eigenen Leuten todgeprügelt. Die Einheit wurde dann neu aufgebaut, aber nie eingesetzt. Bis wir dann vor einigen Wochen die Phase 1 eingeläutet haben.«

»Genug von den alten Zeiten, unser Zeitplan ist eng. Genossin Zima, wie steht es mit Narwa?«

»Der letzte Stand war, dass unsere Leute ihn auf Solowezki schnappen wollten.«

»Wenn ich das richtig verstanden habe, ist er doch nur Ihr Problem?«

»Nein, nicht nur. Er scheint irgendetwas auf der Spur zu sein, was Bruder Andreij betrifft. Die beiden kennen sich von früher, eine dunkle Geschichte ... Vor allem aber, es geht um irgendetwas, was die Zeremonie stören könnte. Darum ist er hier in Russland. Aber was immer das ist, der Mann ist fast 1.500 Kilometer Luftlinie von hier entfernt.«

»Und wir haben doch noch seinen Freund in Haft, oder?«

»Verzeihung ...« Arevik hörte eine weitere unbekannte Stimme. »Da gibt es ein Problem ... Es gab einen Zwischenfall, der Mann ist anscheinend entkommen.«

»Entkommen, aus der Lubjanka? Das Land ist echt verrottet. ... Ich gehe davon aus, dass der Mann morgen wieder in seiner Zelle ist, gemeinsam mit Narwa! Nun aber los, wir müssen uns noch für heute Abend vorbereiten.«

*

Als Arevik die Gruppe wieder erreicht hatte, hagelten Vorwürfe auf sie ein.

»Weißt Du, dass wir hier fast eine Stunde auf Dich warten? Wir haben wer weiß was gedacht, was passiert sein könnte.«

Valerij war sehr aufgebracht. Arevik war ihre Anführerin, aber er hatte die Verantwortung über die Gruppe, und dass ausgerechnet sie gegen die Regeln verstoßen hatte, ging nicht in seinen Kopf. Brandt dagegen sagte kein Wort. Arevik aber bemerkte im unsteten Flackern seiner Augen, wie sehr er sich um sie gesorgt hatte. Zunächst sagte sie kein Wort, sie musste noch verdauen, was sie eben gehört hatte. Aber dann wurde ihr klar, dass ihr Schweigen den andern gegenüber nicht fair war, und in ihren Augen blitzte es wieder. Angriff war immer noch die beste Verteidigung.

»Hey, Leute, ein bisschen mehr Enthusiasmus, unser Tunnel war der Jackpot. Ich habe gerade Mäuschen gespielt, bei so einer Art geheimem Sicherheitsrat.«

Arevik erzählte vom ersten Teil der Besprechung, von den Teilnehmern, von den Vorbereitungen auf die Zeremonie.

»Und, haben sie vielleicht Julia erwähnt?«

»Alexander, es tut mir leid, Julia war da ... Aber sie war keine Gefangene ...«

Brandt taumelte. Wovon sprach sie? War sie irre? War sie einfach eifersüchtig? Oder konnte etwas dran sein an dem, was sie sagte?

»Das ... das kann nicht sein. Warum sagst Du so etwas?«

»Weil es wahr ist! Sie ist die Koordinatorin zwischen den Russen und einer Organisation in Deutschland. Die drehen zusammen ein ganz großes Ding. Sie sprachen auch von Narwa. Dabei hat sie erwähnt, dass ›ihre Leute‹ ihn in auf den Solowezki-Inseln schnappen würden. Denk nach, ist Dir irgendetwas an ihr aufgefallen, während Du mit ihr zusammen warst?«

Brandt war, als würde ihm der Boden unter den Füßen wegbrechen. Stan, ihr Großvater, der CIA. War sie etwas auch ...? Aber das war unlogisch. Stanley stand auf seiner Seite. Oder war dessen Auftritt in der Zelle nur Fake? Und was zum Teufel machte Narwa am Polarkreis? Sollte er nicht längst in Moskau sein?

»Was machen wir jetzt?«

Valerijs unwirscher Einwurf beendete das Schweigen. »Ich nehme nicht an, dass wir jetzt noch zum Gefangenen-Befreien hier sind?«

»Nein, Du hast Recht, es tut mir leid, ich glaube, ich muss mich bei Euch entschuldigen. Der ganze irre Trip nur, weil ich so ein ...«

»Schon gut.« Iwan grinste. »Mach Dir mal keinen Hals. War 'ne coole Sache. Ich meine, seht das mal so: Der Dig heute wird mal Geschichte!«

»Wenn wir hier lebend rauskommen.«

»Und was jetzt?«

»Arevik, während Du fort warst, haben wir keine Däumchen gedreht. Wir haben auch die gegenüberliegende Wand hier überprüft. Auch da gab es einen Tunnel. Von da geht es wieder senkrecht nach oben. Viel enger als in dem letzten Schacht, und das Ganze endet ganz unspektakulär an einer Metallblende. In dieser Blende sind ein paar Schlitze angebracht, und die scheinen mit Glas ausgelegt. Aber jetzt halt Dich fest. Da kommt

Tageslicht durch. Zuerst haben wir gedacht, dass man da unmittelbar ins Freie kommt, aber dann haben wir bemerkt, dass da Münzen auf dem Glas liegen und Goldfische rumschwimmen. Dann haben wir das geschnallt: Das ist der Boden von einem Springbrunnen.«

»Den kenne ich, der liegt gleich am Anfang des Tainitzky-Gartens. Südlich des Iwanplatzes. Rechts ist die Präsidialverwaltung und links die Erzengel-Michael-Kathedrale. Wir haben in der Nähe geparkt, als wir im Kreml eingeladen waren.«

»Weißt Du, man kann da fast nichts sehen. Aber über die Wasserrohre, die parallel zum Schacht gehen, kann man eine Menge hören.«

»Na ja, auf jeden Fall wird da gleich eine Menge los sein. Die große Zeremonie, von der seit Tagen die Rede ist, findet nachher auf dem Iwanplatz statt.«

»Dann würde ich vorschlagen, wir warten ein wenig ab, und wenn der ganze Zinnober vorüber ist, versuchen wir, da rauszukommen und uns irgendwie zwischen die Gäste zu mischen und dann zu verschwinden ... Und wenn gar nichts geht, dann benutzen wir halt das hier.«

Valerij zog grinsend ein Plastikpäckchen und ein paar Kabel aus dem Rucksack. Brandt konnte gerade noch die kyrillische Aufschrift entziffern: »*Explosive Plastic. Semtex H*«.

»Wie auch immer, auf jeden Fall haben wir jetzt eine Menge Zeit.«

»Puh ... hat jemand einen Joint?«

33. Kyrie eleison

Es war eine gespenstische Fahrt. Zudem fühlte sich Narwas Magen an, als ob er durch den Fleischwolf gedreht worden war. Der Trip mit der Suchoi steckte ihm noch in den Knochen. Für so etwas fühlte er sich entschieden zu alt ... Sie waren etwa vierzig Kilometer östlich von Moskau gelandet, Militärflughafen Tschkalowski, der zu Swjosdny Gorodok gehörte, dem »Sternenstädtchen«. Die Stadt der Kosmonauten, streng abgeschirmt von der Außenwelt, Territorium des FSB ... zu Narwas Glück. Jakow hatte alle seine Beziehungen spielen lassen. Tatsächlich stand das FSB mittlerweile in voller Konfrontation zu den Auslandsgeheimdiensten SWR und GRU und dem Kurs der Regierung. Sie ahnten nicht, dass Brandt mitten in diese Auseinandersetzung geraten war, aber für sie war das ein Glücksfall. Auf einmal öffneten sich ungeahnte Wege.

Noch auf dem Rollfeld wartete ein Wagen. Niemand stellte eine Frage, es wurde knapp militärisch gegrüßt und schon ging die Fahrt weiter ein paar Kilometer in südlicher Richtung, nach Sarja, einem Stadtteil der Großstadt Balaschicha. Sarja, »Morgenröte«, noch so ein vernebelnder Kosename. Auch Sarja war bis vor Kurzem eine »geschlossene Stadt« gewesen. 1953 erbaut von deutschen Kriegsgefangenen und Häftlingen. Nicht die leichten Fälle, erläuterte Jakow, Schwerverbrecher, Wiederholungstäter. Eine Militärsiedlung für 20.000 Menschen. Hier befanden sich der Generalstab von Luftwaffe und Luftabwehr der Sowjetunion. Und die Endhaltestelle der dritten Linie der geheimen Metrolinie 2.

Ihr Wagen hielt vor einem unscheinbaren Ziegelsteinbau. Ein Oberst des FSB erwartete sie in Begleitung zweier schwerbewaffneter ALFA-Offiziere, einer Spezialeinheit des Geheimdienstes.

»Sie müssen wichtige Freunde haben. Dies ist ein Ort, an dem noch nie ein Ausländer gewesen ist.«

Der Offizier wies sie an, ihm ins Innere des Gebäudes zu folgen. Narwa blickte auf eine Wand mit vier Fahrstühlen, zwei gewaltigen Last- und zwei Personenfahrstühlen.

»Es sind ungewöhnliche Zeiten«, sagte er, während sich hinter ihm die Tür schloss und sich der Fahrstuhl mit enormer Geschwindigkeit in Bewegung setzte. Als die Türen so abrupt öffneten wie sie sich geschlossen hatten, blickte Narwa auf gewaltige Eisentüren. Davor aber auf einen Posten, dessen Maschinengewehr direkt auf ihn gerichtet war.

»Keine Angst ... kommen Sie .... Wir sind jetzt 122 Meter unter der Erde. Hinter diesen Türen befindet sich eines der geheimsten Objekte Russlands: der Zentrale Kommandopunkt der Luftabwehr. Das ist das Allerheiligste unserer Verteidigungskraft ...«

Am Posten wurden die biometrischen Daten von Narwa und Jakow abgeglichen. Dann öffneten sich die Tore und gaben den Blick frei auf eine unterirdische Stadt.

Der Oberst registrierte Narwas ungläubiges Staunen und mit einem süffisanten Lächeln erläuterte er: »Dies alles«, und er machte mit seinen Armen eine weit ausholende Bewegung, »geht zurück auf den Schock, den die erste Atombombe bei Stalin ausgelöst hat. Schon als die erste konventionelle deutsche Bombe auf die Stadt gefallen war, hatte er die ganze Stadt umgraben lassen. Aber mit Hiroshima änderte sich alles. Als der Kalte

Krieg heiß zu werden drohte, war der gesamten Führung klargeworden, dass ein atomarer Erstschlag des Westens eine Armee ohne Kopf zurücklassen würde. Um das zu verhindern, wurde unseren Militärs 1958 befohlen, sich in die Erde einzugraben. Alle Hauptstäbe und zentralen Kontrollpunkte wurden ins Moskauer Umland verlegt. Alles, was militärisch wertvoll war, wurde eingebuddelt, und seit 1961 wurde die Armee aus Bunkern wie diesem hier geleitet.«

Während sie tiefer in die Eingeweide der Anlage vordrangen, kamen ihnen zwei militärische Angestellte in Zivil entgegen. Sie würdigten Narwas ungewöhnliche Gruppe mit keinem Augenzucken.

»Herr Oberst«, Jakow war sichtlich irritiert, »wie viele Menschen arbeiten hier?«

»Derzeit nur etwa vierzig. ›Maulwürfe‹ oder auch ›Bergarbeiter‹ nennen wie sie ...Aber diese Bunker-Stadt ist für 1.100 Personen ausgelegt. Hier ist alles vorgesehen, um ein Ende der Welt zu überleben: eigene Energieversorgung, Feuerbekämpfung, Kläranlagen, Luftreinhaltegeräte und Lebensmittelvorräte. Es gibt sogar einige Luxus-Appartements mit weißer Bettwäsche.«

Weiter kam er nicht. Sie waren an einer einspurigen Gleisanlage unter einem dreiteiligen Gewölbe angelangt. Vor ihnen stand eine U-Bahn. Sie schien aus den Siebzigerjahren zu stammen. Aber sie war kürzer als üblich, sie hatte an beiden Enden eine E-Lok aber nur zwei Zwischenwaggons, richtige Salonwagen mit Gardinen, nahezu unbenutzt.

»Meine Herren«, der Oberst wurde unversehens förmlich, »ich habe den Auftrag, Sie zum Kreml zu bringen. Bitte einsteigen ...«

Sie setzten sich unmittelbar hinter die Führerstandskabine, Narwa mit Jakow, der Oberst und mit stoischer Miene die beiden ALFA-Männer. Aus dem Nirgendwo war ein Fahrer dazu gestoßen, und nach einem Zeichen des Obersten ging es los.

»Willkommen in der Linie D 6«, der Oberst gab sich wieder jovial, »Sie haben vielleicht schon unter dem Namen ›Metro 2‹ etwas von dieser Linie gehört. Wie auch immer ... Diese U-Bahn-Station hier in Surja gibt es erst seit 1987 ... aber, wo wir jetzt sind, Partizanzkaja, dieser Abschnitt ist schon um einiges älter.«

Während der Zug unvermindert ohne Halt die völlig schwarze Strecke entlangrauschte, wurde der Mann schweigsamer. Schließlich murmelte er nur noch die Stationsnamen. »Mjasnitskaja – Verteidigungsministerium ... Lubjanka ... Bolschoi ...« Und dann sahen sie das Licht, das durch die Fahrerkabine zu sehen war, erst von ferne und schließlich immer deutlicher. Die Bahn hielt mit einer scharfen Bremsung und aus dem Lautsprecher ertönte eine verrauschte jahrzehntealte und fast surreale Durchsage:

»Kreml-Endstation, bitte alle aussteigen.«

*

Später konnte sich Narwa kaum mehr daran erinnern, wie er von der unterirdischen Metro-Haltestelle im Kreml auf den Iwanplatz kam, auf dem die große Zeremonie stattfand. Alles ging rasend schnell. Es gab etwas Ärger beim Übergang vom Metrobereich, der traditionell dem FSB unterstand, in die Bunkeranlagen des Kreml, der von der SOBR, einer Spezialeinheit des Innenministeriums, gesichert wurde. Aber Jakow hatte in der U-Bahn sein Mönchsgewand und einen kostbaren Klobuk angelegt, den festlichen Kopfschmuck der orthodoxen Kirche, und auch Narwa hatte einen frischen Talar übergeworfen. Und so ließen sich die Posten nach ein wenig unfreundlichem Gerangel davon überzeugen, dass der FSB noch zwei wichtige, verspätete Gäste zur Zeremonie bringen musste.

Narwa trat aus einer Seitenpforte des Präsidialpalastes auf den weiträumigen Platz, wo die Zeremonie schon begonnen hatte. Es war ein überwältigender Anblick. Auch wenn der Platz jahrzehntelang nicht viel mehr als ein Parkplatz zwischen Touristen-Kreml und Regierungs-Kreml gewesen war: Der Iwanplatz war einmal das Herz des mittelalterlichen Moskaus gewesen, zwischen dem 14. bis zum 17. Jahrhundert war er der größte und wichtigste Platz für Versammlungen und Volksfeste; hier waren die Zarenerlasse dem Volk verkündet worden. Eine perfekte Standortwahl für diesen historischen Moment. Und Andreij und seine Verbündeten hatten ihn perfekt inszeniert: die Fahnen, die Tribünen, das Licht. Eine gewaltige Leinwand. Der ganze Ort schien von einer religiösen Aura beherrscht. Schwer lag der Weihrauchgeruch in der Luft. Feierliche Gebete und wehmütige Chormusik wechselten sich ab.

Narwa scannte die Szenerie in Sekundenschnelle. Der Techniker für den Beamer. Die Tribüne mit den Ehrengästen. Die Sitzreihe mit den Rednern. Der Podest mit der skythischen Schatulle. Sie war noch geschlossen. Narwa war nicht zu spät gekommen.

Mittlerweile neigte sich die Zeremonie ihrem Höhepunkt zu. Bartholomäus hatte seine große Abschiedsrede als Erster Patriarch der orthodoxen Christenheit gehalten, und winkte Andreij zu sich auf das Rednerpult. Dieser stand auf und schritt zum Podest. Mittlerweile waren alle Kameras auf ihn gerichtet. In einem Moment größter Spannung brach Andreij das Siegel der Schatulle und öffnete sie. Der Platz war totenstill geworden.

Mit unendlicher Langsamkeit hob Andreij die weiße Mitra heraus und platzierte sie neben sich. Dann griff er erneut in die Schatulle und holte eine Schriftrolle hervor. Mit ihr ging er an das Rednerpult, zog sie auseinander und begann zu sprechen:

»Dieses sind die Worte des Apostels Andreas. Dem unwürdigsten Eurer Brüder wurden sie offenbart am Orte des Herrn, um unser aller Russland, aus dem tiefsten Dunkel ans Licht des Heils zu führen. Hört die Botschaft:

In aller Demut spreche ich, Andreas, als Erstberufener das Haupt der Apostel, zu Euch allen, die Ihr durch Gerechtigkeit unseres Gottes und Retters Jesus Christus den gleichen kostbaren Glauben erlangt haben wie wir. Gnade sei mit Euch und Friede in Fülle durch die Erkenntnis des wahren Gottes.

An diesem Ort, auf den Bergen über dem Fluss, den die Skythen Dnjpr nennen, habe ich die Gnade Gottes aufstrahlen sehen, und ich sage Euch, dass hier eine große Stadt sein wird und viele Kirchen wird Gott errichten. Und von hier aus wird ausstrahlen der Geist unseres Glaubens und wenn das erste Reich untergehen wird und es wird das zweite Reich untergehen, dann aber wird das dritte Reich kommen und dieses wird nicht mehr untergehen und der Glaube wird von hier aus herrschen in aller Zeit und Friede wird sein unter den Menschen.

Es wird aber an diesem Orte sein, an dem Gott den Samen legt für das dritte Reich. Denn das erste Reich trägt schon das Mal des Untergangs, auch wenn es sich als Herrscher des Weltkreises wähnt. Das zweite Reich wird herrschen über Tausend Jahre, aber auch dieses Reich wird untergehen. Von diesem Berg hier aber wird ausgehen das Licht der Welt, das strahlen soll, bis an der Welten Ende, und es soll das dritte Reich geheißen werden.

Diese Zeugnis des Heiligen Apostels, meine Brüder, besiegelt unsere unauslöschliche Überzeugung, dass es der heiligen russischen Kirche Amt und Aufgabe ist, als drittes Segensreich der Welt den wahren Glauben und ewigen Frieden zu bringen. Und als Wunder der Vorsehung hat Gott uns mit dieser Botschaft des Heils zugleich das Zeichen der Verheißung gegeben: die weiße Mitra.«

In diesem Moment erhoben sich der russische Patriarch Kyrill und der russische Ministerpräsident gleichzeitig von ihren Plätzen, ergriffen vierhändig die Mitra und schritten zu Andreij. Dieser kniete und senkte sein Haupt. In einem eigentümlich-schweren Singsang sprach der Patriarch laut die Krönungsformel:

»Wir, von Russland bestimmte Diener unseres Herrn, erneuern den Bund Gottes mit seinem Volk, und legen die geistige und weltliche Herrschaft zugleich in die Hand seines höchsten Dieners Andreij. Eine Gottesherrschaft wird nun erstrahlen von diesem Ort aus in die Welt, und zu ihrem Zeichen krönen wir Dich, Andreij, mit der weißen Mitra. Denn um so viel ehrwürdiger der himmlische Kaiser ist als der irdische, so viel ehrwürdiger ist die Mitra als die Kaiserkrone und alle weltliche Regierungsmacht. So haben es die Apostel Paulus und Petrus dem Konstantin bezeugt, und so soll es sein auf alle Zeit. Und wie das Alte Rom vom christlichen Glauben im Trotz abgefallen ist, und das Neue Rom, die Stadt Konstantins durch eigenen Fehl und die Gewalt der Muslime verdorben wurde, so leuchtete nun hier im dritten Rom, in Russland, die Gnade des Heiligen Geistes auf. So krönen wir Dich, Andreij, zum *Autokrator*, Patriarch unserer heiligen orthodoxen Kirche und Zar Russlands, des einzigen und ewigen christlichen Reiches, dem dritten Reich unseres Herrn, denn ein viertes wird es nicht geben, so wie es die Bibel verheißen hat, in dieser Stadt Moskau, die von heute an Zargrad geheißen werden soll, denn Hauptstadt ist sie nicht nur Russlands, sondern der ganzen Welt!«

Kaum hatte er das letzte Wort gesprochen, wurde wie durch Zauberhand eine von Fackeln beleuchtete Prozessionsstraße sichtbar, die aus dem Kreml durch das Erlösertor zur Basiliuskathedrale auf dem Roten Platz führte. Dort wartete das Volk von Moskau auf seinen neuen Zaren.

Narwa sprang auf und eilte in Richtung Kanzel. In seinen Händen, hoch über dem Kopf erhoben, hielt er die zweite Schatulle.

»Konzil von Moskau. Hört mich an. Auch wir waren an dem Ort, von dem Bruder Andreij spricht. Es gibt noch eine zweite Botschaft!«

Augenblicklich entstand ein großer Tumult. Einige Sicherheitsbeamte stoppten Narwa und hinderten ihn am Weitergehen. Aber zahlreiche Teilnehmer der Veranstalter forderten, ihm Gehör zu geben. Im Ordnerbereich löste sich eine Frau, die direkt auf ihn zukam. Neben ihr bleib ein Mann zurück, der ihm bekannt vorkam. Der alte Mann aus dem Wissenschaftskolleg. Der diese eigentümliche Frage gestellt hatte ...

»Nein, Narwa, das wirst Du nicht kaputtmachen!«

Die Frau hielt eine Pistole in der Hand und näherte sich ihm bis auf zwei Schritte.

»Julia, was machst Du denn. Warum ...?«

Weiter kam er nicht. Aus dem Nichts löste sich ein Schuss und traf sie mitten in die Stirn. Während er sich in Deckung brachte, hatte Narwa den Schützen erkennen können, es war ihr Großvater, Stanley Winter. Doch er hatte keine Zeit, darüber nachzudenken, denn in diesem Moment war ein ohrenbetäubendes Tuten zu hören, das von einer heftigen Explosion gefolgt wurde. Alle drehten sich um in Richtung des Tainitzky-Gartens. Und tatsächlich war der zentrale Springbrunnen zerborsten und das Wasser spritzte wild und unkontrolliert in die Gegend. Erst kaum sichtbar, dann immer deutlicher, zeichnete sich gegen die Nacht die Silhouette einer Frau ab, die, von zwei Helfern gestützt, aus den Wassermassen hervortauchte. Als sich die Scheinwerfer der Miliz auf sie richteten, zeichneten sich durch ihr dünnes, durchnässtes Hemd deutlich ihre Brüste ab.

Die aufgebrachte Menge reagierte hysterisch. »Die große Hure, die bei den Wassern sitzt ... Die Dienerin des Antichristen ... Die Apokalypse naht!« Inmitten des Chaos war es Narwa gelungen, die Beamten abzuschütteln und ans Rednerpult zu gelangen.

»Hört mich an ... hört an, was Euch der Apostel Andreas zu sagen hat!« Narwa wartete, bis sich die Menge etwas beruhigt hatte, und öffnete das Sigel der zweiten Schatulle. Er entnahm eine weitere Schriftrolle und las:

Zugleich aber möchte ich Zeugnis ablegen von einer Übereinkunft, die ich traf mit Petrus meinem Bruder, dem Fels des Herrn, und Paulus, dem Verkünder unseres Glaubens, bevor ich mich aufmachte zu meiner Reise zu den Skythen. Denn immer größer wird die Zahl der Gemeinden, in denen das Wort unseres Herrn gepredigt wird, und immer größer wird auch die Zahl der Bischöfe und Ältesten, die beseelt vom Zeugnis der Apostel die Worte unseres Glaubens verkünden. Es ist viel Streit zwischen den Gemeinden, zwischen denen, die einstmals Griechen, Römer, Juden oder Barbaren waren. Sie alle sprechen von der einen Wahrheit der Worte Gottes. Und der eine Bischof dünkt sich höher von Rang als der andere Bischof. Wir aber sagen Euch: Eine jede Gemeinde, die zum wahren Gott gefunden hat, hat ihren eigenen Weg zur Wahrheit gefunden. Denn es ist, als würde sich durch alle Kirchen ein geschlossener Kreis bilden, von dem jeder Punkt den reinen Glauben von einer bestimmten Seite darstellt. Die Summe des Erkennbaren aber liegt zwischen all diesen Ansichten, und unabhängig von ihnen, in der Mitte. Lasst uns über die Vielzahl der Wege sprechen in den Konzilien, auf dass die Weisheit des

Anderen das Eigene befruchten möge. Keiner soll aber Erster genannt werden, nicht von den Gläubigen noch von den Bischöfen, denn gleich nahe unserem Herrn sind alle die, deren Herzen rein sind. Amen.

Es gab nur wenige Augenblicke der Stille, danach folgte das anschwellende Geräusch unzähliger Diskussion. Keiner der Teilnehmer konnte mehr mit seinen Gedanken an sich halten, überall bildeten sich kleine Grüppchen, die sich intensiv miteinander unterhielten. Konnte das wirklich war sein? Aber dann war die Zarenkrönung hinfällig geworden ...

Narwa ging zu Andreij, der das ganze Schauspiel wie betäubt kniend verfolgt hatte. Er legte ihm seine Hand auf die Schulter, und mit einem Mal brachen bei diesem die Tränen aus.

»Wolfgang, wie konnte ich nur? Was bedeutet das?«

Bevor Narwa antworten konnte, war Vitalij Rusin aufgestanden und redete heftig auf Andreij ein.

»Du kleiner Mönch, verdammt noch mal, bau jetzt keinen Mist. Zieh das jetzt durch, Du Versager.«

Auch er zog eine Pistole und wandte sich an Narwa. »Und Sie verschwinden jetzt von hier ...«

Doch in diesem Moment warf sich Andreij auf Rusin. Narwa stürzte zur Seite und entwand einem der verblüfften Ordner eine Waffe. Nahezu zeitgleich lösten sich zwei Schüsse. Rusin war sofort tot, Andreij schwer verletzt. Narwa nahm ihn in den Arm.

»Ach Wolfgang, wo warst Du nur, all die Jahre?«

»Andreij, was ist wirklich geschehen in dieser Nacht?«

»Weißt Du es nicht? Olivia, sie hat mich so sehr glauben gemacht, dass sie mich liebt. Aber als ich sie dann lieben wollte ... Wir hatten viel getrunken, musst Du wissen ... da hat sie, sie hat ...

sie hat mich dann ... sie hat sich so etwas umgebunden, und dann ist sie *in mich* eingedrungen und hat *mich* genommen! Ich habe es erst geschehen lassen, weil sie es so unbedingt wollte, aber dann, dann habe *ich* es genossen. Das war so furchtbar, so eine schreckliche Sünde ...«

»Andreij, das ist Vergangenheit ... Es ist noch nicht zu spät, Du musst ...«

Weiter kam er nicht. Andrejis Blick brach, der letzte russische Zar war gestorben.

Narwa wollte ihm gerade die Augen schließen, als ein hässliches Knacken, gefolgt von einem langen Fiepen in der Lautsprecheranlage, die Augen aller in die Höhe gehen ließ. Tatsächlich hatte Jakow mithilfe der beiden ALFA-Leute den Techniker überzeugen können, seinen Platz zu räumen. Flugs hatte er dann einen USB-Stick an dem PC installiert, der den Beamer steuerte, und nach wenigen Augenblicken war eine Skype-Verbindung aufgebaut, die nun für die erstaunten Gäste der Veranstaltung auf der riesigen Leinwand zu sehen war. Das Gesicht, das erschien, war das von Bruder Fjodor.

»Konzil von Moskau, meine Brüder und Schwestern, Andreij, mein Junge. Ich spreche zu Euch aus dem Kloster von Solowezki am Weißen Meer. Ich spreche zu Euch vom Berg Tabor, auf dem wir an diesem Abend das Fest der Verkündigung des Herrn feiern. Andreij, lass ab von Deinem Irrglauben, Dein Weg hat Dich in die Arme des Bösen getrieben. Du bist für sie nicht viel mehr als eine Marionette. Russland muss den Weg des Glaubens gehen, aber nicht den Weg der Macht. Andreij, dieses Land braucht Dich und Dein Bekenntnis. Es vertraut Dir! Aber gib den Menschen einen Glauben der Kraft, nicht einen Glauben der Schwäche und der Unterordnung. Führe sie zu einem Glauben, in denen die Menschen ihre Würde finden und sie sich nicht in Schmutz und Armut verlieren. Ein Glaube, der sich mit Bildung, Kultur und Zivilisation vereint. Ein Glaube, der nicht trennt, sondern verbindet.

Brüder und Schwestern, aus unserer Mitte ist heute Abend Bruder Jakow zu Euch nach Moskau gekommen. Wir würden uns freuen, wenn Ihr gemeinsam mit ihm und uns gemeinsam das Metamorphosis-Fest begehen würdet. Und dann möge das Konzil morgen neu beginnen.«

Das Bild schwenkte nun auf die kleine Kapelle auf dem Tabor-Berg von Muksalma. Das Bild wurde sehr dunkel, aber man konnte eine große Schar fackeltragender Mönchen erkennen, die das »Kyrie eleison« anstimmten. Und auch Jakow war nun nach vorne gegangen und stimmte laut das Kyrie an, worauf ihm zunächst ein kleiner, dann aber immer größerer Chor antwortete:

»Herr Jesus, Du Herr Deiner Kirche: Kyrie eleison!«

*

Narwa blickte sich um. Vom Springbrunnen her näherte sich eine Gruppe von sechs völlig durchnässten Gestalten.

»Das wurde aber auch Zeit, Wolfgang«.

Er atmete erleichtert auf, das war Alexander. Und dieses Mädchen, das er im Arm hielt, das schien er auch zu kennen ... Trotz der Vorfälle schien sein Freund einigermaßen gefasst. Brandt ließ Arevek bei Narwa zurück, ging dann zu der Stelle, wo die Leichname von Andreij und Rusin lagen, und kniete schließlich regungslos neben der toten Julia nieder.

Narwa war unterdessen zu Stanley Winter geeilt. Unmittelbar nach dessen Schuss auf Julia hatte ihn ein Milizionär in den Bauch geschossen. Auch er lag im Sterben.

»Danke Narwa ... Julia, ich wollte es nicht wahrhaben. Dabei ...«
Er spuckte etwas Blut.

»Ach, jetzt werde ich nie Ihre Geschichte hören, Narwa ... Aber wenn Sie jetzt noch den Rest von meiner wissen wollen ... Auch wir in Berlin haben uns nach dem Krieg in die Erde eingegraben ... am Teufelsberg, wo vorher die Wehrtechnische Fakultät, ... suchen Sie ... den Eingang ...«

Winter schluckte ein letztes Mal. Dann schloss er die Augen.

34. Teufelsberg

Narwa hatte kaum die Gangway des Flugzeugs verlassen, als er bereits Belinsky erkannte, der ihn erwartete. Dieser begrüßte ihn mit einer Miene, in der trotz ihrer Coolness auch eine Menge Anerkennung lag. Narwa drehte sich um.

»Darf ich vorstellen, Stefan Belinsky vom BKA, mein Freund Alexander Brandt, er hat für uns in Moskau die Stellung gehalten. Ohne ihn wüsste ich nicht, wie ...«

Beide nickten einander zu.

»Nehmen Sie doch bitte in meinem Wagen Platz, die beiden SEK-Kommandos sind einsatzbereit. Es kann gleich losgehen.«

Kaum hatten sie Platz genommen, ertönte bereits die Polizeisirene. Brandt grinste, davon hatte er schon als kleiner Junge geträumt.

»Sie haben also mit der Angabe von Stanley Winter etwas anfangen können?«

»Zunächst einmal eher abstrakt. Ich meine, der Teufelsberg, oder besser: die *Field Station Berlin* ist uns natürlich ein Begriff. Dort haben ja alle Geheimdienste zusammengehockt, um den Funkverkehr des Warschauer Pakts abzuhören. Die Armeegeheimdienste ASA und Air Force Intelligence, der CIA, die NSA, sogar Kommandoeinrichtungen der Special Forces. Dazu noch Engländer und Franzosen. Während des Kalten Krieges haben hier etwa 800 Spezialisten rund um die Uhr gearbeitet. Die wurden dreimal täglich mit Bussen auf den ›T-Berg‹ gefahren und nach Schichtende wieder abgeholt. 1991, nach dem Fall der Mauer war dann Schluss. Dann wurden die Gebäude noch acht Jahre durch die Flugsicherung genutzt, und seitdem stand die ganze Anlage leer. Eine Zeitlang gab es dann ein paar spektakuläre illegale Partys und Sprayaktionen, aber mittlerweile passt da eine Sicherheitsfirma auf, von Zeit zu Zeit gibt's da Führungen«.

»Hm ...« Narwas Blick schweifte nach draußen. Der Wagen hatte die Stadtautobahn verlassen und raste die Heerstraße hinunter.

»Und was ist mit dieser Wehrtechnischen Fakultät?«

»Jetzt wird's spannend. Der Teufelsberg steht auf dem höchsten Punkt in Berlin, mitten im Grunewald. 120 Meter hoch – Richtung Osten, sagt man, ist der nächst höhere Berg erst wieder der Ural. Aber der Teufelsberg ist kein richtiger Berg, das ist ein Trümmerberg. Dieser Ort ist das Grab des zerstörten Berlins. Da sind von 1950 bis 1972, 22 unfassbare Jahre lang, jeden Tag 800 Lastzüge angekommen und haben insgesamt 26 Millionen Kubikmeter Trümmerschutt abgeladen, das ist jedes dritte zerstörte Berliner

Haus. Sie können sich nicht vorstellen, was das für die Leute bedeutet hat, die da in der Nähe gewohnt haben. Unendlicher Staub, Unrat im Vorgarten bei jedem kleinen Lüftchen ...«

Der Wagen hatte soeben den S-Bahnhof »Heerstraße« passiert. Narwa konnte das Gebäude nie betrachten, ohne sich daran zu erinnern, dass hier einst Mussolini angekommen war bei seinem spektakulären Berlin-Besuch 1937. Hitler hatte ihn hier abgeholt und gemeinsam waren sie einem Triumphzug gleich die martialisch geschmückte Ost-West-Achse über Kaiserdamm und Charlottenburger Chaussee zur Reichskanzlei hinuntergefahren.

»Müssen wir hier links runter, wenn wir zum Teufelsberg wollen?«

»Keine Sorge, wir nehmen einen anderen Weg.«

Mittlerweile hatten sich die beiden SEK-Einheiten dem Fahrzeug von Belinsky angeschlossen. Der Sirenenlärm wurde fast unerträglich.

»Na, jedenfalls, der Punkt ist, dass dieser Trümmerberg nicht einfach so mitten in die Landschaft gesetzt worden ist. Hier am nordwestlichen Ende des Grunewalds wollten Hitler und Albert Speer nämlich den ersten Teil des ›Germania‹-Projektes in Angriff zu nehmen, also den Umbau von Berlin zur neuen Welthauptstadt. Hier sollte die ›Hochschulstadt‹ entstehen, und als erstes Gebäude wurde an der Teufelsbergchaussee die ›Wehrtechnische Fakultät‹ gebaut. So wie man sich das vorstellt, wenn man ›Germania‹ hört, ein gewaltiger Klotz für echte Herrenmenschen. 1945 war der Bau fast fertig und kaum zerstört. Nun, die Stadtplaner fanden, dass das ein sicheres Fundament für die Aufschüttung eines Trümmerberges abgeben sollte. Und so ist es denn auch gekommen.«

Mittlerweile hatten die Wagen die sechsspurige Heerstraße in Richtung Grunewald verlassen. Unmittelbar an einem etwas surreal anmutenden »Tiroler Bauernstübchen« bog die Kolonne in das Sträßchen »Am Postfenn« ein. Sie drosselten ihre Geschwindigkeit und stellten die Sirenen ab. Nach wenigen Metern war die Wohnbebauung zu Ende und sie waren im Grunewald.

»Nun ist das alles bekannt, und wir wussten nicht recht, was wir mit diesem Hinweis anfangen sollten. Aber schließlich war der entscheidende Satz von Winter ja gewesen, dass ›auch wir uns eingegraben hätten‹. Aber einen Moment ...«

Belinsky nahm ein Funkgerät in die Hand und erteilte eine Reihe von Einsatzkommandos. Zur gleichen Zeit hielt ihr Wagen an, während die übrigen weiterfuhren.

»Die Kollegen vom SEK sichern erst einmal das Gelände ... Wo war ich stehengeblieben. Ach ja ... Also, man hätte auch vorher drauf kommen können, man muss nur 1 und 1 zusammenzählen. Da bauen die Amis also eine ihrer wertvollsten nachrichtendienstlichen Anlagen sozusagen auf einem gewaltigen natürlichen Kellerbau. Die wussten doch genauso wie der Russe, dass die Befehlskommandos bei einem Atomkrieg aus Bunkern gegeben würden. Und tatsächlich hatte es immer schon Gerüchte über einen unterirdischen Bunker unter dem Teufelsberg gegeben. Einer der deutschen Vermessungsingenieure, der für die US-Streitkräfte gearbeitet hatte, hatte von Schächten berichtet, die die Amis in den Berg getrieben haben sollen ... Aber es gab keinerlei Aufzeichnungen über einen Eingang in ein solches Bunkersystem. Weder auf dem Berg selbst noch in der Gegend. Das ist ja ein Naherholungsgebiet, die Jogger, Mountainbiker oder Pilzsammler haben hier ja jeden Stein umgedreht. Bis wir dann ...«

Der Wagen war vorsichtig weiter gefahren. Mit einem Mal standen sie vor einem modernen Industriebau aus rotem Klinkerstein, mitten im Wald. Nur die martialische Umzäunung fiel auf – und die beiden SEK-Kommandos, die das Objekt sicherten.

»Das sieht ja alles erst einmal ganz unspektakulär aus. Was ist das hier?«

»Das hier«, Belinsky grinste, »ist ein Betriebsgelände der GASAG, der Berliner Gaswerke.« Er griff wieder zu seinem Funkgerät. »Hier Marder 1 an Einsatzleiter, bitte um Lagebericht.«

»Hier Einsatzleiter an Marder 1«, die Verbindung war kaum zu verstehen, anscheinend war das SEK tief ins Gebäude vorgedrungen, »der Vogel ist ausgeflogen.«

*

Narwa fühlte sich unendlich müde. Mit leeren Augen starrte er Richtung Osten, hin zu den beiden weißen *Search Towern* des Teufelsberges, unter deren wabenförmigen Kugelkonstruktionen einmal die leistungsfähigsten Antennenanlagen der westlichen Welt gesteckt hatten. Die letzten Tage hatten ein paar Antworten gegeben, aber noch mehr Fragen waren offengeblieben Er dachte an die vielen Toten. Vor allem aber an Mirtel und Mati. Und an Julia. Sie hatten bei Stans Sachen alte Briefe von ihr und Unterlagen gefunden. Er hatte sie wohl Alexander zeigen wollen. Daraus wurde klar, warum er sich mit seiner Enkelin so sehr gestritten hatte. Sie war in Kreuzberg früh in die linke Szene eingetaucht. Als sie herausbekam, dass ihr Großvater im zweiten Weltkrieg Partisan auf Seiten pro-deutscher Einheiten war und danach für die CIA gearbeitet hatte, wurde ihr Anti-Amerikanismus immer radikaler. Es kam zu furchtbaren Szenen zwischen den beiden. Darüber hinaus aber belegten die Briefe, dass sich die linke Szene in den letzten Jahren immer mehr mit der rechten verschmolzen hatte. Plötzlich tauchte am 1. Mai auch ein nationaler schwarzer Block auf. Eines Tages hatte man Julia bei einer Aktion der »Autonomen Nationalisten Berlins« beobachtet. Winter war außer sich – aber von heute auf morgen war Schluss damit, sie begann ein völlig normales Leben zu führen. Irgendwann lernte sie Alexander kennen, und alles schien ausgestanden zu sein. Aber Winter blieb misstrauisch – zu Recht, wie sich herausgestellt hatte. So wie es aussah, kam aber zumindest Alexander ziemlich gut mit dem Verlust zurecht ...

Ein heftiger Streit holte Narwa aus seinen trüben Gedanken zurück. Belinsky redete auf eine Figur ein, die ihm bekannt vorkam. Tatsächlich, das war Howard Trust, der CIA-Agent, mit dem er in der Atlantik-Brücke gesprochen hatte.

»Was machen Sie denn hier?«

»Das versuche ich diesem deutschen Schäferhund auch gerade klar zu machen. Das hier betrifft *vital interests* der Vereinigten Staaten.«

»Aber woher wissen Sie, dass wir ...«

»Genau das meine ich. Wie können die sich in eine BKA-Operation einmischen? Das ist doch nicht zu fassen!«

Belinsky war immer noch außer sich.

»Vielleicht kann ich Ihnen aber auch weiterhelfen?«

»Wir haben das hier auch ohne Sie ...«

»Ja, meinen Glückwunsch. Hiervon wussten selbst wir nichts. Aber sie werden gleich nicht erklären können, was Sie sehen werden.«

Jetzt schwieg Belinsky. Er wusste, dass Trust Recht hatte. Aber es schmerzte ihn, dass seine Operation durchgestochen worden war.

»Also gut, dann machen wir uns auf den Weg ... Und Sie, Trust, können ja mal die Vorgeschichte erzählen.«

»Ich will's versuchen.«

Sie betraten das Verwaltungsgebäude. In einem Büro diskutierte der Betriebsleiter der GASAG erregt mit dem Einsatzleiter des SEK.

»Aber zuvor würde ich doch zu gerne wissen, was es mit diesem Gebäude auf sich hat.«

»An diesem Ort ...«, Belinsky hatte sich wieder beruhigt, und während er sprach, kostete er spürbar seinen heimlichen Stolz über seinen Ermittlungserfolg aus, »also hier nimmt die GASAG seit Jahren Tiefbohrungen bis 800 Meter Tiefe zu einem natürlichen Erdgasspeicher vor. Das ist natürlich völlig in Ordnung. Hier unter dem nördlichen Grunewald lagert ein Fünftel des Berliner Bedarfs an Erdgas. Seit Jahren fahren hier also die Laster vor und entsorgen den Abraum. Um 2001 hatte es einem Brand gegeben, weil eine Fremdfirma bei Reinigungsarbeiten ein ungeeignetes Mittel verwendet hat. Da war eine Menge los, bei der Menge Erdgas hätte das einen großen Knall geben können. Auf jeden Fall hat die Polizei ermittelt und ich erzähle das auch nur, weil einer der Beamten sich den Abraum angeschaut hatte, und dabei eine Menge Sachen gefunden hat, alte Kleidung, Spielsachen, merkwürdiges Zeug. Jedenfalls nichts, was man vermutet, wenn man es mit Tiefbohrungen durch porösen Sandstein zu tun hat. Das hat damals aber keinen groß beunruhigt, und so ist daraus nichts weiter als ein Aktenvermerk geworden. Aber als wir am Computer die Daten zum Teufelsberg und Umgebung durchgesehen haben, ist uns das wieder aufgefallen. Das Ganze konnte doch nur bedeuten, dass von hier aus Richtung Teufelsberg ein Tunnel gegraben wurde. Also musste hier der Eingang sein!«

»Also war dieses Betriebsgelände nur Tarnung?«

Narwa war sichtlich verblüfft. Auch Trust war zunehmend unruhig geworden.

»Nein, nicht ganz. Dies hier ist der Zugang zum Charlottenburger Erdgasspeicher. Aber es scheint zwei parallele Projekte gegeben zu haben. Ein offizielles und ein inoffizielles. Wir verhören gerade den Betriebsleiter und der behauptet, dass der Tunnelbau Richtung Teufelsberg ein geheimes Regierungsprojekt gewesen sei, was wir vom BKA aber kategorisch ausschließen können.«

Sie waren im Keller der Anlage angelangt. Ein SEK-Mann führte die Gruppe durch mehrere Flure und durch zwei Sicherheitstüren hindurch zum Beginn eines stollenartigen Durchgangs.

»Meine Herren, darf ich bitten ... Aber wir hatten Sie unterbrochen, Herr Trust. Sie wollten uns etwas zu dem sagen, was wir gleich zu sehen bekommen.«

»Nun ich muss vorausschicken, dass diese Informationen unsere nationale Sicherheit betreffen. Deshalb werde ich später leugnen, sie jemals gemacht zu haben, noch werde ich sie in irgendeiner Form schriftlich fixieren.«

»Aber dafür dürfen Sie an unserem kleinen Ausflug teilnehmen. Quid pro quo.«

»Also gut. Die Bunkeranlage, die wir gleich sehen werden, sollte verschiedene Zwecke erfüllen. Zum einen natürlich die klassischen Bunkerfunktionen für verschiedene Kommandostellen der Armee und der Geheimdienste im Ernstfall. Das Bunkerkonzept für Berlin im Fall eines sowjetischen Erstschlages war dezentral, so wie bei den Sowjets auch. Aber dies hier war H1, das *First Headquarter*, und über eine entsprechende Infrastruktur verfügte es eben auch. Aber darüber hinaus, und das war die eigentliche operative Funktion, war dieser Ort die geheime Kommandostelle für alle GLADIO-Aktivitäten in Deutschland und Osteuropa. Eigentlich war GLADIO eine Nato-Mission, und wurde in Brüssel koordiniert. Aber nach dem Bau der Mauer missfiel einigen Kollegen in der *agency* die Behördenmentalität der Leute dort. Viele der CIA-Leute kamen aus den *Special Forces*, hatten ihre Wurzeln im Baltikum, in Polen, in der Ukraine. Männer wie Stanley Winter. Und hier in der Frontstadt wurde der Kalte Krieg langsam heiß ... Aber nichts passierte, der Osten blieb rot, trotz einer Reihe von Volksaufständen. Stattdessen passiert das Gegenteil, der Westen wurde immer linker. Und die Aufmerksamkeit von GLADIO richtet sich immer mehr auf das eigene Land. Na, ich glaube, sie wissen darüber Bescheid.«

»Ja, irgendwie fehlt mir jetzt der Clou. Was verbindet das Ganze mit heute. Warum sind wir jetzt hier?«

»Sie wissen sicher, dass die deutsche GLADIO-Sektion 1990 aufgelöst worden ist. Denn das hatte ja der letzte Stay-behind-

Direktor des BND gegenüber dem Geheimdienst-Kontrollgremium des Bundestages ausgesagt.«

Belinsky und Narwa nickten routiniert, während Brandt gebannt zuhörte.

»Nun, er hat damals nur die halbe Wahrheit gesagt. Insgeheim wurde die Struktur weitergeführt. Zwar wurde die entsprechende BND-Einheit aufgelöst. Es wurde aber prompt eine neue Abteilung geschaffen und als gemeinsame Dienststelle mit dem US-Armeegeheimdienst DIA unter operativer Verantwortlichkeit der Amerikaner betrieben. Deren Hauptaufgabe war zunächst die Überwachung des Abzugs der Roten Armee aus den neuen Bundesländern, die Besorgung von sowjetischem Militär-High-Tech und die Gewinnung von Agenten unter den russischen Soldaten und Offizieren.«

Für einen Moment trat völlige Stille ein. Trusts Zuhörer hatten eine Menge damit zu tun, das Gehörte zu verdauen. Narwa erlangte als erster seine Fassung wieder.

»Zunächst, und dann ... was passierte dann?«

Der CIA-Mann blickte starr geradeaus und schwieg. Dann drehte er sich zurück zu Narwa und den anderen.

»Ich weiß es nicht.«

»Der CIA weiß es nicht?« Belinsky war empört. »Das kann doch nicht Ihr Ernst sein.«

»Nein, wir wissen es nicht. Ich meine, 1994 zogen wir unsere Truppen aus Berlin ab. Russland schien nur noch ein Papiertiger zu sein. Gegen Ende des Jahrzehnts wurde der islamische Terror immer massiver. Der DIA verlor das Interesse an GLADIO. Und der BND untersagte jegliche politische Unterstützung für das Projekt.«

»Und bis dahin wurde das alles aus dem Bunker unter dem Teufelsberg koordiniert?«

»Ja, zumindest bis 1999. So lange wurden ja die Flugsicherungsaufgaben durchgeführt, zur Tarnung. Aber dann dachten wir, dass die Einrichtung geschlossen und alles dicht gemacht worden sei. Dagegen hatte es massive Opposition gegeben. Die alten Kalten Krieger wollten nicht einsehen, dass der West-Ost-Gegensatz nicht mehr auf der Tagesordnung stand ... Der Punkt aber ist, dass es auch nach 1999 immer wieder Lebenszeichen der alten GLADIO-Strukturen gab. Das ist komisch zu sagen, da war nichts Konkretes, keine Aktionen oder Einsätze. Einfach so ein Gefühl. Hier einmal ein falscher Tonfall bei einem Veteranen oder da ein merkwürdiges Detail bei einer Ermittlung ...«

»*And here we are ...*«

Belinsky hatte Trust unterbrochen, aber sie waren jetzt beim Eingang des eigentlichen Bunkersystems angekommen. Kaum hatten Sie den Durchgang passiert, blieben ihnen vor Erstaunen die Münder offen. Sie mussten direkt an dem Ort sein, an dem ursprünglich eine gewaltige Treppe aus dem Foyer des ursprünglichen NS-Baus vor das zentrale Sekretariat geführt hatte. Nach links und rechts führte jedenfalls ein klassischer Behördengang zu den Büros der Lehrkörper. Dieser Gang war monumental im neoklassischen Sinne der nationalsozialistischen Architektur. Was die Gruppe aber irritierte war der Umstand, dass dieser erhalten gebliebene Teil des Gebäudes komplett dem Stand von Frühjahr '45 zu entsprechen schien. Offensichtlich sollte dieser zentrale Bereich eine Art Pantheon deutscher Feldherren darstellen. Zwischen den einzelnen Büros waren auf hohen Podesten Marmorbüsten aufgestellt, darunter standen gewölbte, schwarz gebrannte Stahlschilde, auf denen jeweils der Name einer Schlacht, dann eine Folge von Regimentsbezeichnungen und schließlich ein eisernes Kreuz oder ein martialischer, silbern-polierter Reichsadler zu sehen war.

Belinsky öffnete die erste Tür, und schon nach dem ersten Blick schüttelte er den Kopf. Der Eindruck war derselbe. Als wäre hier am 8. Mai 1945 die Zeit stehengeblieben.

»Ich dachte, hier hätten Amerikaner drin gearbeitet?«

Belinsky sprach Trust vorwurfsvoll an, als würde der hierfür die Verantwortung tragen. Der verzog keine Miene.

Brandt beugte sich über den großen Schreibtisch vor ihm.

»Das war auch alles einmal mehr oder weniger zerstört. Jemand ...«

Er hob einen monumentalen Briefbeschwerer hoch, durch den ein feiner, gerade noch sichtbarer Riss ging.

»Jemand hat das alles wieder instandgesetzt.«

»Ja, Sie haben Recht.«

Der Amerikaner hatte anscheinend wieder seine Stimme wiedergefunden.

»Das waren unsere Jungs. Im Krieg war das nicht groß zerstört worden, hier wurde ja nicht gekämpft. Aber es gab eine Menge Vandalismus. Erst die Russen, dann die Engländer, denn das war ja deren Sektor hier. Aber als in den Sechziger Jahren die Arbeiten für diesen Bunker beendet wurden, und die ersten *agents* hier arbeiteten, gab es bald Gerüchte, dass die hier ihr ganz eigenes Ding abziehen wollten. Irgendwie fanden die den Ort plötzlich *cool*. Die begannen, Jugendliche zu bezahlen, dass die aus den Schuttladungen etwas ...«, er räusperte sich heiser, »etwas Authentisches für die Einrichtung herausklauben sollten. Tja, viele von den *agents* schliefen in den *McNair Barracks*, einem ehemaligen NS-Bau für die Telefunken, und gingen am Wochenende in die ›Badewanne‹ oder andere deutsche Clubs. Nun ja, und tagsüber arbeiteten die unterirdisch am heißesten Punkt des Kalten Krieges und spielten James Bond. Und das in dem Gebäude, das mal das großdeutsche *Westpoint* werden sollte. Kein Wunder, dass die Schrauben etwas locker wurden. Die Engländer brachten einmal von gemeinsamen Kommandos in Lettland und Estland einige Deutsche mit, die aus dem Baltikum stammten, die blieben dann hier und koordinierten für uns bestimmte GLADIO-Einsätze. Sie haben dann mit einigen von uns eine regelrechte Clique gebildet ... In den letzten Jahren sollen die sich sogar mit den Dienstgraden der Wehrmacht angesprochen haben.«

Narwa hatte die Tür zum nächsten Raum geöffnet.

»Jetzt kommen wir der Sache allmählich näher.«

Hier war der »Museumsbereich« zu Ende. Das hier war eine Operationsbasis – für weltweite Kommandoaktionen. Aber sie war komplett zerstört. Es musste vor Kurzem und in großer Eile geschehen sein, denn die Technik, oder besser, das was davon übrig war, war hochaktuell und vom Allerfeinsten. Auch die Aktenschränke und Ablagen waren komplett geleert worden.

»Belinsky, ich glaube, jetzt müssen Ihre Leute ran. Ich befürchte aber, wir werden nicht viel Glück haben ...«

Narwa schritt weiter, er öffnete zwei weitere Räume. Danach ging es nicht weiter. Wie in Trance rückte er wortlos hier einen Stuhl zur Seite, dort einen Containerschrank. Dann sah er unter einer Rollschublade etwas, das wie graue Haarstoppeln aussah. Er musste heftig rütteln, bevor die Schublade frei wurde. Das war kein Haar, es war ein Fell. Ein Wolfsfell. Und in seiner Stirn stak eine Ordensnadel. An ihrem Kopf befanden sich das weiße Schild und das schwarze Zackenkreuz des Deutschen Ordens.

Nachwort

Alle geschilderten Handlungen und Personen in diesem Buch sind frei erfunden. Ähnlichkeiten mit lebenden oder verstorbenen Personen wären zufällig und sind nicht beabsichtigt. Dennoch spiegeln die Schauplätze und ihr politisch-geistesgeschichtlicher Hintergrund in fast allen Fällen reale Gegebenheiten. Nicht zuletzt verdankt sich der Inhalt des Buches vieler Reisen, unter anderem nach Bad Mergentheim, Wien, Kiew und Moskau – der Autor selbst lebt und arbeitet in Berlin – sowie langjähriger Recherche.

Aber auch ohne die Lektüre zahlreicher Studien wäre dieses Buch kaum denkbar. Folgende möchte ich hier stellvertretend nennen: die wunderbare Kulturgeschichte Russlands »Nataschas Tanz« von Orlando Figes (deutsch: Berlin 2003), Stephen D. Shenfields »Russian Fascism. Traditions, Tendiencies, Movements« (New York/London 2001), Tim Weiners »ganze Geschichte« der »CIA« (deutsch: Frankfurt a. M. 2008), Daniele Gansers »NATO-Geheimarmeen in Europa. Inszenierter Terror und verdeckte Kriegsführung« (Zürich 2008), Thomas Kunzes Exkursionen »Russische Unterwelten« (Berlin 2008), die allerdings durch zahlreiche aktuelle Blogs von Moskauer Diggern ergänzt wurden, sowie Mariusz Wilks literarische Reportage über die Solowezki-Inseln »Schwarzes Eis« (Wien 2003). Die grundlegende Einführung in die Spiritualität der orthodoxen Ikone verdanke ich Mahmoud Zibawis »Die Ikone. Bedeutung und Geschichte« (deutsch: Düsseldorf/Zürich 1994), zentrale Einsichten in die geistesgeschichtlichen Traditionen Russlands sowie die Entdeckung des Motivzusammenhangs der »weißen Mitra« der nach wie vor maßgeblichen Dissertation von Hildegard Schaeder »Moskau. Das Dritte Rom. Studien zur Geschichte der politischen Theorien der slawischen Welt.« (Prag 1929). Hinweise zur Literatur zum Deutschen Orden finden sich in Band 2.

Inhalt

Prolog 7

I.

1. Waffentechnik 11 · 2. Glasperlenspiele 18 · 3. Terra imperialis 26 ·
4. Those were the days 36 · 5. Mister Bean 44 · 6. Lagebericht 48 ·
7. Kupfergraben 7 53 · 8. Das Leitfossil 58 · 9. Spurenlese 66

II.

10. Diaspora 77 · 11. Blutgasse 87 · 12. Kurier des Zaren 95 ·
13. Das Herz des Wienerwalds 100 · 14. Die selbst Gott vergisst 105 ·
15. Ammenmärchen 109 · 16. Hotel Metropol 113 · 17. Dezimation 117 ·
18. Eurasien 121 · 19. Fürstin Olga 128 · 20. Das neue Mittelalter 140 ·
21. Geräucherte Makrelen 146 · 22. Höllenfahrt 155 ·
23. Philemon und Baucis 160 · 24. Confessions of a dangerous mind 168 ·
25. Familiengeschichte 185

III.

26. Übergang 195 · 27. Heiliger Narr 206 · 28. Die Digger 211 ·
29. Metamorphosis 217 · 30. Verrat 240 · 31. Camouflage 258 ·
32. Rückzug 268 · 33. Kyrie eleison 275 · 34 Teufelsberg 287

Nachwort 301